누구든 내게 "너는 누구니?" 하고 묻거든
이제는 자동응답기보다 빨리 대답한다.
난 뉴욕의 장기여행자야. 언제 돌아갈지는…… 아직 몰라.
누가 알까, 매일같이 부푼 가슴으로 다른 꿈을 꾸게 해주는 도시에서
장기여행자로 사는 이 맛을!

어느 장기여행자의
마이너리티 뉴욕론
Longterm
Traveler
in New York

내가 사랑한 뉴욕
나를 사랑한 뉴욕

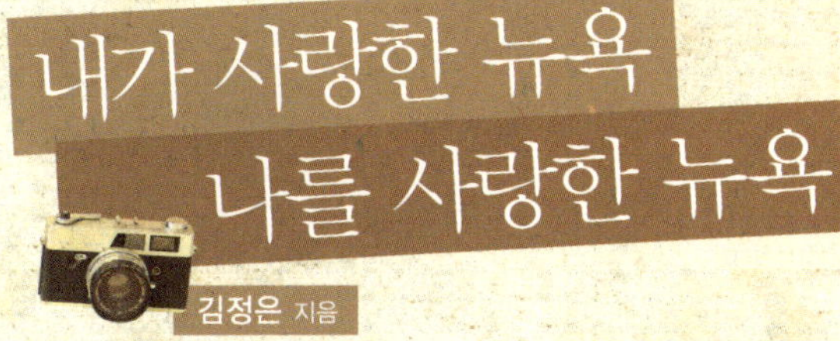

김정은 지음

BEDFORD
CHEESE
SHOP
INSIDE MALL

커다란 커피를 양손으로 쥐고 홀짝이면서 크림치즈가 듬뿍 발라진 베이글을 한입 베어 물며 나는 혼자 피식 웃었다. '그래, 어찌되었든 나는 지금 낯선 도시에 홀로 도착해 있는 거잖아. 이제 그렇게 원하던 충전을 시작해 보는 거라고!' 오늘은 어느 구역 어느 골목을 헤집고 다녀볼까나. 물 한 병과 책 한 권, 지도와 메트로 카드, 수첩과 카메라면 오늘도 구경 준비 완성이다. 무언가 이루려 급급해하지 않고 속도를 가만히 놓아버리자, 행복이 단짝 친구처럼 따라다니는 기분이었다.

chapter 1
첫인상
First Impression

한 마리 야생동물처럼 고독하고 순수한 뉴욕의 하늘은
아메리카의 대지 위로 아주 멀리까지 펼쳐진다.
그것은 세상 전체의 하늘이다. —장폴 사르트르

화창한 9월의 어느 날,
홀로 뉴욕에 도착하다

안전벨트 사인이 점멸되는 소리에 눈을 떴다. 여기저기서 안전벨트 버클 푸는 소리가 들렸다. 좀 전까지만 해도 놀이기구를 탄 듯 몸 앞쪽이 훌쩍 들려 있었는데 비행기는 어느새 제 고도를 찾고 있었다.

아함, 여행 꼭지랑 특집 기사는 잘 넘어갔고, 인터뷰 기사도 텍스트 오케이. 메일로 사진 캡션 확인만 하면 되는구나. 아, 이달도 어쨌든 무사히 넘어가주네. 깜빡 단잠에 빠졌던 나는 기지개를 켜며 어젯밤에야 끝낸 마감을 되짚어보았다. 창밖은 이미 새하얀 구름으로 가득 차 있었고 더 이상 내가 떠나온 육지가 보이지 않았다. 나를 실은 비행기는 시속 879킬로미터로 뉴욕을 향해 날아가는 중이다. 이번 여행을 뭐라고 부르면 좋을까? 그간 무수히 반복된 출장도 아닌, 연이어지는 마감을 도저히 견디기 힘들 때면 겁 없이 공항으로 향하던 여행도 아닌 알 수 없는 형태의 출발. 심장이 다시 방망이질치기 시작했다.

그러니까 이건 순전히 마일리지 때문이다. 나는 애써 핑계거리를 찾아냈다. 내가 배낭여행에 맛을 들였던 90년대 중반만 해도 마일리지란 개념이 보편화되기 이전이고, 더불어 내가 애용한 항공권들은 마일리지 혜택을 받을 수 없는 할인항공권이었으며, 일 때문에 사용한 취재용 항공권 역시 대개 적립 제외 대상이다. 그러니 배낭여행 10년차를 자처하는 나는 이제야 겨우 보너스 항공권을 탐할 정도다. 마감을 마치고 모처럼 느긋하게 광화문의 서점에서 책을 사들고 나와 걷다 저만치 항공사 간판을 발견한 나는 무작정 들어가 신분증을 내밀었다. 그때 뭐 이런 대화가 오갔던 것 같다.

"제 마일리지로 갈 수 있는 가장 먼 곳은 어딘가요?"

"네, 저희 노선이 취항중인 곳으로는 미국, 뉴욕입니다."

"그럼 그곳으로 해주세요."

"그런데 고객님, 뉴욕은 워낙 인기 구간이라 예약이 많습니다. 임의 날짜로 예약해 드려도 되겠습니까?"

"네. 뭐, 그렇게 해주세요."

그런데 몇 주 뒤 그렇게 무성의하게 걸어놓은 예약이 풀렸다. 이 날짜를 버리면 또 언제가 될지 모르는 상황에서 나는 마음속으로 간다, 안 간다를 반복하다 '에잇 갈 테다!' 하고 결정해 버렸다. 열흘을 앞두고 출발이 결정되었지만 나는 다시 하루를 24등분해야 하는 초절정 마감중이었고, 떠나기 전날까지 과연 내가 내일 공항에 갈 수 있을까를 의심했다.

내 여행이 다 그렇지 뭐. 승무원이 건네준 물을 벌컥벌컥 들이켜며 중얼거렸다. 하긴 그다지 새삼스러울 건 없었다. 스물하나, 혼자 배낭을 짊어진 이래 나는 끊을 수 없는 독한 술에 중독된 것처럼 여행을 멈추지

저 빌딩 숲의 섬이 내게 어떤 의미로 다가올지,
불쑥 떠난 그 여행이 얼마나 길게 이어질지
조금도 예상하지 못했던 2005년 서른의 가을.

못했다. 출장이야 최소한의 여정이 정해져 있다지만, 혼자 저지른 대부분의 여행은 모두 무모함의 소산이었다. 밤새기를 밥 먹듯 하는 잡지 마감을 연달아 대여섯 번쯤 치르고 나면 편집부 기자들은 돌아가면서 시간을 쪼개 며칠간의 휴식을 갖는다. 일반 회사의 휴가를 분산해 쓰는 셈인데 정밀한 신체검사를 받고 말 그대로 보양을 하며 쉬는 선배도 있고, 최종 필름을 넘긴 다음다음날 결혼을 해버린 동료도 있으며, 1년간 벼른 시력 교정 수술을 받은 후배도 있었다.

내 경우엔 그저 어김없이 가방을 꾸렸다. 그 목적지가 어디든 한도 낮은 내 카드가 감당할 수 있는 할인항공권 한 장에 책 한두 권이면 준비물은 충분했다. 유스호스텔이든 기차역이든 가리지 않는 잠버릇과 싸구려 빵을 사랑하는 입맛이 무기라면 큰 무기였다. 누군가는 불치병이라 했고 누군가는 무모하다 했지만 내게 여행보다 큰 위로와 휴식은 없었으니까. 그래, 이번에도 몇 번의 시행착오 끝에 또 다른 이야기를 담아 충전하고 돌아오겠지.

식사 배식이 이루어지고 기내가 조금씩 소란스러워지자 내 마음도 진정되기 시작했다. 잊자. 자의 반 타의 반 세상과의 연결이 단절된 비행 시간만큼은 마감도, 기획회의도, 앞으로 얼마나 더 기사를 쓸 수 있을까 하는 걱정도 모두 잊자. 나는 가방에서 출발 직전 급히 챙겨 넣은 알랭 드 보통의 『여행의 기술』을 꺼내들고 의자 깊숙이 몸을 묻었다. 책장을 덮을 즈음, 열세 시간을 쉬지 않고 날아 도착한 9월의 뉴욕은 아직 여름이 한창이었다.

뉴욕에서의 첫날, 나는 눈을 반짝 뜨고 무작정 이른 아침의 거리로 나섰다. 맛 좋은 커피를 마시며 느긋하게 아침 햇살을 즐길 요량이었다. 한데 이게 웬걸, 막상 뉴욕의 대로에 올라서니 느긋함을 즐기기엔 거리의 속도가 너무 빨랐다. 낯선 풍광에 주위를 두리번거리느라 조금이라도 속도를 줄이면 뒷사람이 '이봐 당신, 거치적거리니까 저리 좀 비키라고!' 하는 것만 같았다.

의기소침해진 나는 진한 커피향이 풍기는 작은 베이글 가게로 들어갔다. 베이글 하나와 큰 사이즈 커피를 주문해 창가의 테이블 하나를 차지하고 앉았다. 커다란 커피잔을 양손으로 쥐고 홀짝이면서 그제야 쨍한 9월의 뉴욕 하늘을 올려다보았다. 크림치즈가 듬뿍 발라진 베이글을 한입 베어 물며 나는 혼자 피식 웃었다.

'그래, 어찌되었든 나는 지금 낯선 도시에 도착해 있는 거잖아. 이제 그렇게 원하던 충전을 시작해 보는 거라고!'

화창한 9월의 어느 날, 돌아갈 날짜가 명확하지 않은 나의 여행은 그렇게 시작되었다.

그레이트 리드 인 더 파크
공원에서의 위대한 책 읽기

씩씩한 걸음으로 40번가를 지나는데 저만치 공원의 웅성임이 예사롭지 않다. 며칠간 오가면서 브라이언트 파크가 미드타운 시민들의 사랑을 듬뿍 받는 도심공원이란 건 눈치 챘지만, 널따랗게 세워진 텐트 부스와 무대, 줄지어 움직이는 사람들을 보니 범상치 않은 일이 벌어지고 있는 게 분명하다. 인파에 끼어 나눠주는 팸플릿을 받아보니 『뉴욕타임스』가 주최하는 '그레이트 리드 인 더 파크Great read in the Park'라는 행사란다. 『뉴욕타임스』가 베스트셀러 순위를 발표하기 시작한 지 70주년 되는 것을 기념하기 위해 마련한 행사인데 올해2005년가 원년이다. 공원에서의 위대한 책읽기……. 정처 없이 걷다 이런 멋진 행사를 만나다니! 나는 마음속으로 쾌재를 부르며 이쪽저쪽 부스를 오가며 구경을 시작했다.

행사장 입구에는 알록달록한 그림책부터, 동물을 누르면 각각의 울음소리가 나는 책 등 기발한 아이디어의 어린이 도서를 전시하고 있었

CELEBRATING 70 YEARS OF THE
70
NEW YORK TIMES BEST-SELLER LIST
The New York Times
Great Read in the Park
TARGET
GENTLY USED, GREATLY LOVED BOOKS
Nonfiction
Nonfiction
Gently Used,
Greatly Loved
Book Sale

다. 옆 부스에선 빌 클린턴 전 대통령의 자서전을 비롯해 베스트셀러 순위에 이름을 올렸던 책들이 사람들의 손에 오르내리고 있다. 이 인파 속에서 마음에 드는 책을 펴들고 정신없이 독서 삼매경에 빠져 있는 사람들도 있다. 잠시 휴식중인 무대와 오두막 커피숍을 지나니, 사람들이 가장 많이 줄서 있는 중고책 판매 섹션이 나타났다. 행사장 입구에서는 5번로 쪽의 예닐곱 개 책장만 보였는데, 다가가서 보니 5번로에서 6번로에 이르는 한 블록 전부가 기증된 책을 꽂아둔 철제 책장으로 이어져 있었다. 그야말로 도서관 서고를 그대로 옮겨온 것 같다. 반대편 입구에 다다르니 사람들은 25달러를 내고 입장권 대신 가방을 사고 있었다. 녹색의 행사 로고가 예쁘게 새겨진 토트백을 구매하면 그 가방 가득 원하는 만큼 책을 담아갈 수 있는 형식이다.

이 서고에 빼곡하게 꽂혀 있는 책은 모두 한 번 이상의 주인을 거친 헌책이다. 한데 그 앞에 이렇게 예쁜 수식어를 붙여놓았다. 그냥 헌책이 아니라 'Gently Used, Greatly loved_{친절하게 읽히고, 몹시 사랑받았던}' 헌책인 것이다. 손마다 똑같은 가방을 든 사람들은 자신의 취향에 맞는 책을 골라내기 위해 진지한 표정으로 책장을 한 칸 한 칸 훑어본다. 한 무리의 사람들이 지나가면 빼곡하던 책장에 금세 빈 여백이 생겨났다. 나는 새 책도 좋아하지만 누군가의 흔적이 곱게 남은 오래된 책도 아주 좋아한다. 한 장 한 장 손때가 묻어 있는 책장은 넘겨본 사람만이 그 맛을 안다. 정상가의 5분의 1도 안 되는 가격도 예쁘지만, 나와 동일한 대목에서 마음이 움직여 밑줄을 친 옛 주인을 만날 때의 기분은 참 묘하다. 때로 잘 말린 나뭇잎이 나오기도 하고, 지금은 연락될 리 만무한 전화번호가 적혀 있기도 하다. 줄을 서 가방을 사고 그 가방 안을 마음껏 채우는 저 사람들은 나만큼이나 헌책의 매력을 좋아하는 사람들 같다.

"이것 좀 봐, 보물을 찾았어. 이 책 내가 어릴 때 그렇게 즐겨 읽던 책이야!"

"저쪽 논픽션 섹션으로 와. 괜찮은 책들이 상당히 많아. 난 벌써 여덟 권이나 골랐다고!"

사람들의 감탄사를 엿들으며 여행자로 서 있는 나는 부러움에 입맛을 다셨다. 저만치로 내가 그렇게나 좋아하는 올코트의 『작은아씨들』도 보이고, 미치 앨봄의 『모리와 함께한 화요일』도 있다. 발걸음을 옮길 때마다 마음을 유혹하는 책들이 여기저기서 마구 튀어나오지만 고작 달포의 여정을 계획한 여행자가 이렇게 무거운 책가방을 사들이는 건 그야말로 욕심이다.

무대 가장자리에서는 뉴욕 시립도서관 회원증을 만들어주고 있었다. 도서관 회원이 누릴 수 있는 혜택이 적힌 안내문 아래엔, 가입하기 위해서는 면허증이나 학생증 같은 이곳의 신분증과 주소가 필요하다고 적혀 있다. 도서관의 무수한 혜택을 읽다가 문득 그 회원증이 갖고 싶어졌다. 여행자라서 이미 25달러짜리 헌책 더미도 포기했는데, 도서관 회원증으로 그 좋다는 뉴욕 도서관에서 책을 빌려보는 것까지 포기하고 싶지는 않았다. 파랑과 빨강이 배색된 회원증 견본을 바라보다 나는 마음씨 좋아 보이는 할머니에게 성큼성큼 다가갔다.

"저는 여행자라서 여기 적힌 신분증은 없어요. 대신 국제 운전면허증과 여권이 있어요. 저도 책을 읽고 싶은데요."

"원칙적으로 이 도시의 것이 필요해요. 여행자는 언제 떠날지 알 수 없잖아요."

뉴욕 사람들은 공원에서도 지하철에서도 커피숍에서도 틈만 나면 책을 펼쳐든다. 이때만 해도
길어야 한 달쯤의 여행을 예상하던 중이라, 원하는 만큼 책을 담아갈 수 있던 25달러짜리 가방
을 덥석 집어 들지 못했다. 하지만 이날 발급받은 도서관 회원증은 나의 장기여행 기간 내내 요
긴하게 사용되었다.

"그건 알지만 여행자가 그 무거운 책을 들고 가진 않잖아요. 나는 뉴욕에 한동안 머물 예정인데 그 기간 내내 책을 보지 말라는 건 너무해요."

나와 할머니는 한동안 서로의 이야기를 반복했다. 그러다 간절한 내 마음이 느껴졌는지 그녀가 말꼬리를 흐렸다.

"물론 여행자도 책을 읽을 권리는 있지요. …… 음, 기다려봐요."

그녀는 뒤쪽에 있는 직원과 이야기를 나누었다. 소란한 야외에서 그들의 대화가 전부 들리지는 않았지만, 그녀가 휴가차 서부에 갈 때 이용할 수 있는 도서관 카드가 있다는 말이 드문드문 들려왔다. 잠시 뒤 신청서를 들고 자리로 돌아온 할머니는 싱긋 웃으며 내게 말했다.

"지금 머물고 있는 곳에서 편지를 받을 수 있나요?"

"물론이죠."

"좋아요. 그럼, 여권을 이리 주고 여기에 주소를 적어요. 늦어도 일주일 안으로 회원증을 받게 될 거예요. 당신은 아주 특별한 케이스예요."

나의 뉴욕 도서관 회원증은 그렇게 10분 만에 신청이 완료되었다. 원칙은 있지만 거기에 속하지 못하는 사람을 위해 방법을 찾아주는 이들의 융통성이 몹시 마음에 들었다. 한참 뒤에야 나처럼 현지 신분증이나 소속이 없는 경우엔 연간 100달러의 이용료가 있다는 사실을 알았다. 그 할머니 사서의 배려가 어찌나 고맙던지.

저만치서 곧 책 낭송을 시작하니 동참하고픈 사람은 객석에 앉으라는 방송이 들렸다. 화창한 날씨며 햇빛을 적당히 분산시켜 주는 싱그러운 나뭇잎, 산들거리며 부는 바람……. 낭송을 하기에도 낭송을 듣기에도 더없이 좋은 날씨다. 셀 실버스타인의 명작 『아낌없이 주는 나무』를 읽는 시간이다. 사랑하는 소년에게 사과를 주고, 뛰어놀 나뭇가지를 주고, 집을 지을 목재를 주었던 나무. 노인이 되어 돌아온 소년에게 앉아서 편히 쉴 밑동을 내밀고 행복해하는 그 아낌없이 주는 나무의 이야기.

"……well, an old stump is good for sitting and resting. Come, Boy, sit down. Sit down and rest. And the boy did. And the tree was happy."

아무도 나를 알지 못하는 이 낯선 도시의 공원에서 이런 낭독을 듣다니. 마지막 문장을 듣는데 너무 행복해서 살짝 눈물이 맺혔다. 무작정 저지른 여행의 면죄부를 받는 심정이라고나 할까. 낭독자가 일어나 허리를 굽혀 인사하자 사람들은 자리에서 일어나 박수를 쳤고 나도 기꺼이 그 무리에 동참했다.

뉴욕 시 맨해튼 구
루즈벨트 아일랜드의 내 방

끙 소리를 내며 나는 짐을 내려놓았다. 오늘 건진 것은 탁상용 라디오와 정리함, 그리고 부침개를 부쳐 먹기 딱 좋은 프라이팬이다. 카메라와 각종 안내 책자를 짊어진 채 이것들을 사들고 종일 돌아다닌 데다, 오는 길에 슈퍼에 들러 물과 우유까지 샀더니 어깨가 뻐근하게 저려왔다.

짐을 내려놓자마자 라디오를 꺼내 전기 콘센트를 꽂고 전원을 켰다. 디지털 라디오는 기다렸다는 듯 맑은 소리를 토해낸다. 어느 채널에선 알아들을 수 없을 정도로 빠른 비트의 랩 음악이 흐르고, 다른 채널에선 저녁 교통상황을 전하는 앵커의 바쁜 목소리가 이어지고, 또 다른 채널에선 귀에 익은 셀린 디옹의 부드러운 노래가 울려 퍼진다. 나는 마냥 흐뭇한 표정으로 자꾸 주파수 버튼을 만지작거리며 라디오가 떠드는 소리를 가만히 듣고 있다. 이곳은 다름 아닌 뉴욕에 있는 내 방! 드디어 뉴욕 한복판에 나만의 공간이 생긴 것이다.

오른쪽이 나의 첫 기착지가 된 루즈벨트 아일랜드.
트램을 타고 날아오르면 이스트 리버를 중심으로
왼쪽에 맨해튼 동부가, 오른쪽에 루즈벨트
아일랜드가 찬란하게 펼쳐진다.

지난 몇 주간 본의 아니게 지인의 공간에서 민폐를 끼친 나는 좀더 자유롭게 오래 머물 만한 숙소를 찾고 있었다. 하지만 최장 투숙일이 명시된 유스호스텔에 실망하고, 사생활을 보장할 수 없는 민박집이 하루 50달러란 사실에 입맛을 다셔야 했다. 뉴욕을 논할 때 빠지지 않는 이야기가 집세지만 그에 못지않게 억 소리 나게 비싼 것이 바로 숙박료다. 숙박 시설은 한정되어 있는데 비즈니스맨부터 친지 방문객, 단체관광객, 나 같은 개별여행자까지 뉴욕을 찾는 사람이 넘쳐나니 그럴 수밖에. 그래서 맨해튼 안에선 그저 그런 호텔도 하루 숙박료 200~300달러는 기본이다. 오죽하면 유명 가이드북에서조차 '뉴욕에서는 아는 사람이 있다면 빈대 붙기를 망설이지 말라'고 권하고, 『뉴욕타임스』에서 '뉴욕 시에서 200달러 미만의 호텔 찾는 법'이란 기사를 다룰까.

나는 온갖 정보를 동원해 대학기숙사며 종교단체에서 운영하는 여성전용 장기숙소란 곳들도 찾아가보았다. 하지만 생각보다 입주조건이 까다로웠고 의무적으로 공동식사를 해야 하는 경우도 있으며, 결정적으로 비용도 월 1,000달러를 훌쩍 초과했다. 며칠간 발품을 팔던 나는 이럴 바에야 아예 방을 하나 얻는 편이 낫겠다는 쪽으로 마음이 기울었다.

여행자인 내가 감히 그럴 엄두를 낸 것은 시기만 잘 맞으면 방을 얻는 게 얼마든지 가능한 뉴욕의 특성 때문이다. 학생이 많은 이 도시에서는 방학 동안 고향을 찾거나 일자리를 찾아 방을 비우는 이들이 적지 않다. 직장인들도 긴 휴가를 떠나거나, 애인과 방을 합치거나, 룸메이트와 사이가 틀어져서 등등 다양한 이유로 들고 나는 방이 항상 있다. '서블렛Sublet'은 이 빈방의 월세를 메우기 위해 세든 방에 다시 세를 놓는 일종의 틈새 제도다. 원칙적으로는 불법이라고 하나 집세가 생활비의 절반 이상

을 차지하는 이 도시에서는 공공연하게 행해지는 모두의 범법 행위쯤 된
다. 그러니 잘만 찾으면 단 한두 달을 있더라도 훨씬 더 저렴하며, 자유롭
고도 안정감 있는 여행 캠프가 되리란 계산이 들었다.

　그렇게 해서 수소문하던 끝에 찾은 곳이 리버로드 40번지 4H 루즈
벨트 아일랜드! 뉴욕에서 처음 갖게 된 나의 주소다. 방 세 개짜리 아파
트의 네 번째 방. 즉 넓은 거실을 분리해 두꺼운 커튼으로 거실의 3분의
2를 막아 만든 이 공간이 바로 뉴욕 한복판에 떠 있는 내 방이다. 정말이
지 운 좋게도 도착한 지 4주 만에 썩 좋은 위치에, 아주 착한 가격으로 괜
찮은 공간을 구한 셈이다. 이 방은 본래 거실인 공간의 특성상 맨해튼의
여느 방에 비해 공간이 넓고, 한 면이 허리선부터 천장까지 전체가 다 창
문이다. 저 통유리를 통해 풍부하게 쏟아지는 햇살은 이 방의 가장 큰 장
점이다. 다만 저 통창 사이사이로 스미는 웃풍이 조금 걱정스러울 뿐.

　여기까진 일이 예상보다 순조롭게 풀렸다. 하지만 살림은 일일드라
마에서 보듯이 뚝딱 만들어지는 게 아니었다. 달랑 여행용 트렁크 한 개
를 들고 도착한 나로서는 전 주인에게서 구입한 중고침대, 간이선반, 간
이행거 말고도 이불부터 시작해 어둠을 밝혀줄 조명, 전기를 연결할 전
선과 콘센트, 플라스틱 옷걸이, 최소한 커피라도 마실 컵이 필요했다.

　집을 구할 때 그러했듯 길거리마다 붙은 무빙세일 광고를 보고 그곳
을 찾아다니는 일과가 이어졌다. 이 도시에서 1년 사시사철 항상 벌어지
는 크고 작은 무빙세일은 나처럼 한시적으로 머무는 사람에겐 좋은 기회
다. 손잡이 부분만 조금 낡았을 뿐 코팅 팬 자체는 아주 멀쩡한 프라이팬
은 어퍼이스트 무빙세일에서 구했다. 머리를 멋지게 올려 묶은 남자가
어차피 자신은 프라이팬이 많으니 커피 한 잔 값만 받는다며 단돈 2불에

뉴욕의 건물은 프리 워(세계대전 이전) 건물부터 최첨단 콘도미니엄까지 그 연대나 형태가 다양하
다. 고급스러운 펜트하우스에서 층별로 공동욕실을 사용하는 오래된 구조까지, 눈만 돌리면 건
물로 가득하지만 그 한 칸을 차지하기 위해 더 많은 사람들이 경쟁을 벌인다.

프라이팬을 건네주었다. 크기에 비해 소리가 우렁차고 선명한 디지털 라디오와 캔버스 정리함은 이곳 루즈벨트 아일랜드의 무빙세일에서 구입했다. 이곳의 병원에서 2년간 근무를 마치고 다시 파리로 돌아간다는 프랑스인 부부는 나를 붙들고 이 섬이 얼마나 아름다운지를 오래도록 얘기했다. 주방에 깨끗하게 닦아놓은 푸르스름한 컵과 그릇 세트도 알파벳 씨티 무빙세일에서 낑낑 매고 들고 온 것이다.

마룻바닥을 닦고 새로 장만한 컵에 뜨거운 커피를 마시며 창밖을 내다본다. 뉴욕 한가운데 내 방, 내 침대, 내 그릇, 내 라디오라 부를 수 있는 게 생기다니. 이름난 제품도 아니고 값비싼 제품은 더더욱 아니지만 내겐 더할 나위 없이 소중한 것들. 이 여행의 동행이 이렇게 늘어간다.

인터내셔널 센터 뉴욕
ICNY의 발견

무직 무적의 내가 뉴욕에서 거의 매일 출퇴근하는 곳이 있다. 그곳에 가면 생전 처음 보는 다양한 국적의 사람들과 반갑게 이야기를 나누고, 1달러 남짓의 저렴한 돈으로 커피나 스낵을 사 먹고, 각종 공연 티켓을 놀라울 정도로 저렴한 가격에 구입하고, 다양한 분야의 수업을 듣기도 한다. 이름하여 인터내셔널 센터 뉴욕ICNY. 세계 곳곳에서 온 이민자에게 영어와 이곳의 문화를 소개하며 정착을 돕는 비영리 단체다. 하지만 내게 그곳을 소개할 기회를 준다면 뉴욕에 관한 온갖 소스가 풍부한 전천후 만남의 광장이라 부르겠다.

ICNY는 빌딩 숲 맨해튼에서 고작 건물 한 층의 절반가량을 사용하고 있는, 어지간한 사설 어학원보다 작은 규모다. 하지만 이곳의 내부 규모는 유엔본부만큼이나 방대하다. 실질적인 업무를 처리하는 열 명 남짓한 극소수의 스태프를 제외하면, 2천여 명의 회원과 1천여 명의 자원봉

어떻게 이곳에 오게 되었는지, 이 도시에서 가장 기쁜 것은
어떤 점이며 반대로 어려운 점은 무엇인지.
인터내셔널 센터 한쪽에선 늘 낯선 언어를 통해
소통하고자 하는 사람들이 있다.

사자가 ICNY의 진짜 주인이기 때문이다. 물론 이 인원이 한꺼번에 한자리에 모이는 경우는 없고, 아침부터 저녁까지, 월요일부터 토요일까지 자연스럽게 로테이션되면서 사람들이 오고간다.

1961년 설립된 이곳은 서유럽 이민자들의 사랑방이었고, 한때는 부인들이 모여 퀼트를 하던 사교장이었으며, 또 어느 때는 이민자들이 아픔을 토로하는 상담소이기도 했단다. 영어 공부에 대한 수요가 급증한 2000년쯤부터는 회화 중심의 영어교습소 색깔이 진해졌다. 인원이 방대하고 진행되는 프로그램도 다양하다 보니 저마다 센터를 이용하는 방법도 각양각색이다. 어떤 이는 다양한 주제로 진행되는 공개수업에 반해 아침부터 저녁까지 끼니도 거르며 참석하는가 하면, 오직 자신의 회화 파트너를 만날 목적으로 센터를 찾는 이들도 상당수다. 투어나 맛집 탐험 등을 주제로 한 모임 전문 회원이 있고, 공연 할인티켓을 구하려는 이들도 있다. 시대에 따라 그 색깔이 바뀌고, 사람들의 평가는 저마다 다르지만 이 도시를 찾아온 낯선 사람들이 모여 서로 정보를 나누고 마음을 나누며 어울리는 공간인 것은 한결같다.

한국에서 이곳 이야기를 처음 접했을 땐 저렴하게 영어를 배울 수 있는 곳이라고만 들었다. 그래서 뉴욕에 도착해 이곳을 가보겠다는 생각은 별로 하지 않았다. 여행을 와서 영어공부라니 너무 숨 막히지 않은가. 한데 내게 그곳을 찾게끔 만든 것은 방을 얻은 며칠 뒤 센트럴파크에서 우연히 만난 한 노부부다. 59번가 센트럴파크 사우스부터 시작해 북쪽으로 공원 내를 한참 거닐다 나무 밑 벤치에 앉아 잠시 목을 축이던 중이었다. 카메라를 들어 가을 하늘을 조준하고 있는 내게 말을 건넨 건 회색 머리가 성성한 노인이었다.

"사진가인가요? 아니면 사진을 전공하는 학생인가요?"

"둘 다 아니에요. 저는 그저 사진을 좋아하는 여행자예요."

"오, 그렇군요."

수동카메라를 들고 렌즈를 이리저리 돌리며 조준하고 있으면 말을 건네는 사람이 꽤 된다. 마치 소설가 존 스타인벡의 미 대륙 여행길에서 뉴욕 번호를 단 그의 자동차 표지판에 사람들이 보냈던 관심처럼 말이다. 사진을 제대로 배우지도 않은 나로서는 이런 이야기를 들으면 사실 상당히 머쓱하다. 스물넷 꽃다운 나이에 잡지사에 입사해 사진부 기자들의 셔터 소리에 가슴이 설렌 이래 수동 필름 카메라는 나에겐 일종의 동지가 되어버렸다.

"뉴욕에는 얼마나 머물 예정이지요?"

"사실은 한두 달쯤 생각했는데 며칠 전에 방을 구해버렸어요."

"하하, 뉴욕에 오는 젊은이들이 많이 하는 일이죠."

이어 뻔한 소개와 뉴욕에 대한 인상 이야기가 오간 뒤, 할아버지는 다시 물었다.

"그래, 무엇을 하며 지낼 예정이지요? 친구들을 사귀어야 재미있을 텐데요."

"골목골목 열심히 여행을 해야죠. 대학원을 가까스로 졸업한 터라 당분간 심각한 학교는 다니고 싶지 않아요. 아, 친구를 만날 수 있는 즐거운 단체를 찾고 있긴 해요."

내가 이 말을 마치기가 무섭게 그는 손가락으로 하늘을 가리키며 '아하' 하는 표정을 짓더니 저만치 앉아 있는 부인에게 소리를 쳤다.

"허니, 이 아가씨에게 센터를 소개해 줘야겠어."

센터에서는 거의 매달 회원들을 위한 행사가 펼쳐진다. 무슨 이름 붙은 날이면 더 외로운 이민자와 이방인을 위한 특별한 디너에 자원봉사자들을 위한 파티를 열기도 한다. 한데 어울려 잔을 들고 춤을 추던 친구들의 모습이 지금도 눈에 선하다.

부부는 그들 집에 한동안 머물다 갔다는 일본 여학생 이야기를 하면서 내게 ICNY를 추천했다. 많은 친구를 만날 수 있으며, 뉴욕 여행에도 상당한 도움이 될 거라는 설명을 덧붙였다. 그 이름을 듣자마자 내가 서울에서 들었던 바로 그곳이란 걸 기억해 냈다. 위치까지 자세히 설명해 주며 'Good Luck' 인사를 건네던 노부부와 헤어지면서, 나는 대체 어떤 곳이기에 낯선 이방인인 내게 그곳을 권유했을까 하는 호기심으로 가득 찼다.

며칠 뒤, 나는 아침 일찍 집을 나서 센터로 향했다. 센터는 나처럼 입소문으로 찾아오는 사람이 많은지 방문객을 위한 오리엔테이션 프로그램을 하루에도 몇 번씩 진행하고 있었다. 나는 혹시나 무슨 수상한 종교 단체가 아닐까 하는 의심을 거두지 못하고 센터의 구석구석을 살펴보았다. 한데 아무리 꼬투리를 잡으려고 해도 아마추어적이랄까 하는 점 외에는 별다른 수상한 점이 보이지 않았다. 자그마한 커피숍이 있는 라운지에 모여 있는 사람들은 활기차고 자유로워 보였으며, 그달의 소식지에 나온 회원들의 작문과 소식도 유쾌했다.

서울에서 들었던 대로 저렴한 영어교습소이기만 했다면 아마 센터에 가입하지 않았을 것이다. 그보다는 센트럴파크에서 만난 노부부의 설명 그대로 다양한 국적과 인종, 나이, 언어를 가진 사람들이 한데 어우러지는 곳이었기에 나는 당장에 센터를 나의 거점으로 삼았다. 뉴욕은 매력적인 도시인 동시에 정신없이 바쁘고 냉정한 도시라 실리적인 도움이 되지 않는 이방인을 선뜻 두 팔 벌려 환영하는 관광지와는 거리가 멀다. 그런데 이곳은 그런 실리적인 기브 앤 테이크의 냄새를 제거하고 함께 어울리는 광장이다.

해가 빨리 지는 11월로 접어들면서 나는 자연스럽게 센터의 일원이 되었다. 해가 지면 밑천이 떨어지는 나 같은 길거리 여행자에게 센터는 언제든 들려 어울릴 수 있는 최적의 베이스캠프다. 대만에서 온 에코, 러시아 출신 빅터, 캄보디아계 프랑스인 대니, 푸에르토리코인 마르코, 콜롬비아에서 온 호세, 일본 친구 카오리. 지난 몇 주간 센터에서 만나 즐겁게 이야기를 나눈 사람들이다. 매일매일 새로운 회원이 찾아오고 기존 멤버도 워낙 방대해 매번 뻔한 자기소개를 반복해야 하는 번거로움이 있지만 센터가 주는 수백 가지 혜택에 비한다면 그것쯤이야! 수요일 리얼 뉴욕 클래스, 토요일 맛집 탐험, 목요일 갤러리 관람, 개별적으로 초대받은 크리스마스 파티까지! 거리 뒤지기에도 바쁜 내게 달력에 표시할 스케줄은 자꾸만 늘어간다.

뉴요커들의
동네 자랑

이 도시 사람들의 특징 중 하나를 꼽자면 못 말리는 동네 자랑이다. 뉴욕에 대한 자부심은 기본이고, 나아가 어퍼웨스트, 웨스트빌리지, 미드타운 등 자기가 사는 동네에 대한 자랑이 끝이 없다. 뉴요커의 캐릭터가 어떤 상황에서든 불평부터 늘어놓고 보는 투덜이 스머프란 점을 감안해 보면 참 재미난 부분이 아닐 수 없다.

예를 들면 뭐 이런 식이다. 맨해튼 가장 변두리에 있는 쓰레기 매립 신도시 배터리파크 시티는 좋은 학군—뉴요커가 자랑해 마지않는 스타이브슨트 고등학교—을 품고 있는 최고의 가족 주거지라 자랑하고, 음산한 미트패킹 지역 분위기를 물씬 풍기는 첼시는 소호를 능가한 힙한 동네라 외치며, 쇠락한 부자 동네 같은 느낌이 드는 어퍼이스트는 부촌의 원형이라며 목을 뻣뻣하게 치켜세운다.

물론 위의 부정적인 표현들은 이들의 과한 자부심에 심통 난 내가

ALPHABET SCOOP
ALPHABET
SCOOP
OPEN
EAT

과장해 만든 것이다. 하지만 맨해튼은 물론이고 브루클린, 퀸즈, 브롱스, 스태튼 아일랜드까지 모두 자기 동네는 썩 괜찮은 동네란다. 그런 얘기를 반복해 듣다 보면 대체 이 도시에서 좋지 않은 동네가 과연 있기는 할까 하는 의문이 들 정도다. 한데 눈부시게 아름다운 가을을 보내고 온 거리가 들썩이는 크리스마스 시즌을 맞으면서 나 역시 우리 동네와 사랑에 빠졌다. 기회가 있을 때마다 뉴요커들도 잘 모르는 우리 동네 루즈벨트 아일랜드의 대변인을 자처하는 나를 보며 어느새 이곳 사람들을 닮아가는구나 싶어 혼자 킥킥 웃는다.

'미드타운 3분—루즈벨트 아일랜드' 내 방을 구할 때 본 렌트 광고다. 대체 어디길래 미드타운까지 3분 거리라는 거지? 지하철 노선도를 한참이나 들여다본 뒤에야 찾아낸 작은 섬. 아니, 저렇게 작은 섬에도 사람이 산다고? 나는 손가락으로도 단박에 가려지는 섬을 보며 다시금 깜짝 놀랐다. 뉴욕 시가 온통 섬들의 집합이란 걸 새롭게 배우는 내게 다섯 개 보로borough 외에도 산재한 작은 섬들은 놀라운 발견이었다. (뉴욕은 앞서 말했던 맨해튼, 브루크린, 퀸즈, 브롱스, 스태튼 아일랜드의 다섯 개 보로로 이루어져 있다.)

그러니까 루즈벨트 아일랜드는 맨해튼과 퀸즈 사이 동강east river에 있는 가느다랗고 긴 섬이다. 큰 기대 없이 방이나 한번 보겠다며 처음 이 섬을 찾은 저녁, 나는 첫눈에 이 섬에 반해버리고 말았다. 맨해튼에서 지하철로 고작 한 정거장인데 이 섬은 시 외곽의 한적한 동네, 혹은 조금 오래된 대형아파트 단지 안에 들어온 것 같은 푸근한 분위기를 풍겼다. 인구밀도가 눈에 띄게 낮았으며 아파트를 제외하면 고층빌딩도 거의 없었다. 특별한 주류 인종 없이 백인과 흑인, 히스패닉과 아시안이 뒤섞여 있다는 점도 마음에 쏙 들었다.

　뉴요커들이 맨해튼에 부여하는 가치는 이방인의 상상에 두 배쯤은 되는 것 같다. 그도 그럴 것이 흔히 뉴욕 하면 떠오르는 모든 것, 브로드웨이며 소호, 월스트리트나 센트럴파크, 메트로폴리탄 뮤지엄과 카네기홀이 모두 자리한 곳이 맨해튼이다. 때문에 비슷한 조건의 집이라도 맨해튼과 다른 보로의 가격차가 배에 이르며, 같은 외곽일 경우 맨해튼에 얼마나 가까운가가 가격을 결정하는 주요한 요인이 된다. 이방인인 내 눈에는 중심가와 멀거나 상대적으로 열악한 환경 때문에 외면당하는 곳인데도 이곳 사람들은 '그래도 맨해튼이잖아!_{But it's still Manhattan!}'라고 대꾸한다. 이 루즈벨트 아일랜드도 행정구역상 맨해튼에 포함된단다. 우리 아파트 도어맨 존의 표현을 빌자면 그것도 모르고 방을 구한 나는 정말로 행운아란다. 그때까지만 해도 '뭐 그렇게까지……' 하며 덤덤하게 반응하던 내가 진심으로 동의하게 된 건 몇 주 뒤의 일이다.

　루즈벨트 아일랜드는 좁은 섬의 주차장화를 막고 도로 순환을 원활하게 하기 위해 섬 중앙에 7층 규모의 대형주차장을 짓고 섬 주민의 모든 차량을 그곳에 주차하도록 하고 있다. 때문에 뉴욕의 어느 동네보다 차량 소통이 적고 조용해 천천히 걸으며 풍경을 감상하기에 안성맞춤이다. 소도시 읍내를 연상시키는 메인 스트리트를 걷는 것도 재미있지만 볕이 좋으면 조깅 트랙이 갖춰진 섬 가장자리를 따라 맨해튼을 조망하며 걷는 맛도 끝내준다. 지하철 역에서 집까지 15분 남짓한 그 길을 아침저녁 오가노라면 하루하루 달라지는 계절을 제대로 만끽할 수 있다.

　이 섬은 칠레를 연상시킬 만큼 좌우로 좁고 상하로 긴 모양을 하고 있다. 중심 도로가 말 그대로 메인 스트리트 하나뿐일 정도로 작은 섬이

허드슨 강에 접한 배터리파크시티 역시 콧대 높은
주택가 중 한 곳이다. 강과 공원, 뉴저지를 바라보며
야외에서 브런치를 즐기던 주민들은
이곳이 단연 뉴욕 최고의 주거지라고 입을 모았다.

지만 생활에 필요한 편의 시설은 거의 다 있다. 우선 초등학교와 중학교가 있고 그에 맞춰 시립도서관 분점이 있으며, 테니스 코트와 크고 작은 공원도 있다. 우리 아파트 바로 건너로 우체국이 있고, 그 옆에는 자정까지 영업하는 중간 규모의 슈퍼마켓이 있다. 이밖에도 은행과 몇 개의 그로서리 숍식료품점, 커뮤니티 센터, 마을 중고품 가게, 스파 네일 살롱, 갤러리, 스포츠센터, 중식당, 피자집, 카페까지 그 규모는 작지만 이 섬과 세월을 같이해 온 가게들이 촘촘하게 들어서 있다.

자랑거리가 많지만 이 섬의 백미는 누가 뭐래도 케이블카다. '트램'이라 불리는 이것은 맨해튼 동쪽과 루즈벨트 아일랜드 사이를 오가는 뉴욕 시 유일한 케이블카다. 관광용이 아닌 엄연한 대중교통으로, 강을 건너던 나룻배의 운행이 중단되고 지하철 F선이 섬으로 연결되기 전까지, 트램은 맨해튼과 섬을 바로 이어주는 유일한 대중교통이었다.

초고층 건물로 가득한 맨해튼을 조망하기 위해 사람들은 엠파이어 스테이트 빌딩과 록펠러센터의 전망대를 오른다. 하지만 트램을 타고 하늘을 날면서 내려다보는 그 맛은 안전망으로 막힌 전망대에서 보는 것에 결코 뒤지지 않는다. 운행 시간은 고작 7~8분에 불과하지만 낮과 밤, 그리고 계절과 날씨에 따라 시시각각 다른 풍경이 펼쳐진다. 땅에서 솟구쳐 올라 맨해튼과 동강을 내려다보는 그 맛이라니! 화창한 날이면 북쪽의 랜달 아일랜드까지 잡힐 듯 보이고, 늦은 밤에는 눈부신 미드타운의 야경이 음소거된 영상으로 펼쳐진다.

1976년 운행을 시작한 트램의 나이는 서른 살이다. 지난 30년간 섬 주민들의 발 역할을 하는 동안 겉모습도 낡고 잔고장도 종종 일으켜 트램 폐쇄 이야기도 가끔 나온다. 하지만 말끔한 수트를 차려입은 직장인

부터 아기 유모차를 밀고 나온 엄마, 걷기 부축용 장비를 밀고 걷는 할아
버지까지 빠르고 편한 지하철 대신 트램을 고집할 만큼 섬 주민들의 애
정은 각별하다. 여기에는 운전사와 노인 주민들의 안부 인사가 정겹게
오가고, 저만치서 사람이 뛰어오면 닫으려던 문을 열고 몇 분쯤 느긋하
게 기다려주는 아날로그적 맛이 한몫을 하는 것 같다. 나는 서울로 보내
는 엽서에 누구든 나를 찾아 이 도시에 오면 가장 먼저 이 케이블카를 태
워주겠노라고 썼다.

　뉴요커의 동네 자랑에 대한 나의 해석은 이 도시가 관광지란 포장지
를 벗기면 일순 험악하게 다가오지만, 마음을 붙이고 지내보면 생각보다
썩 괜찮다는 것이다. 지금은 평화롭고 아름다운 이 작은 섬에 대만족이
지만 이번 여행을 마치기 전 빌리지와 업타운 같은 다른 동네를 체험하
고 싶다는 욕심도 살짝 고개를 든다.

오감을 자극하는 도시
소음이 빚어내는 조화

커피를 마시다 입천장을 홀딱 데었다. 뚜껑을 열고 거품을 살짝 핥아먹은 다음 후후 불며 막 한 모금을 삼키려던 그 찰나, 소리도 요란한 소방차 몇 대가 내가 앉아 있는 카페 앞 대로를 가로지르는 것이었다. 요란한 사이렌 소리로 귓전을 때리는 것으로 모자라 클랙슨까지 빠바바방 박자 맞춰 울려댔다. 나는 엉겁결에 김이 모락모락 나는 커피를 꿀떡 삼키고 놀란 얼굴로 지나가는 빨간 소방차를 보았다. 순간 오만 가지 생각이 머리를 스쳐갔다. 뉴욕에서 또 무슨 일이 터졌구나! 카메라가 있으니 잘 하면 현장을 잡을 수 있겠군. 신분증은 여기 있고, 필름을 충분히 챙겼던가.

　식도를 타고 내려가는 커피의 뜨거움을 고스란히 느끼며 서둘러 가방을 챙겨 일어서는데 무언가 이상했다. 카페 안 사람들 누구도 일말의 동요가 없었다. 아이팟을 끼고 잡지를 보는 여자, 노트북으로 연신 타이핑을 하는 남자, 운동복 차림으로 베이글을 먹는 여자, 그리고 바로 옆 테이블에서 내가 알아들을 수 없는 스페인어로 이야기하는 사람들까지. 나는 고개를 두리번거리며 엉거주춤 다시 자리에 앉았다.

뉴욕 도착 사흘째 날 아침의 기억이다. 고작 몇 주간의 경험으로 이야기하자면 이곳에서는 소방차나 앰뷸런스, 경찰차를 하루에 적어도 서너 번은 마주치는 것 같다. 이 소음에 깜짝깜짝 놀라는 게 나뿐인 걸로 봐서 뉴욕 사람들은 이 소리에 어지간히 익숙한 게 분명하다. 이 무례한 소음은 그야말로 때와 장소를 가리지 않아서 길 위에서도 가게 안에서도 만날 수 있을 뿐 아니라, 자정을 넘겨 막 불을 끄는 순간에도, 새벽녘 한참 달게 자고 있을 때에도 제멋대로 울려퍼진다. 내가 이해할 수 없는 건 새벽녘 텅 빈 도로를 질주하면서도 사이렌과 더불어 그 요란한 경적을 함께 울려댄다는 것이다.

오늘 새벽에도 그들의 요란한 경적에 잠을 설쳤는데 어느 집에서 외친 "Fuck you!" 소리가 내 귀에까지 들렸다. 이 소음에 열 받는 사람이 나뿐만이 아니란 사실에 나는 묘한 동지의식과 함께 피식 웃음이 났다. 잠이 달아나 뒤척이며 기억을 더듬다 보니 소음은 내게 이 도시의 첫인상이었다.

나와는 출장 인연이 없었던 뉴욕을 처음 찾은 건 2년 전 여름이다. 당시 보스턴에서 뉴욕으로 이동하는 여정이었는데 나는 일명 '차이나타운 버스'를 타고 이곳에 왔다. 정규 고속버스의 절반도 안 되는 버스 요금에, 영어가 거의 통하지 않는 중국인 운전사나 사고 발생 시 보험 적용이 안 된다는 얘기는 들은 척도 않고 냉큼 올라탔다. 때때로 아슬아슬한 과속이 있긴 했지만 여정은 순조로웠고, 버스는 예정대로 네 시간 뒤 뉴욕에 다다랐다. 저만치 맨해튼의 빌딩 숲이 보일 때까지만 해도 마치 영

ARGENT
OUTRIPOLE
KODAK digital
HSBC
SAMSUNG
Coca-Cola
Corona Light
NOVOTEL
DREAMGIRLS
SOARING AND JOYFUL
Drowsy Chaperone
LOEWS THEATRES
McDonald's
PENN STATION
AMTRAK
TEST DRIVE AMERICA'S MOST RELIABLE NETWORK
TEST DRIVE
AMERICA'S MOST
RELIABLE
NETWORK
verizonwireless.com/testdrive
verizon
100% Colombian

화 속 장면으로 걸어 들어가는 양 흥미로웠다. 그러나 버스가 멈춰선 곳은 캐널 스트리트Canal Street. 뉴욕에서도 복잡하고 시끄럽기로 대표 선수인 차이나타운 한복판이었다.

버스에서 내려서자 한여름의 후끈한 열기보다 빠르게 왁자한 소음이 나를 감쌌다. 배낭을 둘러멘 채 한동안 움직이지 못하고 주위만 두리번거렸다. 누구 클랙슨이 더 큰지 내기라도 하듯 빵빵거리는 차들, 거리를 점령한 갖가지 야채와 과일 노점, 그곳에 장을 보려고 몰려든 사람들, 그리고 그들이 만들어내는 만다린어와 캔토니즈광둥어가 귓전을 따갑게 울렸다. 이 소음은 영어보다 한자로 된 간판이 압도적으로 많은 거리를 지나 지하철 역에 도착할 때까지 계속되었다. 사진으로 보았던 마천루의 도시 뉴욕으로 제대로 찾아온 것일까? 나는 가까스로 붐비는 지하철에 몸을 싣고 그런 생각을 했다. 그때 일주일간 뉴욕에 머물며 착실하게 관광객 코스를 밟았지만 좀처럼 그 소음에 익숙해지지 못했다.

어떤 장소에 대한 대개의 기억은 그림으로 저장된다. 편집부 전원이 사진 한 컷에 울고 웃는 여행 잡지를 만들어온 나 역시 그랬다. 스위스 융프라우 출장은 흰 눈을 뒤집어쓴 알프스와 아기자기한 샬레하우스 그림으로 남았고, 스페인 안달루시아는 파스텔 톤으로 회칠한 벽으로 남았으며, 베트남 호치민은 매연 속에서 흰 아오자이 자락을 나부끼는 자전거 타는 소녀로 남았다.

그런데 한 해 한 해 낯선 도시로 발을 내딛는 횟수를 더할수록 조금 다른 버릇이 생겼다. 눈을 감고 다른 감각에 의지해 그 도시를 바라보는 시도를 하는 것이다. 시각 이미지는 때로 너무 강렬해서 시각이 아닌 다른 자극을 모두 가리는 단점이 있다. 청각과 후각, 미각과 촉각을 모두 동

그 어떤 뒷골목에서도 벗어날 수 없다고 불평하던
뉴욕의 소음이 이렇게 그리워질 줄이야…….

원해 낯선 장소를 느끼려고 노력해 보니, 특정 장소에 어떤 감각이 유난히 잘 어울리는지 관찰할 수 있게 되었다. 그림엽서 같은 풍광의 스위스 산악지대는 오염도 0%의 공기를 통해 후각을 자극했고, 화려한 쇼핑 메카 싱가포르는 가격 대비 뛰어난 음식들이 미각을 일깨워준 곳이다. 그런 면에서 뉴욕은 오감이 골고루 자극받는 도시지만, 그중에서도 나는 단연 청각을 꼽겠다.

뉴욕을 대표하는 소리 사이렌과 자동차 경적이 소음이라면, 이 다양한 인종들이 만들어내는 다양한 언어의 향연은 신기한 음악에 가깝다. 카페에 앉아 있노라면 내가 와 있는 나라가 대체 어디일까 싶을 만큼 수많은 언어가 공존한다. 주문을 할 때나 낯선 사람에겐 영어로 말하지만, 자신의 일행이나 전화기에 대고는 자연스럽게 다양한 모국어가 등장한다. 이 도시에서 영어보다 더 자주 들을 수 있는 스페인어부터 중국어와 프랑스어, 일본어와 포르투갈어까지 가만히 듣고 있으면 국제회의실이 따로 없다.

지하 공간 역시 빼놓을 수 없는 소음 공작소다. 로컬완행 지하철도 시끄럽지만 특히 환승역에만 정차하는 익스프레스급행 노선은 무슨 소리 증폭제를 단 게 아닐까 의심스러울 만큼, 마치 선로를 끊어버릴 듯 요란한 소리를 내뿜으며 달린다. 사람들은 그 소음을 뚫고 대화를 이어가기 위해 바로 옆 사람에게 소리를 질러대고, 어떤 이들은 그 소음이 듣기 싫다며 엄청난 볼륨으로 음악을 듣는다. 또 그 틈바구니에서 자신의 음악을 연주하고 노래를 부르고 CD를 파는 지하철역의 음악가들도 상당수다.

물론 뉴욕은 대단히 시각적인 도시다. 보는 이를 억 소리 나게 압도하는 거대한 마천루 숲, 그 속에 도시의 허파 기능을 담당하는 진초록의

센트럴파크, 거리 곳곳을 누비는 샛노란 택시까지 시각적 감각이 넘쳐흐른다. 게다가 100년이 넘은 화려한 석조 건물과 최근에 완성된 최첨단 콘도미니엄, 알록달록한 중국 지붕과 전통 사리를 갖춰 입은 인도 여성이 천연덕스럽게 공존하는 모습은 그야말로 뉴욕만의 이미지다. 그럼에도 눈을 감고 있으면 눈에는 잘 보이지 않는 뉴욕이 다가온다. 무수히 다양한 사람들의 언어, 자동차 경적소리, 원 달러 뉴욕타임스, 파이브 달러 레이디스 핸드백, 사이렌 소리, 흑인들의 랩 소절 같은 check it out, check it out……

아침마다 커피를 사러 가는 빵집에서 저만치 내달리는 소방차를 보며 "이 도시는 정말 시끄러워" 하고 혼잣말을 하자 커피를 건네주는 점원이 말한다.

"한 달만 지내봐, 이 소음이 없으면 잠을 이룰 수 없을 걸!"

나만의 보물창고
트리프트 숍

내 발길은 자연스럽게 웨스트 10번가로 향하고 있다. 웨스트 빌리지에서 일정을 마치는 저녁에 이곳을 그냥 지나치기란 참새가 방앗간 지나가는 것보다 어렵다. 안으로 들어가기에 앞서 나는 오늘 쓸 수 있는 예산을 어림잡는다. 이번 주엔 다행히 예상 밖 지출이 없었지. 마음에 꼭 드는 것이 있는 경우에 한해 20달러까지 허락해 주지. 나는 숨을 한 번 깊게 들이쉬고 보물창고의 문을 연다.

'하우징웍스 트리프트 숍 Housing works thrift shop.' 말하자면 이곳은 자체 브랜드를 가진 중고가게다. 의류는 기본이고, 책과 그림에 장식품도 팔며, 가구와 주방용품도 있다. 똑같은 걸 두 개 찾기는 어렵지만 어지간한 소비재는 다 갖춘 이곳을 나는 보물창고라 부른다.

이미 정착 초반 어퍼이스트에서 몇 곳의 트리프트 숍을 발견하고 쾌재를 부른 바 있다. 다른 도시들과 달리 'used'나 'second hand'란 표현을 쓰지 않아 긴가민가하고 들어갔던 그곳에서 나는 한 살림 제대로 장만했다. 트렁크 하나 달랑 들고 도착한 내가 매서운 겨울을 버틸 수 있게 해준 따뜻한 옷가지며, 가스에 그대로 올려 에스프레소를 추출할 수 있는 소형 커피머신, 쌓여가는 각종 브로슈어들을 정리할 파일까지 말이다. 게다가 당시 대부분의 상점들이 진행하던 '연휴 세일'은 이 트리프트 숍에도 해당되어서 나는 거저 얻는 수준으로 살림을 장만했다.

3번로 업타운에 옹기종기 모여 있는 트리프트 숍들이 살짝 지루해질 때쯤 바로 이 보물창고 하우징웍스를 만났다. 수십 년 이상의 역사를 자랑하는 업타운 가게들이 깐깐한 할머니 봉사자에 의해 운영되는 다분히 중년 취향의 중고가게라면, 2000년대 세워진 이 보물창고는 젊은이들 눈에 쏙 들어오는 실용적이면서도 개성 있고 예쁘장한 트리프트 숍이다. 뉴욕을 포함한 미국 전역에 구세군이 운영하는 중고가게가 있지만 이런 브랜드 트리프트 숍을 그것과 비교하는 건 곤란하다. 맨해튼에만 동네 별로 다섯 곳의 분점을 가진 하우징웍스는 사실 인테리어만 조금 더 야무지게 한다면 빈티지 가게로도 전혀 손색이 없을 정도다.

하우징웍스의 최강점은 다른 무엇보다 물건 그 자체다. 이곳에서 찾을 수 있는 브랜드를 열거할 테니 놀라지 마시라. 막스마라, TSE, 띠어리, 디젤, 페라가모, 구찌, 브룩스브라더스, 페이퍼데님, 폴로, 에트로, 아르마니……. 그러니까 미국 최대 명품 아울렛 몰인 우드베리 커먼에서 볼 수 있는 그 브랜드들이 중고가게에 그대로 놓여 있는 셈이다. 물론 이 옷이 최신 잡지를 도배한 신상품은 결코 아니며, 또한 누군가의 손을 거쳐왔다는 사실을 기억해야 한다. 하지만 명품이 빛나는 이유는 몇 계절 묵고 손때가 묻어서 시간이 흐를수록 그 매력을 더욱 발산해서가 아닐까? 매장 환경도 쾌적하고, 한쪽에는 어김없이 피팅룸도 마련되어 있으며, 다루는 품목도 워낙 방대하니 의외의 것을 발견하는 재미도 있고, 무엇보다 그것을 이용하는 사람들도 멋지다. 그래서 내가 고물을 뒤적거리고 있다는 쓸쓸한 생각은 전혀 들지 않는다. 이것이 내가 이곳을 보물창고라 부르는 이유다.

그렇다면 나뭇결 고운 테이블부터 비싼 브랜드 의류들까지 이 모든 것들이 어떻게 중고가게로 모여들게 된 것일까? 결론부터 말하자면 여기에 놓인 모든 상품은 바닥부터 천장까지 모두 기증품이다. 한 시간쯤 여유롭게 보물창고를 뒤지다 보면 적어도 한 명의 기증자를 만날 수 있다. 책가방 가득 가져온 살림을 내려놓고 다시 자기가 필요한 것들을 구입해 가는 학생도 있고, 한 손엔 애완견, 다른 손엔 쓰레기 봉투만한 자루를 들고 온 젊은 부부도 있으며, 운전기사 편에 열 개가 넘는 상자를 가져온 사모님을 만날 때도 있다. 워낙에 기증 문화가 보편적인 도시인데다 이렇게 물건을 기증하면 원할 경우 그에 따른 세금 공제 혜택을 받을 수 있다. 미국 전역에서 가장 비싼 세금을 내는 뉴욕인지라 소득세 높은 상류층 사람에게 이는 놓치기 아까운 혜택이라고 한다.

게다가 좋은 물건은 계속 쏟아져나오고, 뉴욕이란 도시의 특성상 수납공간도 제한적이니 누구나 사들이는 만큼 일정 부분은 갖다 버려야 하는 게 현실이다. 그러다 보니 그 틈새에서 자연스럽게 이런 고급스런 중고가게들이 발전한 것이다. 전부 그렇지는 않지만 대개 뉴욕의 트리프트 숍은 환자나 구호단체 커뮤니티와 연계해 수익금 전액을 그들 단체를 후원하는 데 쓴다. 나의 보물창고 하우징웍스는 특별히 에이즈 환자를 후원하고 있다.

지금도 가만히 저 문을 열고 안으로 들어가고 싶다.
또 얼마나 아름답고 재미난 물건들이
이 보물창고를 찾아왔을까…….

THE FUTURE PERFECT
THE FUTURE PERFECT
E PERFECT
PACKING
LAMB
782-
A&G
MERCH

사람들은 살 무언가를 정하고 오기보다 기대하는 마음을 갖고 온다. 와서 둘러보고 마음에 드는 것을 찾아낸다. 파트타임으로 들은 마케팅 수업에서 배운 대로라면 '니치 마켓'이며 '블루오션'이다. 오크통 모양의 도자기 맥주잔에 테두리 장식 근사한 액자, 여름에 발견하는 겨울 코트와 특이한 디자인의 단화까지 무언가 찾아낸 사람들 사이에선 웃음이 끊이질 않는다.

일주일 만에 왔는데도 절반 이상이 지난주에 보지 못했던 것들이다. 그만큼 기증하는 사람도 많고 구매하는 사람도 많아 상품 회전율이 높다는 뜻이다. 내 앞으로 보잉 선글라스를 머리에 올린 여자가 옷걸이에서 솜씨 좋게 몇 가지를 빼든다. 스타일이 멋지다 싶더니 역시 골라 드는 것도 보통이 아니다. 평범해 보이는 티셔츠에 랩 스커트를 매치하니 저렇게 시원하고도 활동적으로 보이는구나. 너무 티 나지 않게 그녀가 들었다 놓은 옷들을 스윽 챙긴다. 나는 보물창고에서 스타일 코디 법까지 배운다.

물론 이 모든 찬사는 누군가 입었던 옷에 대한 거부감이 있는 사람에게는 해당되지 않는다. 또한 이렇게 매력적인 트리프트 쇼핑에도 주의할 점은 있다. 우선 개중에는 케케묵은 옷들도 있으니 브랜드만 믿고 덥석 구매하는 것은 금물이다. 진열되어 있는 것이 전부니 사이즈도 자유롭지 않으며, 때로 손상된 경우도 있으니 꼼꼼하게 잘 살펴야 한다. 또한 트리프트 가게들은 대다수의 뉴욕 상점과 달리 환불이나 교환이 안 되므로 싸다고 덥석 사는 것은 위험하다. 이 가게들은 좋은 물건을 재활용하는 데 의의를 두기도 하지만 그 이익금을 곧장 후원금으로 사용하기 때문에 교환과 환불이 어려운 것이다.

　　그러고 나서 둘러보니 뉴욕은 동네마다 숨은 트리프트 찾기의 연속이다. 좀 오랜 역사를 가진 교회에서는 대개 자체적으로 소규모 트리프트 숍을 운영하고 있다. 웨스트 빌리지 '세인트 루크'나 20번가 그래머시파크 옆 '세인트 조지'가 그런 경우다. 이밖에도 단독 매장으로 운영되는 17번가 엔젤 트리프트Angel Thrift도 상품이 좋아 충성도 높은 고객이 많다. 브루클린 윌리엄스버그에 위치한 '비컨스 클라짓beacon's closet'은 특히 빈티지를 좋아하는 젊은이들 사이에서 인기가 좋은 곳이다. 그러니까 진짜 뉴요커들은 누구나 애용하는 비밀스런 보물창고 한 곳쯤 있다고 보면 된다.

　　개인적으로 내가 가장 사랑하는 곳은 하우징웍스 빌리지 매장이다. 규모는 작지만 어쩜 그리도 멋진 것들만 모아놨는지 갈 때마다 빈손으로 나오기가 어렵다. 나와 함께 계산대에 줄 서 있던 40대 여성은 말한다.

　　"이곳 중독성 정말 강력하지? 나는 매일 이곳에 나와서 좋은 물건이 들어왔나 보지 않으면 잠이 안 올 정도야."

　　편하게 입기 좋은 인디언풍 치마는 3달러, 소더비의 미국 사진전 경매 책자는 4달러. 페라가모의 밤색 스웨이드 단화는 맞춘 듯 꼭 맞는다. 이 복잡한 뉴욕에서 구두 신을 일이 있을까 밀어두다가 밑창을 뒤집어보고는 다시 집어든다. 2달러. 아무래도 이곳에서 진정한 쇼핑의 맛에 눈을 뜬 것 같다.

위대한 대중교통
MTA 파업

뉴욕에서 지하철은 마치 공기나 물, 햇빛만큼이나 필수적인 요소다. 이곳에 사는 사람에겐 물론이거니와, 단 며칠이라도 이 도시를 제대로 둘러보길 원한다면 가장 먼저 친해져야 하는 대상이 바로 지하철이다. 그러니까 이 점에 있어서 뉴욕은 미국이란 나라와 대칭점에 놓인다. 자동차 없이는 물 한 병, 샌드위치 한 쪽 사러 가기 어려운 미국의 다른 지역과 달리 뉴욕에서 자동차는 한 달 월세에 버금가는 주차료를 잡아먹는 골칫거리로 분류된다.

물론 여행 초반 뉴욕의 지하철은 내게도 난감 그 자체였다. 양손으로 커다란 지하철 노선도를 활짝 펼쳐들고 알파벳과 숫자, 색깔이 뒤섞인 노선도를 보면서 침을 꼴깍 삼켰다. 유럽 출장 때마다 그곳의 지하철이 심난하다고 생각했는데 뉴욕에 비하면 양반이다. 이곳은 지하가 아닌 것처럼 보이려는 그 어떠한 노력도 하지 않아서 모든 지하철 역은 어둑

한 조명에 회색 시멘트 구조물, 을씨년스러운 쇠창살을 토대로 이루어져 있다. 역마다 쓰레기통을 뒤지는 노숙자, 철로를 활개치고 다니는 팔뚝만한 쥐들도 거의 필수적이다. 여기에 낯선 승객에 대한 배려라곤 찾아보기 어려운 이정표까지 합세하니 난감함과 심난함을 떠올리기에 이보다 더 좋은 예가 있을까.

뉴욕은 체험하기 전과 후가 상당히 다른 도시 중 하나인데, 그 선두에 이 난감한 지하철 탐험이 버티고 서 있다. 흥미롭게도 겉으로 보기엔 형편없는 이 지하철에 몸을 실어보면 이게 생각보다 유기적이고 편리하게 운행되고 있다는 사실을 알게 된다. 웨스트 빌리지-크리스토퍼 스트리트, 어퍼웨스트-72번가, 소호-프린스 스트리트처럼 뉴욕의 모든 동네는 지하철 역과 짝을 맞춰 있을뿐더러, 10번가에서 200번가를 50여 분만에 연결해 주는 익스프레스 노선과 모든 정거장에 조밀하게 서는 로컬 노선이 나란히 운행되는 걸 보면 감탄이 절로 나온다. 또한 정해진 기간 내에 지하철과 버스를 무제한으로 이용할 수 있는 정액권 제도도 매력적이다. 그러니 이 도시에선 76불짜리 30일 정액권 한 장이면 값비싼 벤츠도 허리 긴 리무진도 별로 부러울 게 없다.

그런데 이렇게 뉴욕 전역을 실핏줄처럼 연결하는 대중교통 MTA Metropolitan Transportation Authority가 완전히 멈춰 서는 일이 벌어졌다. 때는 바야흐로 연말의 정절에 달하는 12월 중순, 크리스마스를 코앞에 둔 시기에 뉴욕의 대중교통이 파업에 돌입했다. 대중교통의 대중교통에 의한 도시 뉴욕에서 지하철과 버스가 기약 없이 멈춰 서다니! 며칠 전부터 각종 언론에서 노조의 분위기가 심상치 않다고 경고했지만, 전날까지도 대부분의 뉴욕 시민들은 그렇다고 설마 파업을 하겠어, 하는 분위기였다. 그런데 정말로 그런 일이 발생한 것이다.

나는 걱정 반 기대 반으로 밤잠을 설치며 2005년 12월 20일 파업 아침을 맞았다. 하늘이 무너져도 가야 하는 직장이나 학교가 없는 나로서는 이 도시 사람들이 이 파업에 어떻게 반응할지가 너무 궁금했다. 파업 때문에 평소보다 한 시간쯤 일찍 집을 나서는 룸메이트의 부산한 소리에 잠을 깨자마자 라디오 스위치를 켰다. 앵커는 마치 인류가 새로운 행성을 발견이라도 한 듯한 옥타브 높은 목소리로, 사람들이 걸어서 일터로 학교로 이동하는 현장을 묘사하고 있었다. 이 파업이 더없이 이기적인 행동이라고 입장을 밝힌 마이클 블룸버그 뉴욕 시장도 지금 시민들과 함께 브루클린 다리를 걸어서 건너고 있었다. 시 당국이 마련한 비상대책 안내도 이어졌다. 우선 맨해튼으로 진입하는 차량은 4명 이상이 탑승하고 있어야만 통행이 허가되고, 맨해튼 내 택시는 한 방향으로 운행하되 합승을 허가하며 요금을 10달러로 균일화했다. 뉴욕은 지난 1980년 장장 11일에 걸친 대중교통 파업 전력이 있다. 그러니까 80년 이후 꼭 25년 만에 발생한 일대 사건이다.

뉴욕의 지하철이 멈춰 선 이 역사적인 현장을 놓치면 안 되겠다 싶어 나도 서둘러 집을 나섰다. 한걸음에 달려간 루즈벨트 아일랜드 지하철 역은 불이 꺼지고 굳게 닫힌 출입문에 체인이 휘감긴 모습을 하고 있었다. 비가 오나 눈이 오나, 밤 12시에도 아침 7시에도 늘 환하게 불을 밝히고 있던 그 지하철역에 closed 안내판이 걸린 모습은 영 생경했다.

뉴요커들이 자주 쓰는 말 중에 24/7이란 표현이 있다. 두 개의 숫자가 조합된 이 단어는 하루 24시간, 일주일 7일 내내 멈추지 않는다는 뜻으로 무엇이든 끊이지 않고 이어지는 걸 뜻한다. 매일 24시간 운행되는 뉴욕의 지하철은 그러니까 24/7의 대표적 상징이다. 한데 그런 지하철이 이렇게 멈춰서 있다니!

불행 중 다행히도 우리 섬의 트램은 운행을 계속하고 있었다. 2번로와 60번가 트램 정류장에 내려서니 목도리와 장갑으로 단단히 무장한 채 바쁜 걸음으로 이동하는 사람들이 보였다. 운동화 끈을 질끈 동여맨 나도 23번가 ICNY를 목적지로 삼고 그 대열에 합류했다. 40블록이 넘는 거리를 걸어가면서 나는 사람들의 반응을 찬찬히 살펴보았다. 택시를 기다리며 불평을 터뜨리는 소리를 두세 번 들었고, 휴대전화에 대고 자신이 어디서부터 걸어가고 있는지 하소연하는 사람들을 몇 명 지나쳤지만, 대다수의 사람들은 마치 센트럴파크에 조깅이라도 나온 것 마냥 밝은 표정으로 열심히 걷고 있었다. 낯선 사람들끼리 당신은 어디서부터 걷고 있느냐, 다리를 어떻게 건너왔느냐를 서로 물어보면서.

횡단보도 앞에서 잠시 신호를 기다리고 있자니 비슷한 보폭으로 함께 걷던 남자가 아침에 운동하는 기분이 어떠냐며 말을 걸어왔다. 내가 웃으면서 생각보다 나쁘지 않다고 대답했더니 그는 '그렇지? 공기 나쁜 체육관에서 한 시간 운동하는 것보다 훨씬 나은 것 같아!' 하고 맞장구를 쳤다. TV는 계속해서 상황을 생중계했다. 뉴욕 시에는 공공기업의 파업을 원칙적으로 금지하는 '테일러 로Taylor law' 라는 법 조항이 있다. 블룸버그 시장이 인터뷰마다 이 파업이 불법이며 벌금징수로 책임을 물을 거라고 주장하는 건 바로 이 때문이었다.

흥미로운 사실은, 시 당국을 비롯해 협상 담당자인 MTA 측이 크리스마스를 목전에 둔 이 추운 날씨에 시민을 볼모로 불법 파업을 펼친 노조를 시민들이 용서하지 않을 것이라며 강력히 비난하는 데 비해 정작

뉴욕의 지하철과 버스가 완전히 멈춰 섰던 2005년 12월 20일 아침. 다음날 대다수 신문의 1면 사진은 이렇게 문을 잠근 뉴욕의 지하철 역이 장식했다.

인터뷰에 응한 시민들의 반응은 예상보다 담담하다는 것이다.

"노조가 파업하는 데에는 그들 나름대로 이유가 있겠지요. MTA와 노조가 빠른 시간 내에 원만하게 타결하기를 바랄 뿐입니다. 어쨌든 나는 일하러 가야 하는데 이 추운 겨울에 불편한 건 사실이에요. 하지만 아시다시피 여긴 뉴욕이고 이런 일은 얼마든지 일어날 수 있잖아요. 그런데 시민들과 함께 걸어서 다리를 건너고, 자전거 타고 출근하고, 차를 함께 타는 거, 생각보다 재미있네요. 하하!"

방송에 나온 시민 인터뷰 중 한 대목이다. 내 생각에 이게 전반적인 뉴욕 시민들의 의견인 것 같다. 뉴욕 시 대중교통 파업은 결국 서로 한 발씩 물러서면서 사흘 만에 타협을 보았다. 다시 시끄럽고 더러운, 하지만 세상 그 어느 곳보다 편리한 뉴욕 지하철에 몸을 실으며 나는 뉴욕과 한층 친밀해진 것 같았다. 무엇보다 대중교통 없이는 절대 돌아가지 않을 것 같던 이 도시에서 생활을 무리 없이 이어나가고, 불편을 야기한 노조를 무작정 지탄하기보다 적절한 해결책을 찾아내던 뉴요커에 대한 신뢰가 싹텄다. 사흘간 이어진 MTA 파업은 2005년 뉴욕에서 발생한 가장 큰 일로 기록될 것이다. 이 도시에도 그리고 이 도시와 사랑에 빠진 나에게도!

분리수거를 잊어라!
뉴욕은 쓰레기 왕국

매일매일 사소한 일상 속에서 뉴욕에 대한 이해의 범주를 넓히는 중이지만 몇 달이 지나도록 좀처럼 익숙해지지 않는 것이 있다. 바로 쓰레기 문제다. 뉴욕이 깨끗한 곳이 아니라는 건 이 도시에 발을 내딛는 순간 누구라도 알아챌 수 있다. 조금 과장하자면 뉴욕의 거리는 사람 반 쓰레기 반이다. 레스토랑 앞쪽으로 배가 불룩한 검정색 쓰레기봉투 서너 개는 기본이고, 쓰레기통이 그렇게 많은데도 거리와 지하철 역을 가리지 않고 쓰레기통은 늘 차고 넘친다.

 길거리 쓰레기통을 찬찬히 바라보면 한 번 더 놀라게 된다. 쓰레기라고 부르지만 진짜 쓰레기에 해당하는 것은 절반도 되지 않기 때문이다. 유리로 된 음료수병에 플라스틱 물통, 종이봉투, 선물상자 등 우리 기준으로 보자면 재활용함에 넣어야할 것들뿐이다. 이 정도는 그나마 상업지구의 쓰레기에 해당하는 것들이고, 주택가 쓰레기통 주변에 가보면 놀

SCOOP
NYC
BROAD
2500 SQFT
966-9090
NYC
NYC
FREE
VOICE
GRIM
TEAM

라움은 당황스러움으로 바뀐다. 각종 책에 잡지는 물론이고 옷가지에, 조리기구, 멀쩡한 기타에, 유행 살짝 지난 가전제품, 심지어 각종 가구까지 마치 벼룩시장이라도 벌리는 것 마냥 즐비하게 나와 있다.

실제로 이 쓰레기 문제는 의료보험이나 노숙자 못지않은 뉴욕시의 오랜 골칫거리로 꼽힌다. 뉴욕시의 연간 쓰레기는 약 1,500만 톤에 이른다. 뉴욕보다 20퍼센트 이상 많은 인구를 가진 서울의 연간 쓰레기 양이 약 540톤이니, 뉴욕은 매년 서울보다 거의 세 배에 달하는 쓰레기를 생산하고 있는 셈이다. 지난 2001년 줄리아니 시장이 기존에 사용해 오던 스태튼 아일랜드의 쓰레기 매립장을 폐쇄한 뒤 대체 매립지를 찾지 못해 고심하던 시 정부는 현재 막대한 예산을 들여 뉴저지나 펜실베이니아, 버지니아 등지로 뉴욕의 쓰레기를 보내고 있는 중이라고 한다.

한국에서 90년대 중반을 산 사람이라면 쓰레기 문제로 골머리를 앓았던 기억이 있을 것이다. 전국적으로 쓰레기 종량제가 시작되고 버리는 양에 따라 요금이 부과되는 제도가 처음 도입될 때 사람들은 쉽게 받아들이지 못했다. '아니 버리는 데 돈을 내라니!' 하는 황당한 반응이 대부분이었다. 하지만 몰래 버리기, 우격다짐 싸우기의 수순을 지나 10여 년이 지난 지금 쓰레기 종량제는 우리에게 익숙한 생활이 되었다. 그런데 뉴욕에서 방을 얻고 처음 쓰레기를 내다 버리던 날, 나는 10년의 시계를 거꾸로 돌려 그때로 돌아간 기분이었다.

신문지와 종이, 플라스틱, 캔으로 세분화한 종이가방을 여러 개 들고 층마다 있는 가비지 룸을 찾았다. 한데 문을 열고 보니, 이곳의 재활용통은 달랑 하나였다. 문 앞쪽으로 누군가 가져다놓은 맥주병이 몇 개 있을 뿐, 파란색 재활용통에는 온통 신문지뿐이었다. 음, 혹시 서울처럼 알루미늄과 플라스틱을 버리는 요일은 따로 있나, 아니면 여기 외에 재활용 수거함이 또 있나. 고개를 갸우뚱하다가 1층 도어맨에게 내려갔다. 밤 12시가 다 된 한밤중에 양손에 종이가방을 들고 나타난 초보 입주자가 던진 질문에 도어맨은 눈을 동그랗게 뜨고 되물었다.

"무슨 소리야? 쓰레기 버리는 곳을 찾는 거야?

"아니, 플라스틱이랑 알루미늄 캔은 어디로 가져가야 하냐고?"

"가비지 룸은 각층 북쪽 엘리베이터 옆에 있잖아. 거기다 버리면 되지."

"그건 나도 알아. 하지만 이건 리사이클이잖아. 그중에서도 플라스틱이랑 알루미늄이라고."

"그런데? 상관없어. 그것도 거기다 같이 두면 돼. 모두 한꺼번에."

"확실한 거야? 나중에 벌금 내고 싶지 않다고."

"농담해? 그런 걸로 벌금을 내는 경우가 어디 있어!"

쓰레기에 관한 전혀 다른 기준을 갖고 있던 나와 도어맨의 대화가 얼마나 뜬금없었을지 상상해 보시라. 내가 온 곳에서는 쓰레기를 버리는 양에 따라 값을 내야 한다고 말했다면 흥분하기 좋아하는 우리 도어맨은 어떤 반응을 보였을까.

이 비싼 도시에서 살아남으려면 하나라도 아끼고 재활용해야 맞을 것 같은데 어찌된 영문인지 이 도시 사람들은 버리는 데 급급하다. 이럴 때면 뉴욕에는 가난한 사람들은 존재하지 않는 것처럼 보인다. 그러니까 뉴욕의 쓰레기는 이 도시의 풍요가 가져온 어두운 그림자의 단면이다.

뉴욕의 크고 작은 레스토랑은 물론이고, 각종 테이크아웃 전문점, 한 길 건너마다 보이는 스타벅스, 패스트푸드점에는 각종 비품이 그득하다 못해 넘쳐난다. 1회용 케첩에 마요네즈, 머스터드는 기본이고, 꿀과 버터, 각종 잼이 통마다 쌓여 있다. 셀프 포장대에는 각종 소스와 이를 담아갈 수 있는 다양한 크기의 용기가 마련되어 있고, 탄산음료를 직접 따라 마시는 옆으로는 썰어놓은 레몬과 라임 또한 그득하다. 빼곡하게 마련된 1회용 포크, 나이프, 스푼은 한 번 쓰고 버리기엔 아까울 정도다. 뉴욕에서 이 정도는 당연한 일상이다. 그래서 가난한 유학생들이 설탕이 떨어지면 스타벅스에 가고, 수저가 필요하면 테이크아웃 전문점에 간다는 말이 나올 정도다.

1960년대 존 스타인벡의 여행기를 보면 무작정 버리기 좋아하는 뉴요커들의 행태에 대한 노 작가의 걱정이 실려 있다. 그는 조만간 그렇게 낭비할 수 없는 시대를 맞을지도 모른다고 염려했다. 하지만 불행히도 뉴요커들의 낭비는 40여 년이 지난 지금까지 별로 개선된 것 같지 않다. 1회용품이 무서운 건 쓰면 쓸수록 그 편리함에 길들여져 문제의 심각성을 느끼지 못하게 만든다는 데 있다. 실제로 이곳 사람들은 1회용 수저와 그릇, 물통과 컵, 가방을 하루에도 십여 개씩 미련 없이 버린다. 1회용품 이야기를 꺼내면 뉴욕에 온 지 몇 년쯤 지난 사람들은 대개 이렇게 대답한다. "맞아, 정말 문제지. 나도 처음에 깜짝 놀랐어. 하지만 금방 익숙해져서 이제는 별 생각 없이 그냥 습관적으로 쓰는 것 같아."

며칠 전 『뉴욕타임스』에는 호주의 특별한 사례가 보도되었다. 멀쩡한 직장인들이 쓰레기통을 뒤지는 '가비지 스크래퍼'가 요즘 호주의 화제라고 한다. 기사는 무엇이든 쉽게 버리고 낭비하는 현대인의 풍토를 비난하고 자성을 촉구하기 위해 벌이는 생활운동이라고 설명했다. 제발 이 운동이 확산되어서 이곳 뉴욕까지 도착했으면 하는 바람이다.

도시의 골목을 밝히는
동네 서점

뉴욕에 도착한 지 얼마 되지 않아 나는 수첩에 이렇게 적었다. '이 아름다운 도시에서 가장 많이 볼 수 있는 것은 아이러니하게도 스타벅스, 배달용 중식당, 편의점 듀안리드Duan Read다.'

뉴욕의 자기력에 빠져들고 있으면서도 나름 냉정하게 이 도시를 바라보려고 노력하던 나의 어조가 느껴진다. 하지만 지금은 이렇게 정정하련다. '뉴욕에서 가장 많이 발견할 수 있는 것은 공원과 갤러리 그리고 작은 서점이다.'

예기치 않았던 공원이나 갤러리의 발견도 흥분되는 일이지만 그중에서도 절정은 바로 서점이다. 이 도시에 작은 서점이 살아 있을 거라고는 기대하지 않았다. 그저 대형서점 못잖은 규모를 자랑하는 헌책방 '스트랜드'의 존재가 고마울 따름이었다. 그러나 화려한 대형서점만큼 눈에 확 들어오진 않지만, 골목 곳곳에는 동네 서점이 숨겨진 보석처럼 자

192 BOOKS
DANCING
THE
SAVAGE
DETECTIVES
ROBERTO
BOLAÑO
BAISE-MOI
RAVEL
TRUST
MEASURING
THE WORLD
BERLIN
Pierre Frei
A TRANQUIL STAR
PRIMO LEVI
Alexandre Dumas
GEORGES

지역 주민에게 책을 공급하는 비타민 같은
작은 서점에 들어가 있으면 뉴욕의 다른 세상과 달리
시간이 느릿하게 흘러줄 것만 같다.

리하고 있다. 규모는 작지만 따뜻한 분위기와 책에 관한 자부심에 있어서는 그 어떤 대형서점에도 뒤지지 않는 곳들이다.

이들 작은 서점의 특징은 특정 분야를 집약적으로 풀어낸다는 것이다. 마치 옷가게 쇼윈도의 디스플레이가 다른 것처럼 각 서점들이 저만의 색깔을 갖고 있다. 대개 예술과 소설, 철학과 사회과학 등 취급하는 책의 장르를 제한하고, 특별히 희귀 도서만 다루는 곳도 있으며, 헌책을 함께 취급하는 곳도 있다. 서점 주인의 취향이 그대로 반영된 이들 작은 서점은 특화된 서점 컬렉션이라 불러도 좋을 정도다. 그래서 대형서점에서 분명히 보았지만 그곳에선 별로 읽고 싶지 않았던 책들이 유독 동네 서점에 가면 반짝반짝 빛을 발하는 경우가 종종 있다.

주소가 그대로 이름이 된 '192books'는 바로 그런 소형서점의 역량을 보여준 대표적인 곳이다. 철제 프레임 건물에 거리를 향한 전면을 여덟 조각의 유리로 마감하고, 휘날리는 원색 깃발을 간판으로 삼은 192북스는 차가워 보이면서도 푸근한 겉모습부터 첼시란 동네에 썩 잘 어울린다. 마침 이곳이 주로 취급하는 도서가 나의 관심 분야인 예술과 소설, 여행과 아동도서라 눈이 가는 곳마다 설레지 않는 책이 없다.

주인 패트릭에게 어떤 책에 대해 한 마디만 하면 그는 당장에 해당 작가의 전작이나 숨겨진 보물까지 가져다준다. 더 많은 걸 알기 원하면 더 많은 자료를 주고, 책과 단둘이 마주하길 원하면 조용히 자리를 내어준다. 내가 뉴욕에 와서 읽은 책 중 최고로 꼽는 폴 오스터의 소설 『브루클린 풍자극』도 바로 이 서점을 통해 내게로 왔고, 대형서점에서 그렇게 마주치고도 펼쳐볼 생각도 하지 않았던 『뉴욕의 찻집』도 이곳에서 친구가 되었다.

다섯 살쯤 된 어린 딸을 데리고 온 엄마에게 패트릭과 다른 직원은 두세 권의 책을 찾아주며 "비키가 지난달에 본 책이 이거니까 이젠 저 책을 읽어주면 아주 좋아할 것"이라고 권해준다. 지역 주민을 하나하나 기억하고 그들에게 맞는 책읽기를 조언해 주는 진짜 지역서점으로서의 역할을 하는 것이다. 뿐만 아니라 192북스는 북클럽을 진두지휘하고 자체적으로 작가를 초청해 토론회도 갖는다. 실제로 이곳에서 지난해 선별해 읽은 책에는 오르한 파묵이나 키란 데 사이의 작품이 들어 있고, '42시간 릴레이 책읽기' 같은 흥미로운 이벤트도 진행한 바 있다.

내가 패트릭의 허락을 받고 사진을 찍는 중에도 서점 주인과 지역 주민의 환담이 이어졌다.

"패트릭, 그 소식 들었어? 그 작가 무슨 촬영이 있어서 뉴욕에 온대."

"오, 나도 좀 전에 연락 받았어. 그 사람에게 메일 보내서 스케줄 체크해 보려던 참이야. 함께 토론하면 좋아할 사람들이 여럿 있잖아."

"맞아, 당신이 추천해 준 덕에 나도 그 작품 진짜 재미있게 읽었어."

"잘 되면 좋을 텐데 말야. 그나저나 다음 달 토론회 때 나누고 싶은 주제 있어?"

이곳에서 책을 구경하고 있노라면 서점이란 장사가 아니라 말 그대로 문화적 기여구나 하는 생각에 괜히 울컥해지곤 한다.

웨스트 빌리지 4번가에 있는 '레프트 뱅크 북스Left bank books'는 초소형 책방에 속한다. 그렇다고 해서 이곳의 감동이 다른 곳보다 못할 것은 없다. 이 서점은 사진집과 영화 관련 서적을 주로 취급하는데, 특히 희귀본과 초판인쇄본, 저자의 서명이 들어간 책들을 취급한다. 동일한 사진집이라도 위의 세 항목에 해당되지 않으면 상대적으로 저렴한 것도 매력

OLD RARE NEW
LIBRARIES BOUGHT
STRAND BOOKSTORE
LARGEST USED BOOK STORE IN THE WORLD   NEW, OLD AND RARE BOOKS
SPECIAL 
STRAND
SPOONBILL & SUGARTOWN, BOOKSELLERS
SPOONBILL & SUGARTOWN est 1993
ALL BOOKS

적이다. 1992년 처음 문을 열 때 이름은 '북 리브스Book leaves'였는데, 2005년 주인이 바뀌면서 두 이름을 혼합해 쓴다. 새 주인이 영문과 교수 출신인 만큼 기존 책에 문학 장르가 추가되었는데, 역시 저자의 사인이 있는 초판본을 다룬다. 내 방에서 가장 귀한 대접을 받는 『포토저널리즘 150년』과 『포토북』이 바로 여기서 찾아낸 것이다. 열 손가락이 까맣게 되도록 책들을 뒤적인 끝에 정가의 3분의 1 가격으로 마음에 꼭 드는 책을 만났을 때의 그 맛이란!

메디슨 애비뉴에는 나를 한 번 더 놀라게 한 서점이 있다. '컴플리트 트래블러Complete Traveler'란 이름의 이 서점은 말 그대로 여행에 관한 모든 책을 취급하는 서점이다. 몇 년 전부터 오직 여행서만 다루던 것에서 장르를 넓혀 아동물이나 문학서의 아름다운 고서를 취급하는 앤틱 서점으로 변화하고 있는데, 따끈따끈한 신간보다는 소장용 가치가 있는 값비싼 고서가 많아 실제로 구입하는 호사는 누리지 못했다. 그럼에도 들어갈 때마다 그 고집스러운 컬렉션에 감탄사를 아낄 수가 없다. 미국 최초의 여행 전문서점인 이곳에서 나는 지역 가이드북은 1년이 지나면 유효기간을 만료한다는 고정관념을 깰 수 있었다. 몇십 년 전의 가이드북은 그 시절 사람들의 관심사와 여행 스타일을 살펴볼 수 있는 또 다른 문화 흔적으로 남는 것이다.

유니온 스퀘어 남단에 있는 '스트랜드'는 이미 '반즈앤노블' 만큼의 유명세를 가진 곳이다. 지하 1층, 지상 3층 규모의 이곳은 대형 헌책방으로 유명해졌지만 할인되는 새 책의 비율도 만만치 않다. 밖에 나와 있는 1달러 책들을 비롯해 가격 경쟁력이 높기 때문에 다른 어떤 곳에서 책을 보았든 구매는 이곳에서 하는 이들이 많다. 대신 소형서점 특유의 친근함이나 여유로움, 대형서점 특유의 편리함은 조금 떨어지는 편이다.

그래서 이곳에선 헤맬 것을 각오해야 한다. 좁은 서고 사이에 서서 천장까지 빽빽하게 꽂힌 책들을 보고 있으면 이 많은 책들이 다 어떤 사연을 담고 있을까 하는 아득한 느낌마저 든다. 개인적으로 1층 구석 소설 코너의 사다리에 걸터앉아 책들을 뽑아보는 걸 즐긴다. 그 구석에 몸을 숨기고 있으면 때로 아무도 나를 찾아내지 못하고 문을 닫아 이 넓은 서점에 혼자 남겨질 것 같은 상상에 잠기기도 한다.

작은 서점의 몰락은 뉴욕이라고 예외일 수 없다. 십여 년 이상 이 도시에서 호흡해 온 예술가들은 한결같이 사라진 옛 동네 서점을 그리워한다. 그럼에도 아직 뉴욕에서는 동네마다 골목마다, 심지어 노점에도 어김없이 책방이 있고, 그곳엔 늘 그 책을 읽고 구입하는 사람이 있다. 이 도시의 책 읽는 문화에 대해선 일찌감치 감탄한 바 있지만 시간이 갈수록 이것이야말로 뉴욕을 지탱하는 힘이 아닐까 하는 생각이 든다. 미국의 책값은 결코 저렴하지 않다. 하지만 뉴욕에선 여전히 괜찮은 책이 읽히고 또 팔리면서 동네의 작은 서점도 동시에 살아 움직인다.

뉴욕에서 가장 하기 어려운 일 중 하나는 시간을 그냥 흘려보내는 것이다. 눈앞에서 벌어지는 흥미로운 것들이 너무 많아서 하루를 몇 등분해 돌아다니지 않으면 안 될 것 같은 조급증에 서로잡힌다. 그래서 공연 관람과 골목 뒤지기, 뮤지엄과 맛집 탐방을 매주 일정표에 끼워넣으면서 나는 이 말을 수도 없이 반복한다. "우리는 매일 뉴욕에서 무언가를 놓치고 있다고!" 뉴욕엔 고작 얼마간 스쳐가는 이방인도 만끽할 수 있는 게 무궁무진하다.

chapter 2
일상
훔치기
Everyday Affair

모든 것이 이곳에 모여 있다.
사람, 극장, 미술, 문학, 출판, 사업, 사치, 가난……
뉴욕은 모든 것의 총체이다. -존 스타인벡

나는 뉴욕의
장기여행자

화들짝 놀라서 눈을 떴다. 엄마야, 지금 몇 시지? 어제 기사를 다 넘기고 잤던가? 아니, 그보다 수업 발제 준비는 다 끝냈나? 블라인드 틈새를 비집고 강렬하게 내비치는 햇살을 넋 놓고 바라보다 주변을 두리번거린다. 아, 아니지. 나는 뉴욕에 있지. 가슴 깊은 곳에서부터 안도의 한숨이 올라온다. 이곳에서 나는 복잡한 이론서에 머리를 쥐어뜯는 대학원생도 하루하루 취재 아이템을 짜내고 촬영 날짜와 데드라인에 심장을 졸이는 잡지 기자도 아니다. 기분 좋게 침대를 빠져나와 블라인드와 창문을 열고 온몸으로 눈부신 햇살을 맞는다.

'엄마야, 마감!'을 외치며 벌떡 일어나는 증상은 방을 얻고도 한동안 이어졌다. 그 증상이 잦아들 즈음 내게는 또 다른 버릇이 하나 생겼는데 너무 당연한 질문 앞에서 말문이 막힌 것이다. 그 질문은 바로 나의 정체를 묻는 것이다. 이름을 묻고 어디서 왔는지를 물으면, 다음엔 자연스

장기여행자가 되고 삶의 속도를 늦추자 행복이
단짝 친구처럼 따라다닌다. 백 년이 다 된 구닥다리 카페,
모서리가 뭉뚝하게 닳아버린 계단,
조용하게 책을 펼쳐들기 좋은 공원…….

럽게 '그럼 여기서 뭐하니?'라는 질문이 이어진다. 처음에는 자연스럽게 '휴가'라고 대답했다. 일주일을 내리 지새우는 마감을 막 털고 도착했으니 그 말이 아주 틀린 건 아니었다. 관광객의 신분에 어울리게 관광명소에 성실하게 도장을 찍었고, 돌아갈 날짜가 정해진 사람답게 쇼핑에 적지 않은 시간을 할애하고 있었다. 그러다 조금만 더 조금만 더 하면서 덜컥 방을 얻어버리고, 이렇게는 돌아갈 수 없다고 중얼거리며 돌아가는 항공권을 취소하면서 내 정체성은 흔들리기 시작했다.

뉴욕의 계절이 가을에서 겨울로 넘어가는 동안 내 수첩엔 소박하면서도 커피 맛이 끝내주는 카페 리스트가 늘어났고, 책 읽기 좋은 서점들이 더해지고, 또 유명 백화점보단 마니아 집단을 가진 각종 소규모 가게도 찾아냈다. 더 이상 아침에 눈을 뜨면서 여기가 어딘지 놀라지 않게 된 바로 그 즈음, 비로소 나의 정체가 눈에 들어왔다. 나는 지금 그토록 바라마지않던 장기여행자의 길 위에 서 있다는 것을.

대학 졸업반 시절 나는 입버릇처럼 그런 얘기를 했다. 6개월에서 1년쯤 아무도 나를 모르는 지구 반대편 어느 도시에 가서 살다 오면 좋겠어. 낮이면 내가 싸들고 간 것들을 펼쳐놓고 팔면서 오가는 손님을 구경하고, 어스름이 내려앉으면 고양이마냥 여기저기 어슬렁거리며 구경 다니는 삶. 주말에는 햇볕 아래 읽고 싶던 책을 산더미처럼 쌓아놓고 읽다가, 졸리면 자고 싶을 때까지 자고 말이야. 일주일에 이틀쯤 카페에서 일하면 밥은 먹을 수 있겠지?

사회생활을 시작하고 마감에 시달리면서도 그 소망은 좀처럼 사그라들지 못했다. 마감이 질긴 독감처럼 길어질 때면 카페인 반 졸음 반에 취해 그렇게 주문을 외웠다.

'이번 마감만 마치면 훌훌 털어버리고 그렇게 날아갈 거야. 배고프면 어때, 조금 궁색하고 불편하면 어때. 책상에 앉아서 하는 공부 말고, 사생활은 존재하지 않는 직장 말고, 조금 다른 방식의 삶을 살아볼 거야. 지구 어딘가에 이런 나를 반갑게 맞아줄 곳이 분명 있을 거야!'

그 희망에 가능성이 있는지 없는지 가늠도 못하면서 나는 소원을 빌고 주문을 외웠다. 배낭여행과 출장으로 여러 번 찾았음에도 늘 시간에 쫓겨 숙제처럼 남아 있는 파리가 유력한 후보였고, 하루키의 과장 없는 단상이 깊은 인상을 남긴 그리스 크레타 섬도 탐이 났다. 호주 멜버른에서 연수받던 시절, 그리도 가고 싶었지만 발 도장을 찍지 못했던 타즈매니아 섬도 리스트에 있었다.

신기하게도 비행기를 타고 이곳으로 날아오는 동안에도, 이미 도착해 방을 얻고 짐을 푼 지난 얼마간도 나는 내가 그 소원을 이루고 있다는 사실을 인식하지 못했다. 내 정체를 탐색하던 중에서야 내가 전혀 예상치 못했던 장소에서 나의 오랜 꿈을 실현하고 있다는 사실을 깨달았다. 너무 많은 사람들이 꿈꾸어서 굳이 나까지 보탤 것 있을까 하던, 너무 화려하고 거창해 거리를 두고 싶었던 뉴욕에서 나는 말 그대로 느릿한 구경꾼의 삶을 살고 있었다. 그리고 이 도시는 방을 얻은 이래 단 한순간도 그 결정을 후회하지 않게 만들어주었다.

서른 살을 살아오는 동안 학생 아니면 잡지기자라는 이름을 달고 살던 내게 꼬리표를 다 떼어낸 시간이다. 평생 처음으로 마감도 숙제도 없는 일상이 주어진 나는 하루 24시간, 온전히 내가 원하는 걸 골라 만끽할 수 있는 여행자가 되었다. 양치질을 하면서도, 샌드위치를 먹으면서도 시선은 한쪽 벽에 붙여놓은 커다란 지하철 노선도에 가 있다. 오늘은 어

느 구역 어느 골목을 헤집고 다녀볼까나. 물 한 병과 책 한 권, 지도와 메트로 카드, 수첩과 카메라면 오늘도 구경 준비 완성이다. 무언가 이루려 급급해하지 않고 속도를 가만히 놓아버리자, 행복이 단짝 친구처럼 따라다닌다.

누구든 내게 "너는 누구니?" 하고 묻거든 이제는 자동응답기보다 빨리 대답한다. 난 뉴욕의 장기여행자야. 언제 돌아갈지는…… 아직 몰라. 누가 알까, 매일같이 부푼 가슴으로 다른 꿈을 꾸게 해주는 도시에서 장기여행자로 사는 이 맛을. 나는 뉴욕의 서른 살 장기여행자!

도심 구석구석 펼쳐지는
녹색의 향연, 그린마켓

유니온 스퀘어를 지나다 우연히 천막으로 둘러싸인 노점에, 장바구니며 쇼핑 카트까지 밀고 나온 사람들을 처음 보았을 때 나는 그날 그 광장에 서 무슨 행사라도 있는 줄 알았다. 반복적으로 그 시장과 인파를 마주하면서야 그 천막의 운집이 뉴요커가 그토록 사랑하는 시장 '유니온 스퀘어 그린마켓'이란 걸 알게 되었다.

이 야외시장은 일주일에 네 차례 연중무휴로 유니온 스퀘어 북단에서 펼쳐진다. 주중에 해당하는 월요일과 수요일, 금요일에는 요일에 따라 판을 벌리는 판매자가 조금씩 다르고, 주중의 바쁜 스케줄상 소비자 역시 적당한 편이다. 그에 반해 토요일은 판매자와 구매자, 거기다 구경꾼까지 가득 차, 어깨를 부딪치고 목청을 높이며 북적대는 장날의 풍경이 펼쳐진다.

시장의 주인공은 단연 싱싱한 과일과 채소다. 여기에 각기 다른 색

뉴요커들이 사랑해 마지않는 재래시장 '유니온 스퀘어 그린마켓'. 장이 서는 날이면 광장 안은 갓 수확된 농산물이 뿜어내는 싱싱한 에너지와 그 가치를 제대로 아는 사람들로 가득 찬다. 남쪽에는 그린마켓과 별도로 각종 그림과 사진, 수공예품 같은 기념품을 파는 장터가 이어진다.

과 모양을 뽐내는 꽃과 화초가 볼거리를 더한다. 잘 찾아보면 조각낸 과일이며, 네모지게 잘라놓은 빵 위에 앙증맞게 바른 잼이며, 얇게 썰어놓은 치즈 같은 시식코너도 눈에 띈다. 신선한 제품에 감탄사를 연발하는 할머니, 아빠 목에 목말을 탄 채 사방을 두리번거리는 아이들, 제품을 봉투에 담으며 조리법을 확인하는 엄마, 계절에 따라 차갑게 혹은 뜨겁게 파는 애플사이다를 마시려고 줄을 선 사람들로 시장 안은 북적인다. 딱히 살 것이 없어도 그 안에서 펼쳐지는 모습과 소리만 느끼고 있어도 절로 신나고 흐뭇해지는 그런 소음.

유니온 스퀘어 그린마켓은 1976년 뉴욕 시 환경부에 의해 시작되었다. 시 당국은 뉴욕 시 주변의 소규모 농가에게 그들이 수확한 과일과 채소, 유제품 등을 판매할 수 있는 기회를 제공하기 위해 이 시장을 고안했다고 한다. 뉴욕 주를 비롯해, 코네티컷, 펜실베이니아 등의 소규모 자작농에게 안정적인 판로를 마련해 주면서, 동시에 땅 한 평 놀릴 수 없는 뉴욕 시민에게 보다 신선한 야채와 과일, 유제품을 공급할 수 있으니 그야말로 윈윈 전략이다. 시 당국의 통계에 의하면 매주 25만 명에 달하는 뉴욕 시민들이 이 신선한 식재료를 구매하기 위해 이곳 유니온 스퀘어를 찾는단다.

이곳에서 판매하는 제품은 신선한 '먹거리에 관한 모든 것'이라고 표현해도 과언이 아니다. 단, 뉴욕 인근 농장에서 직접 수확한 것들인 만큼 계절에 따라 차이가 커서 유니온 스퀘어 그린마켓의 절정은 단연 여름과 가을이다. 시금치, 당근, 양파, 바질, 로메인, 호박, 토마토 같은 야채에다 고구마와 옥수수, 감자 같은 곡물류, 딸기와 블루베리, 자두와 복숭아, 수박과 멜론, 레몬과 라임, 오렌지와 자몽, 포도와 체리 등의 과일이

계절에 따라 그린마켓을 채운다. 이밖에 달걀과 닭고기, 칠면조 등 가금류를 파는 집, 소와 돼지, 염소와 양 등을 직접 도축해 온 농장, 각종 다양한 맛의 요구르트와 치즈를 파는 곳, 새벽에 구워온 다양한 빵을 펼쳐놓은 베이커리, 꿀과 잼에 관한 뉴욕 최고를 자부하는 가게, 이타카 와이너리에서 생산한 와인까지. 한 집 한 집 물건들을 구경하며 걷다 보면 두 시간은 금방일뿐더러, 배낭에 담아가고 싶은 게 너무 많아 나도 모르게 한숨을 내쉬게 된다.

그러나 일단 구매자가 되면 그 가격에 다시금 망설이게 된다. 그 가격이 농지 직산이란 말이 주는 어감과 달리 결코 싸지 않기 때문이다. 몇 번이나 반복된 나의 망설임은 어느 한산한 수요일 그린마켓의 시스템을 설명하던 자원봉사자 덕에 풀 수 있었다. 그는 이곳의 가격을 동네 슈퍼와 비교하면 안 된다고 설명을 시작했다. 그의 설명을 종합해 보면, 이곳의 물건은 캘리포니아나 아이다호처럼 기계화된 대형농장의 것이 아니라 가족 단위의 소규모 농가가 직접 손으로 재배한 것이기 때문에 가격 경쟁력은 떨어진다. 하지만 원산지에서 수확된 뒤 기차에 실려 넓디넓은 미국 대륙을 돌아온 농산물은 자연스레 본래의 싱싱함을 잃을 수밖에 없고, 그 보존기간을 늘리기 위해 약품 처리도 피할 수 없다. 그에 비해 그린마켓의 농산품은 수확된 당일 소비자에게 연결되니 신선도와 맛이 뛰어나다는 것이다. 친절한 자원봉사자의 설명과 모자를 곱게 눌러쓴 할머니 소비자들의 훈수에 힘입어 나는 몇 가지 야채와 단호박 한 덩이를 골라 담았다.

깨끗하게 씻은 단호박을 반으로 잘라 씨 그물을 긁어냈다. 냄비에 물을 붓고 찜기 위에 자른 호박을 나란히 눕히고, 다른 야채를 정리하는 동안 십분 쯤 중불로 김을 올렸다. 젓가락으로 찔러 부드럽게 들어간다 싶은 즈음 불을 끄고 먹기 좋게 썰었다. 구수한 냄새에 먼저 반쯤 합격점을 주며 칼에 묻은 귀퉁이를 집어 먹은 순간, 나는 깜짝 놀랐다. 입 안 가득 퍼지는 그 달고 고소한 맛이라니! 자원봉사자와 할머니들의 호언장담은 하나도 틀리지 않았다.

그 맛에 홀딱 반한 나는 만나는 사람마다 그린마켓 이야기를 빼놓지 않으니, 뉴욕 생활 5년차 이상의 친구들은 계절에 따라 가장 저렴한 과일이며 야채를 잔뜩 사다가 스파게티 소스나 잼 등으로 만들어두면 1년 내내 풍성하게 먹을 수 있다는 팁도 알려준다. 과일이 풍성한 여름철엔 너무 익어 터져버린 과일을 따로 모아뒀다 찾는 사람에게만 저렴하게 판매하기도 한단다. 맨해튼 내의 내로라하는 레스토랑들이 가장 좋은 재료를 확보하기 위해 아침 일찍 그린마켓을 찾는다는 것도 흥미로운 이야기다. 더 관찰해 보니 유니온 스퀘어 그린마켓은 뉴욕 시에서 가장 큰 장터이고, 이외에도 동네마다 열리는 작은 그린마켓이 적지 않다. 웨스트 빌리지 제인 스트리트 옆의 공터, 콜럼버스 서클 동북단 길가, 월드트레이드 센터 역 동쪽 거리 등 거의 모든 주거지로 정해진 요일마다 신선한 농산품이 뉴욕 시민을 찾아온다.

뉴욕이란 도시는 숨 가빠 보이지만 생각보다 느긋하며, 편리 지향적으로 보이지만 예상 외로 자연친화적이다. 이 도시의 속도를 완화시키면서 농촌과 공생하는 도시로 나아갈 수 있게 붙잡아주는 끈이 바로 그린마켓이 아닐까. 그 가치를 알고 좋은 것에 타당한 가격을 지불하며 아름다운 장터를 지켜나가는 이들의 현명함이 몹시 부럽다.

즐거운
슈퍼마켓 탐험

출장이든 여행이든 외국에 나가면 그 어떠한 살인적인 스케줄이 있더라도 빼먹지 않는 나만의 방문지가 있다. 잠을 줄이거나 한 끼 식사를 포기하는 한이 있더라도 꼭 들르는 나의 비장의 장소는 다름 아닌 현지 슈퍼마켓이다. 그래서 촬영 일정을 마치고 공항으로 가기 전, 짐을 꾸리고 정리할 시간이 주어지면 친한 선배나 동료들은 으레 내게 말한다. "정은아, 슈퍼 안 가니?"

현지 슈퍼마켓 탐방 없이 나의 여행은 완성되지 않는다. 현지인들의 평범한 삶을 있는 그대로 보여주는 바로미터가 바로 슈퍼마켓이란 게 내 지론이다. 뉴욕여행 초반엔 그 재미를 만끽하지 못했다. 맨해튼에서 쉽게 눈에 띄는 가게란 거리 곳곳을 장악하고 있는 '듀안 리드'나 'CVS' 같은 편의점이었다. 의약품부터 문구, 욕실 용품까지 다양한 품목을 커버하는 편리함은 있다지만 그래도 패스트푸드 냄새 솔솔 풍기는 이곳에

ÉLECTRIQUE BRILLIÉ

서 슈퍼의 참맛을 보긴 어렵다. 조금 더 골목으로 들어가야 '푸드 엠포리움food emporium'이나 '그리스테즈Gristed's' 같은 체인형 슈퍼를 만날 수 있는데 이들은 지점에 따라 그 분위기가 천차만별이다. 다운타운에서 들어간 푸드 엠포리움은 소박한 구멍가게 분위기지만 60번가 퀸즈보로 브리지 아래 입점한 푸드 엠포리움은 아름다운 내외관에 품격 있는 셀렉션을 갖춘 슈퍼마켓이다.

뉴욕은 슈퍼 스타일도 참 멋대로구나 생각할 즈음 초강력 슈퍼를 만났으니 나는 이들을 세계 슈퍼 탐험의 백미라 부르겠다. 이들은 그냥 슈퍼마켓이라고 부르기 미안할 정도로 고급스럽고 전문적이며, 때로는 약간 사치스럽기까지 한 음식과 생활에 관한 백화점이다. 그 주인공은 뉴욕 로컬의 냄새를 팍팍 품기는 부자 동네 어퍼웨스트의 제이바스Zabar's와 페어웨이Fareway, 23번가와 14번가의 가든 오브 에덴Garden of Eden, 그리고 소호 등지의 딘 앤 델루카Dean & Deluca, 미트 패킹의 음식 만물상 첼시 마켓Chelsea Market 등이다. 여기에 미국 전역에서 강력한 인기몰이의 주인공인 홀 푸드 마켓Whole Food Market과 트레이더 조스Trader Joe's를 덧붙이면 그야말로 막강한 뉴욕의 고급 슈퍼마켓 군단이 완성된다.

어퍼웨스트 골목골목을 뒤지다 불쑥 들어간 제이바스에서 나는 하마터면 소리를 지를 뻔했다. 그리 크지 않은 매장에 화사한 조명을 받으며 정돈된 음식 재료들이 얼마나 신선하고 또 아름다운지 깜짝 놀란 탓이다. 이쯤 되면 슈퍼도 프로페셔널하다는 표현을 쓰기에 부족함이 없다. 내가 특히 좋아하는 코너는 이곳의 치즈 섹션. 체다나 생 모짜렐라, 블루는 기본이고, 브리, 페코리노 로메노, 파미기아노 레지아노 같은 읽기도 어려운 이름의 다양한 치즈들이 제각각의 모양과 색깔, 경도를 뽐

내며 진열되어 있다. 더 신나는 건 이 많은 치즈들의 상당수를 직접 맛보고 결정할 수 있으며, 원하는 양만큼 즉석에서 얇게 썰어갈 수 있다는 사실이다. 이밖에도 색색의 올리브, 신맛의 정도가 다른 오이 피클, 일반 상점에선 만날 수 없는 특이한 소스도 '버라이어티'하게 준비되어 있다.

제이바스의 커피 섹션에선 커피와 자긍심을 함께 볶는 냄새가 난다. 제이바스는 세계의 모든 지역에서 생산되는 최상품 원두가 최고의 커피 마스터에 의해 즉석에서 로스팅되는 곳이다. "탄자니아 하프 파운드에 쿠바원두 하프 파운드. 에스프레소 포트용으로!" 누군가 주문을 넣으면 바리스타는 신선한 해당 원두를 계량해 테이블 위의 넓은 팟에 쏟은 뒤 산소가 충분히 들어갈 수 있게 여러 차례 뒤적거린다. 제대로 섞인 원두를 다시 저울에 단 뒤 해당 굵기의 분쇄기에 넣고 오늘 날짜가 적힌 종이봉투에 담아 밀봉하기까지 부드럽게 진행되는 과정을 보면 한 편의 퍼포먼스를 보는 것 같다. 이곳에서는 원하는 원두와 로스팅 정도를 주문할 수 있는 것은 물론이며 자기만의 기호대로 커피콩을 볶기 원하는 커피마니아를 위해 생두도 판매한다.

23번가에 위치한 가든 오브 에덴은 아침 출근길 한 무리의 사람들이 똑같은 커피 컵을 들고 연달아 나오는 걸 보고 커피 맛이 괜찮나 하면서 시도한 곳이다. 밖에서 보면 과일이 진열된 평범한 델리 같은데 안으로 들어가 보면 제이바스와 비슷한 컨셉의 전문 슈퍼다. 제이바스보다 과일과 야채 섹션, 샐러드 바에 힘을 실었다. 이곳에선 갓 뽑은 에스프레소에 즉석에서 데운 우유와 섞어주는 작은 사이즈 커피가 가격마저 아름다운 단돈 1불이다. 또 초밥이나 파스타 샐러드 같은 즉석식품이 신선하고 맛있어 바쁜 직장인들에게 테이크아웃 메뉴로 특히 사랑받는다.

AURICCHIO
MANCHEGO
ORGANIC CHEESE
FRESH PASTA
FETTUCINE
FRESH PASTA

문 쪽에 화려한 포장 없이 밋밋하게 쌓여 있는 빵들도 막상 시도해 보면 그 맛이 놀랍다. 탄수화물 3g 미만의 '10곡 빵'은 일단 봉투를 열면 그 구수한 냄새에 한입 덥석 물게 된다. 대개 당일이나 바로 전날 생산된 이 로프 브레드는 잼이나 버터 같은 스프레드 없이도 입 안 가득 퍼지는 감칠맛이 빼어나며, 샌드위치를 만들어 들고 다녀보면 식어도 빵이 메마르지 않고 촉촉하다. 저렴한 가격으로 겨우내 나의 비타민 공급원으로 애용된 자몽도 이곳은 다르다. 일반 슈퍼의 자몽이 속껍질이 질기고 당도가 밍밍하다면, 같은 99센트에 구입한 가든 오브 에덴의 자몽은 탱글탱글하고 특유의 싸드름한 맛이 살아 있어 밤 12시에도 '아, 한 개만 더'를 외치게 된다. 이러니 이름 그대로 음식에 관한 에덴동산이라 부를 수밖에.

첼시마켓에 관한 찬사는 나도 이미 귀가 따갑게 들어왔지만 체험해 보기 전에는 그곳이 얼마나 위대한 전천후 마켓인지 알 수 없었다. 첼시마켓 안의 맨해튼 익스체인지 농수산 가게가 아무리 현금만 받는 배짱장사를 한다 해도 그 신선하고 저렴한 재료를 어찌 외면할 수 있을까. 특히 야외시장 그린마켓의 품목이 눈에 띄게 줄어드는 겨울에서 봄까지는 이곳을 비롯한 전문 슈퍼가 더더욱 빛을 발한다. 진짜 태국식인 팟타이를 판매하는 태국 식재료 도매상에, 전 뉴욕이 인정한 에이미스와 사라베스 빵집까지 구경만 해도 건강해지는 기분이 드는 마켓이다.

다루는 품목에 관한 최고의 품질을 자랑하는 이들 전문 슈퍼마켓은 그만큼 자체 브랜드에 관한 자부심이 하늘을 찌르고 가격도 비싼 편이다. 하지만 그 자부심을 유지하기 위해 품질 및 재고 관리가 엄격하고 잉여분에 대해선 확실한 세일 정책을 펼친다. 덕분에 나처럼 빤한 경제 사정의 장기여행자도 종종 그 달콤한 맛을 체험할 수 있다. 원할 때마다 지갑을 열 수는 없지만 가끔 누군가 위로가 필요하거나 축하할 일이 있을 때면 자그마한 과일 타르트나 유기농 커피원두를 포장한다. 복잡한 도시 속 아름다운 슈퍼가 주는 따뜻한 위로가 전달되기를 바라면서 오늘도 뉴요커들은 이곳에서 삶을 채울 에너지를 산다.

부자 도시 뉴욕의
길모퉁이에서

나는 그의 이름을 알지 못한다. 수첩엔 그저 검정 잠바 아저씨라고 적을 뿐이다. 볼 때마다 엉덩이를 덮는 검정색 잠바에 검정색 모자를 쓰고 있어 붙인 호칭이다. 배낭과 카메라를 둘러매고 아침 9시 반쯤 집을 나서 F 트레인에 올라타면, 일주일에 두세 번은 검정 잠바 아저씨를 만난다. 부산한 출근 시간의 끝자락, 사람들이 내리고 올라타기 무섭게 열차가 움직이면 그는 머리 위 손잡이를 붙든 채 우렁찬 목소리로 사연을 읊는다.

"좋은 아침이에요, 신사 숙녀 여러분. 여러분이 보다시피 나는 손가락을 잃은 장애인입니다. 나는 아이들과 함께 보호소에서 농구를 하며 지내는데, 여러분의 도움이 필요합니다. (중략) 나에게 약간의 돈이나 음식을 주세요. 둘 다 없다면 가장 좋은 선물, 미소를 주시면 됩니다. 오늘도 좋은 하루 되세요."

이야기를 마치면 아저씨는 쓰고 있던 검정 쫄쫄이 모자를 벗어 동냥

바구니로 쓴다. 중간 내용은 조금씩 다르지만 손가락 얘기와 농구 얘기
는 빠지지 않는다. 50대로 짐작되는 그는 건장한 체격의 흑인인데 하얀
테이프를 칭칭 감은 왼손에 손가락 두 개가 없다. 무슨 사연이 있는지, 저
손으로 농구가 가능한지는 알 길 없지만 그는 뉴욕의 보통 걸인과 달리
활기가 넘치고 행색도 깨끗하다. 일상의 소음과 걸인에 익숙한 뉴욕 사
람들은 어지간해선 미동도 하지 않지만, 그 자신감 넘치는 태도 때문에
나는 자꾸만 그를 훔쳐보게 된다.

사실 그를 기억하는 데에는 사연이 있다. 그를 반복적으로 마주한
지 얼마 되지 않아서 모자를 들이미는 그에게 주문대로 씨익 웃어준 적
이 있다. 그랬더니 그가 갑자기 "중국에서 온 그녀의 미소를 보라. 당신
들은 왜 그러지 못하느냐"며 그 큰 목소리로 두 팔을 휘두르며 일장 연설
을 한 것이다. 그 이후 내 몫으로 싸온 베이글 샌드위치를 넣어줄지언정
대놓고 웃지는 않는다.

이 도시에서 노숙자와 마주치는 건 베이글과 피자를 먹는 것만큼 일
상적이다. 뉴욕의 노숙자는 지하철은 물론이고, 공원 벤치와 길모퉁이,
심지어 상점 앞까지 때와 장소를 가리지 않고 자리를 잡고 판을 펼친다.
이들은 대놓고 거리 쓰레기통을 뒤지고, 길거리에서 실례를 하며, 자신을
두려워하는 기색이 역력한 외국인에겐 직접 다가가 손을 벌리기도 한다.

상황이 이 지경이니 뉴욕에 막 도착한 사람들은 한결같이 화려한
5번가에 어울리는 멋쟁이, 세련미 넘치는 부자 뉴요커들은 다 어디 가고
이런 걸인들만 거리에 남았냐며 질문을 쏟아낸다. 루돌프 줄리아니 시장
재임 초반에는 시 정비 차원에서 이들을 규제하고 단속하려는 시도가 있
었다고 한다. 하지만 2000년 이후 노숙자의 인권 논쟁이 불거지고, 자활

의지가 있는 사람에게만 보조금을 지원해야 한다는 정치적 논란까지 대두되면서 현재 그들을 인위적으로 감추려는 시도는 거의 사라졌다는 설명이다. 그래서인지 모르지만 뉴욕은 흔히 말하는 선진국 대도시 중 그 어느 곳보다 피부로 느껴지는 노숙자의 수가 많다.

본래의 색을 가늠할 길 없이 때에 찌든 옷을 입고, 어디서 구했는지 슈퍼의 대형 쇼핑카트에 온갖 잡동사니를 잔뜩 싣고서 허기를 채울 만한 것을 찾아 어슬렁거리는 노숙자들. 노숙자보다 상태가 조금 나은 편에 속하는 걸인들은 'Help'가 쓰인 종이와 동냥 바구니를 놓고 기다리거나 달리는 지하철에 바구니를 들고 타기도 한다. 대부분 혼자지만 가끔은 애완동물, 심지어 아이들과 함께 있는 가족 단위 걸인도 볼 수 있는데, 이 경우 '지금 막 파산! Just bankrupt!', '우리는 모든 걸 잃었어요! We are totally lost!'로 시작하는 구구절절한 사연을 적어들고 있다. 이들 중에는 시가 지원하는 테넌트tenant나 임시 보호소shelter에 최소한의 침대를 가진 이들도 있고, 교회 계단이나 지하철 통로, 길모퉁이를 은신처로 삼은 진짜 노숙자도 있다.

혼자 다닌 여행 경력 탓인지 나는 노숙자들에게 이유 없는 친근함을 느낀다. 그래서 눈이 마주치면 인사를 하고 기회가 되면 가끔 먹을 것도 사다 주는데, 그렇게 섣불리 다가가는 건 그리 좋은 방법은 아닌 모양이다. 한번은 작은 카페에서 저녁을 먹으며 일정을 메모하다가 내가 앉은 테이블 밖으로 자리를 잡은 노숙자 할아버지를 보았다. 필름과 수첩을 챙겨 일어나면서 보니 그는 음료수도 없이 맨 햄버거를 먹고 있었다. 나는 커피숍을 나가면서 그의 몫으로 커피 한 잔을 사서 내밀었다. 하지만 노숙자 할아버지는 "왜 내게 어떤 커피를 원하는지 물어보지도 않고 마음

POS
WEDGWOOD HOUSE
GAP
BROKE, HUNGRY, &
IN NEED OF A LITTLE
KINDNESS!
PLEAZ HELP
Need A Break in Life

대로 가져왔느냐?"고 화를 내더니 마구 소리를 지르기 시작했다.

무안해진 나는 서둘러 자리를 피했는데 노숙자들을 위한 보호시설에서 일하는 사회복지사 조에 따르면 이렇게 노숙자와 섣불리 말을 섞는 것은 대단히 위험한 행동이란다. 또 뉴욕 노숙자의 절반 이상이 결핵에 감염된 상태이며, 40%가량은 정신적으로 심각한 질병을 앓고 있다고 한다. 그들은 사소한 자극에도 쉽게 공격적이 될 수 있으므로 요령을 모른다면 눈치껏 피하는 것이 가장 좋은 방법인 셈이다. 조는 덧붙여 그들이 당장 원하는 것은 돈이지만 돈을 주는 것은 장기적으로나 단기적으로나 도움이 되지 않는다고 설명했다. 돈이 생기면 이들이 구입하는 것은 음식이나 물이 아니라 하룻밤 고통을 잊게 해줄 술이나 약물이기 때문이다. 그런 점에서 음식과 미소를 요구하는 검정 잠바 아저씨는 상당히 긍정적인 노숙자다.

뉴욕 시 통계에 의하면 뉴욕의 극빈자 비율은 20%에 이른다. 보통 대도시의 극빈자 비율이 12~13%인 데 비하면 상당히 높은 수치다. 그러니까 세계 경제의 수도임을 자처하는 부자 도시 뉴욕은 동시에 가장 가난한 사람들의 도시이기도 하단 뜻이다. 이 통계는 미성년의 자녀 둘을 포함한 4인 가족 기준으로 1년에 약 19,000달러_{약 1,800만 원} 이하의 소득을 극빈층으로 분류했다. 학생들이 구하는 방 한 칸의 최저 가격이 월 500달러 수준임을 감안해 보면 이 액수로 4인 가정이 이 도시에서 살아나가는 것이 과연 가능할까 싶다.

물론 여기에는 가난한 사람들, 더 이상 잃을 것이 없는 사람들이 끊임없이 모여드는 까닭도 큰 몫을 할 것이다. 거리로 내몰린 이 수많은 노숙자는 기회의 땅이라는 뉴욕에서 꿈을 이룬다는 게 말처럼 쉬운 게 아니라는 간접적인 증거인지도 모르겠다. 라디오에선 계속 예년에 비해 훨씬 따뜻한 겨울이라고 말하는데도 오늘따라 눈 내리는 뉴욕의 밤이 유난히 을씨년스럽게 느껴진다. 이렇게 한기가 밀려드는 겨울밤 이 도시의 노숙자들은 안녕하신지.

내 맘대로
갤러리 가이드

쇼핑이나 식도락이 이 도시의 화려한 외피라면 이 도시의 깊숙한 속살은 단연 예술이다. 그중에서도 4대 미술관이나 브로드웨이 뮤지컬이 연한 속살로 현지인과 관광객을 경계 없이 맞이하는 데 비해, 갤러리는 아는 사람만 주문해 먹을 수 있는 독특한 메뉴다.

미술에 대한 특별한 배경 지식이 없는 나로서는 다달이 메트로폴리탄과 모마MoMA, 구겐하임과 휘트니뮤지엄 등 4대 미술관을 따라 다니기도 벅차다. 이밖에도 크고 작은 박물관이 산재해 있는 이 도시에서 난해함은 기본이요, '그들만의 리그'라는 꼬리표가 붙은 사설 갤러리는 선뜻 구경 갈 엄두가 나지 않았다. 그런 내게 이 갤러리의 개념을 처음 설명해 준 사람은 독일 쾰른 출신의 화가 마니다. 뉴욕을 베이스로 작업하며 다양한 도시에서 전시회를 열고 있는 그는 뉴욕에서 그렇게 보기 어렵다는 전업 작가다.

그의 표현을 빌리자면 작업실 안에서 혼자 싸우거나 혹은 아티스트와 갤러리 관계자만 만나다가는 '제정신으로 남기 어려울 것 같아서' 가끔씩 이렇게 전혀 관계없는 사람들을 만나러 나온단다. 어느 날 그의 포트폴리오에 껴 있던 지난해 소호 전시 브로슈어를 보고 대단한 경력이 아니냐고 물었다. 그러자 마니는 빙긋 웃더니 뉴욕에는 무려 천 개가 넘는 갤러리가 있다는 말로 대답을 대신했다. 한 작가가 한 달간 전시를 한다고 쳐도_{대개는 이보다 짧은 편이다} 1년이면 최소 1만 2천 개의 전시가 이뤄지는 셈이니 별로 대수로울 게 없다는 표현인 셈이다. 그중에는 명성 높은 기성 예술가부터 처음으로 뉴욕에 데뷔하는 신입 예술가까지 각양각색이란다. 박물관과 미술관은 열심히 찾아가고 있지만 갤러리는 아직 엄두가 안 난다는 내게 그가 말했다.

"전문가의 비평도 중요하지만 보통 사람들이 찾아와 그림을 봐주고, 저 작품이 왜 마음에 드는지 말해 주는 게 아티스트에게도 상당히 좋은 격려가 된다고!"

마니의 격려에 고무된 나는 며칠 뒤 그가 알려준 월간 『갤러리 가이드_{Gallery Guide}』란 책자부터 찾아들었다. 이 책자에는 뉴욕 시 전역의 갤러리 위치부터 최근 전시 일정이 모조리 담겨 있다. 비록 작품에 대한 자세한 설명이나 작가에 대한 안내는 없지만 적어도 낯선 갤러리로 탐험을 떠나는 데에는 딱 좋은 가이드북이다.

뉴욕의 갤러리는 뉴욕 시 다섯 개 보로에 모두 흩어져 있다고는 하지만 90퍼센트 이상이 맨해튼, 그중에서도 첼시와 업타운에 집중되어 있다. 이밖에는 소호와 윌리엄스버그, 덤보 등이 간신히 명함을 내밀 정도다. 또 1층에 있는 곳도 있지만 지하나 2층 이상에 자리한 갤러리도 많고,

그림 한 점, 사진 한 장을 앞에 두고 뉴요커들은
도란도란 자신의 느낌을 나눈다. 찰나의 순간을 포착한 예술가의
열정과 재능은 보통 사람들에게도 커다란 자극이 된다.

겉모습이 사무실이나 가정집처럼 생겨서 초행길에는 고개를 갸웃거리는 경우도 많다. 몇몇 갤러리는 초인종을 눌러 문이 열리기를 기다렸다 들어가기도 한다. 여기까진 조금 어색하지만 막상 안으로 들어가면 꽤 자유로운 분위기에서 둘러볼 수 있다.

이들 갤러리가 박물관이나 미술관과 근본적으로 다른 점은 전시보다 판매가 주목적이라 작품이 실질적으로 거래된다는 것이다. 그래서 살 것을 고르는 사람처럼 해야 구경하기 편하다고 하는 이도 있고, 아예 살 생각은 없다는 것을 밝히고 보는 게 좋다고 충고하는 이도 있다. 갤러리에 갈 때는 절대로 차려입고 가야 대우받는다고 하는 이들도 있고, 일상복을 하고 가야 더 진지해 보인다고 말하기도 한다. 다 사연이 담긴 일리 있는 말이겠지만 연기력 부족한 나로서는 그냥 편하게 들어가 조용히 둘러보는 게 최선인 것 같다. 여행중이라 차려입을 옷도 없을뿐더러 그림에 대해 이야기하다 보면 5분이면 바닥을 드러낼 게 뻔하니 말이다.

주로 큐레이터의 책상 앞으로 제목과 가격이 적힌 브로셔를 가져갈 수 있게 놓아두고, 그림 제목 옆에 가격을 붙여놓는 곳도 있다. 바보 같은 소리겠지만 몇 번을 반복해도 그림 옆에 가격이 붙어 있는 건 참 어색하다. 가격이 높고 낮고를 떠나서 작품을 가격으로 환산하는 풍경이 사람의 가치를 따지는 것처럼 그렇게 생경하다. 하지만 뉴욕의 아티스트들은 이를 자연스럽게 받아들이는 것 같다. 아마도 그래야만 살아남을 수 있는 현실이라 그럴 것이다.

지금까지 찾아갔던 스무 개 남짓한 전시 중에서 가장 마음에 드는 작가로 수첩에 남은 화가는 찰스 자보 Charles Jarboe 다. 늦게 시작한 겨울이 3월까지 이어지던 중에 그의 작품 〈눈 덮인 언덕 원경 Distant Figure on Snowy Hill

Street)을 마주보는데 마치 내 머릿속에 있는 그해 겨울의 이미지가 그대로 살아난 것 같았다. 한두 사람이 남긴 발자국, 나뭇가지에 결대로 쌓인 눈, 눈만큼 뿌연 하늘까지 손에 잡힐 듯했다. 그의 그림은 사진으로 보일 만큼 사실적이면서 때로 동화적인 느낌이 가미되는데, 내가 매일 마주하는 뉴욕의 거리가 종종 튀어나와 발걸음을 멈추게 했다. 뉴욕의 거리라고는 하지만 보통 사람들은 사진으로도 찍지 않을 자투리 공간을 그는 화폭으로 옮긴다. 〈브라이언트파크〉란 제목의 그림에는 녹색의 공원이 손톱만큼도 등장하지 않는다. 42번가와 6번로에서 그 공원으로 가는 낯익은 입구를 그려넣었을 뿐이다. 그런데도 내가 아는 공간이란 이유로 비어 있는 왼쪽의 공원이 자연스럽게 내 머릿속에서 그려졌다. 기본적인 가이드라인이 있는 박물관과 달리 갤러리에선 마음에 쏙 드는 작품을 만나기 쉽지 않은데 이날은 상당한 수확이었다.

시간이 조금 지나면서 상당수의 갤러리가 주로 목요일 저녁에 새 전시 리셉션 행사를 하며 그 행사에 생각보다 많은 관객이 온다는 것도 배웠다. 또 이 갤러리의 규모나 명성, 수준도 천차만별이라서 어지간한 박물관 못잖게 거창한 갤러리가 있는 반면 제대로 된 출입문도 없이 그림 한 점 달랑 걸려 있는 보기 안쓰러운 갤러리가 있는 것도 알게 되었다.

이 많은 갤러리들이 다 같은 시스템을 갖는 게 아니어서 뉴욕의 갤러리는 크게 세 종류로 분류된다. 가장 많은 갤러리는 단연 상업 갤러리다. 상업 갤러리는 다시 두 종류로 나뉘는데, 전속 작가들을 보유한 갤러리와 유료 대여 갤러리가 그것이다. 전속 작가 갤러리는 전속 작가의 작품을 무료로 전시해 주는 대신 판매된 그림 가격의 절반가량을 수수료로 받는다. 유료 대여 갤러리는 말 그대로 공간을 날짜별로 빌려주는 형식

뉴욕에 온 누구에게나 머스트 고우 시리즈로 손꼽히는 4대 미술관을 필두로, 프릭 컬렉션, 국제 사진 센터 등 백 개를 훌쩍 넘는 중소규모 박물관, 그리고 무려 천 개가 넘는 갤러리까지. 이들을 통해 뉴욕의 문화 속으로 뚜벅뚜벅 걸어 들어가게 된다.

인데 이 비용이 천차만별이라서 어떤 곳은 전시를 하면 할수록 손해라 작가들 사이에서 악명 높은 곳들도 있다고 한다.

두 번째 종류는 비영리 갤러리다. 이런 갤러리는 각종 공모전을 통해 이름이 덜 알려진 작가들을 발굴하고 그들의 작품을 무료로 전시해 준다. 나는 공짜라서 대우를 못 받는 게 아닌가 했더니 수요보다 공급이 많은 이곳에서는 반대로 경쟁이 아주 치열하다고 한다. 이 무료 전시를 통해 작품이 팔리면 상업 갤러리의 절반쯤 되는 수수료를 받는다. 마지막으로 작가들이 모여 만든 코압갤러리 형태도 있다. 작가들이 스스로 회원제로 운영하는 형식으로 회원들이 다달이 혹은 연간으로 일정액의 회비를 내고, 돌아가면서 작품을 전시할 기회를 얻는 방식이다.

천 개가 넘는 갤러리에서 매달 전시는 끊이지 않고 이어지니 사람들은 쉽게 들어가 둘러보고 떠난다. 하지만 이 한 번의 전시를 위해 작가들은 얼마나 오래도록 자기와의 싸움을 이겨냈을까. 낮에는 평범한 회사를 다니면서 저녁과 주말에 그림을 그리는 릭, 이탈리아에서 직장을 때려치우고 날아와 미대에 다니고 있는 마리아, 화가와 레스토랑 점원의 옷을 수시로 바꿔 입는다는 타냐까지 스쳐가는 내 주변에도 뉴욕의 아티스트는 적지 않다. 전업 작가 비율이 채 5퍼센트도 안 된다는 뉴욕이지만 그래도 그들은 포기하지 않는다. 이름 없는 관객인 나는 갤러리를 찾을 때마다 그들에게 그저 뜨거운 마음의 박수를 보낼 뿐이다.

비가 오는 날에는
커피가 있는 서점으로

비 오는 날에는 스케줄 변경이 불가피하다. 우산을 들고는 골목 뒤지기가 쉽지 않을뿐더러 물에 민감한 수동 카메라를 챙기기는 더 어렵다. 몇 번의 시행착오를 거치고 보니 이런 날에는 커피가 있는 서점에서 시간을 보내는 게 가장 좋은 방법이란 걸 알게 되었다. 내리는 비를 바라보며 진한 커피와 함께 책에 빠져들 수 있는 곳, 바로 대형서점이다.

복작이는 길에서 벗어나 반즈앤노블 유니온 스퀘어점으로 들어서면, 후 하는 안도의 한숨이 먼저 나온다. 세 사람이 나란히 걷기에도 넉넉한 서고 사이를 걸으며 각양각색의 책들을 둘러본다. 소설에서 자기계발서, 심리치료서, 요리 책자까지 그야말로 책 백화점을 자처하는 이곳에서도 내 발길은 자연스럽게 여행섹션에 멈춰 선다. 지역별로 분류된 다양한 가이드북, 멕시코 남부의 색깔, 스코틀랜드 북부의 산 등 특정 지역을 담아낸 사진집, 알래스카에서 플로리다까지 미국 여행에세이 등이 차

OF
MICE
AND
MEN
a novel by
JOHN STEINBECK
SINGER
KAFKA
NERUDA

비 오는 날이면 진한 커피 한 잔과 함께 떠나는 여행이 펼쳐진다.
대가들의 화집과 도시를 담은 사진집, 서평에 소개된 소설,
최신 잡지 몇 권과 함께하는 대형서점의 향기로운 오후.

례대로 빼곡히 꽂혀 있다. 특별히 여행 섹션 한 쪽에는 오직 뉴욕에 관한 책을 모아둔 뉴욕 코너가 따로 있다. 연필로 그린 뉴욕의 50년 전후 비교부터 지하철역으로 살펴보는 뉴욕 시, 맨해튼의 공원 이야기, 각 보로 별 역사 등 다양하고 기발한 방식으로 이 작은 도시를 해석해 낸다. 이 서고 앞에 설 때면 나는 부러움과 시기심이 뒤섞여 음음하는 신음소리를 내곤 한다. 저마다 매력을 발산하는 책들 앞에서 어렵사리 몇 권을 골라낸다.

통창이 나 있는 복도 쪽으로 서너 개의 서고는 온통 잡지 천국이다. 잡지를 만들던 사람의 지극히 주관적인 주장일 수도 있겠지만 잡지만큼 문화의 다양성을 충족시켜 주는 매체도 드물다는 게 내 생각이다. 한 도시의 서점에 들어가 서고에 꽂혀 있는 잡지만 훑어보면 현재 이 도시에서 이슈가 되고 있는 게 무엇인지 대충 펠 수 있다. 그런 맥락에서 뉴욕의 이슈는 세상의 모든 것이다.

패션이나 연예 잡지는 기본이고, 피처, 공연, 도서, 남성, 결혼, 애완, 요리, 문예, 건강, 취미, 레저, 인테리어, 게임 등 끝이 없다. 더 놀라운 것은 이런 다양한 카테고리 안에 각각 놀라울 정도로 많은 잡지들이 존재한다는 사실이다. 예를 들어 내가 좋아하는 여행 잡지 코너에 서면 『꽁뜨네스트 트래블』, 『트래블러』, 『타운 앤 컨트리 트래블』, 『코스트 리빙』, 『리조트 트래블』, 『버젯 트래블』, 『패스포트』, 『엔들리스 베케이션』, 『아일랜드 트래블』, 『럭셔리 사파리』, 『트래블 앤 레저』 사이에서 무얼 집어야 할지 고심하게 되고 여기에 지역별 전문성을 담은 『이탈리아』, 『아프리카』, 『캐리비안』도 가세한다.

예술 코너도 빼놓을 수 없다. 서울에선 워낙 고가인데다가 비닐 포장으로 꽁꽁 싸둔 경우가 많아 언감생심 엄두도 못 내던 화집이며 사진

집. 진열된 다양한 화집 중에서 눈이 가고 마음이 가는 것으로 두어 권 집
는다. 이렇게 하나둘 챙기다 보면 카페가 있는 위층으로 올라갈 쯤엔 양
손으로 들기 무거울 만큼의 책을 챙기게 된다. 대개 골라든 책의 절반밖
에 들춰보지 못하지만 마음에 드는 책을 집어 드는 그 즐거움은 막을 길
이 없다. 오늘처럼 비 내리는 날이면 서점 안은 커피 냄새와 축축한 책 냄
새가 기분 좋게 섞여 가라앉는다. 뜨거운 아메리카노 한 잔을 옆에 끼고
골라온 책 속으로 빠져들 시간이다.

사실 이런 대형서점이 뉴욕만의 특별한 장소는 아니다. 오히려 이런
대형서점들은 현재 미국 전역에서 지역의 소규모 서점을 다 잡아먹는 서
점계의 월마트란 비난을 얻고 있다. 그럼에도 이들이 뉴욕이란 유별난
도시에서 문화의 한 부분을 감당하고 있다는 사실을 부정하지는 못하겠
다. 서점이란 자고로 책을 판매하기 이전에 책을 읽을 수 있는 분위기를
마련해 주어야 한다. 그런 의미에서 고작 2달러 남짓한 커피 값을 내고
원하는 책을 얼마든지 읽을 수 있는 공간과 분위기를 누릴 수 있다는 건
분명 혜택이다. 다 본 책은 테이블 한쪽에 쌓아두면 친절한 직원이 와서
수거해 간다. 책을 들고 바닥에 쪼그리고 앉아 읽다가 주의를 받던 서울
의 서점을 생각하면 때로 황송할 정도다.

대형서점이 펼치는 다양한 문화 활동 중에서도 뉴요커들이 첫손에 꼽
는 것은 각 지점에서 매주 이어지는 책과 관련된 행사다. 이들 서점은 조앤
롤링에서 움베르토 에코까지 다양한 작가를 독자들 앞으로 직접 불러들인
다. 처음 이 행사에 대해 문의할 때 사람들마다 'fabulous', 'amazing',
'awesome' 등 온갖 형용사를 동원해 칭찬하더니만 과연 그럴 만한 이
유가 있었다. 나는 두 번 참석해 보았는데 언어의 장벽에도 불구하고 책

소호의 번잡함을 거짓말처럼 감춰주는 아지트 하우징웍스 북카페(위)와 수많은 책들이 뽑아들기 쉽게 정돈된 반즈앤노블.

에 대한 지극한 애정을 가진 독자와 작가가 자유롭게 이야기를 나누는 모습은 정말 감동적이었다. 어른 독자를 위한 작가와의 대화뿐 아니라 아이들을 위한 책 읽어주기 '스토리 타임'도 주말마다 펼쳐진다.

책 읽기 이야기가 나와서 말인데 이 도시의 두드러진 특징은 누구든 어디서나 무언가를 읽는다는 사실이다. 요즘엔 많이 줄었다고 하는데도 뉴욕 사람들의 상당수가 여전히 한두 개의 책읽기 모임을 갖고 있다. 그러다 보니 자기가 좋아하는 분야는 물론이고 전혀 다른 분야의 책에도 조예가 깊은 이들이 상당수다. 며칠 전 센터에서 만난 한 공대생도 그런 경우다.

우리는 직업병 이야기를 나누었는데, 내가 한국에서 잡지기자였으며 이메일을 읽을 때도 자연스럽게 빨간 펜을 들고 교정을 본다는 이야기를 들은 그가 『먹고 쏘고 튀어라 Eats, Shoots and leaves』라는 책을 강력히 추천했다. 그 독특한 제목에 이끌려 찾아보니 영국의 칼럼니스트가 쓴 올바른 문장과 구두점에 대한 이야기였다. 맞춤법부터 문법을 완전히 상실한 길거리 표지판이나 멋대로 구두점을 남발하는 광고판을 보며 스트레스를 받는 저자 이야기는 글과 관련된 일을 해본 사람이라면 누구나 웃음을 터뜨릴 내용이었다. 책 내용도 흥미로웠지만 이런 종류의 책과는 전혀 관계없는 공부를 하는 사람이 추천했다는 사실이 더 새삼스러웠다.

뉴욕에서 커피와 책을 함께 즐길 수 있는 곳이 반즈앤노블이나 보더스뿐만은 아니다. 소호에 가면 절대 지나칠 수 없는 하우징웍스 유즈드 북 카페 Housing works used book cafe, 유니버설 매거진 Universal Magazine, 윌리엄스버그의 리드 카페 Read cafe 등에서도 책과 커피는 둘도 없는 친구가 된다. 특히 하우징웍스는 내가 사랑해 마지않는 보물창고 하우징웍스 트리프트 숍의 분점으로 중간 규모의 헌책방을 카페와 훌륭하게 접목시켰다.

대형서점 관계자에겐 미안하지만 나는 여간해서는 이곳에서 책을 구입하지 않는다. 내가 읽는 책의 대부분은 뉴욕시립도서관—졸라서 발급받은 회원증으로!—에서 대출한 것이고, 특별히 마음을 빼앗기는 책은 할인율이 큰 헌책방을 뒤진다. 대형서점은 그렇게 빌리거나 구입할 책을 선별하는 곳이다. 책을 빌리기는 더없이 좋지만 음료수 반입 금지나 소지품 검사 등 현장에서 책을 즐기기엔 절차가 번거로운 시립도서관에 비해 이곳은 훌륭한 환경의 사설 도서관쯤 되는 셈이다. 그렇게 몇 시간 독서 삼매경에 빠지고 나면 뉴욕의 속도를 따라가느라 분주하던 마음도 어느새 차분하게 가라앉는다. 이 책에서 저 책으로 오가며 세 잔의 커피를 비우고 나니 창밖은 어느새 어스름이다.

누가 무슨
신문을 들고 건나?

라구아디아 대학 교수인 도널드는 어딜 가든 『뉴욕타임스』를 달고 다닌
다. 홍콩에서 태어났지만 채 한 살이 되기 전에 뉴욕에 온 그는 자칭 타칭
타임스 중독자다. 미국 내 다른 도시는 물론이고, 세계 어디를 여행 가서
도 아침에 눈뜨면 이 신문을 내놓으라고 우긴다. 최근 과테말라로 다녀
온 휴가 기간 동안 이 신문을 보지 못해 병이 날 뻔했단다. 은퇴한 공무원
엘리자베스를 아침마다 대문 밖으로 이끄는 것은 다름 아닌 『월스트리
트저널』이다. 그녀는 이 신문을 보지 않을 수 없기 때문에 이를 구독하지
않는단다. 무슨 소린가 했더니 자기 나이쯤 되면 굳이 밖에 나갈 일이 없
는데 신문마저 배달되면 집 안에 처박혀만 있을까봐 일부러 매일 사러
간다는 것이다. 이들처럼 뉴욕에는 신문에 중독된 사람들이 적지 않다.

　하지만 주된 신문 독자층이 대부분 40~50대 이상의 중장년층이라
뉴욕에서도 신문산업은 고전중이라고 한다. 이방인인 내 눈에는 아침

New York Times
55 Marlboro
Marlboro
SMOOTH
The New York Times
The New York Times
DAILY NEWS
New York's Hometown Newspaper
PRAY FOR THE LOST
Memorial Day, Iraq and a young Marine
MIKE LUPICA - PAGE 3

이면 스쳐 지나는 사람마다 한 뭉치나 되는 신문을 들고 다니는 것처럼 보이는데, 신문 산업의 쇠퇴를 이야기하다니 처음엔 살짝 놀랐다. 이를 증명하듯 현재 뉴욕에서 제 색깔을 갖고 잘 팔리는 신문은 위의 두 신문을 포함해 네 종으로 압축된다. 전성기 시절 스무 개가 넘는 잘 나가는 신문들을 보유하던 뉴욕에서도 폐간과 합병을 거듭한 것이다. 세계 문화와 경제의 수도임을 자처하는 뉴욕의 위상을 생각해 보면 놀랄 만큼 작은 수다. 대신 그 틈새는 다양한 목소리를 내는 주간지와 무가지, 그 밖에 각종 외국어의 신문들이 채우고 있다. 위의 두 신문 외에 나머지 두 개는 『뉴욕포스트』와 『뉴욕데일리뉴스』로 뉴욕에서만 발행되는 지역 신문이다.

나는 신문을 참 좋아했다. 현재형이 아닌 과거형을 쓴 까닭은 지금보다 과거에 더 많이 좋아했기 때문이다. 사춘기 시절 내 공책은 신문 스크랩으로 빼곡하게 채워졌으며, 마음에 쏙 드는 기사를 발견하면 담당 기자에게 손으로 꼭꼭 눌러 쓴 편지를 적어 보내기도 했다. 지금 생각해 보면 공부는 안 하고 참 별 것 다했구나 싶지만 그때 내겐 상당히 절실한 문제였던 듯하다.

그래서 뉴욕에서 해보고 싶은 일 중 하나가 『뉴욕타임스』를 제대로 읽어보는 것이었다. 일요일 오후 작은 그로서리 가게에서 의기양양하게 "타임스" 하고 말을 꺼낸 것까진 좋았다. 중년의 인도계 남자는 신문을 챙기기에 앞서 검정 비닐봉지를 먼저 꺼냈는데, 나는 "아니, 봉지는 필요 없어요"라고 해놓고 이내 그 말을 후회했다. 그가 내민 신문의 두께가 조금 과장하자면 백과사전만했기 때문이다. 눈이 휘둥그레진 나를 보며 그 인도계 남자는 이 여자 처음이구만 하는 웃음을 지으며 앞서 내민 봉지에 두꺼운 신문을 집어넣었다. 정가 3달러, 때에 따라서 3달러 50센트나 하는 『뉴욕타임스』 일요판은 너무 두꺼워 반으로 접히지도 않는 뻣뻣한 8절지 그대로 내 손에 들렸다.

무거운 신문 한 부를 책상 가득 펼쳐놓고서 나는 디트리히 슈바니츠의 『교양』 서문을 떠올렸다. 오늘날 『뉴욕타임스』 일요판 한 부에는 중세의 지식인이 평생에 걸쳐 습득한 지식의 분량이 담겨 있다던 그 말. 실제로 무려 14개나 되는 섹션의 신문은 사진과 광고만 보면서 넘기는 데에도 한 시간이 꼬박 걸렸다.

그 하루치의 신문을 나는 두 주가 지나도록 끝내지 못했다. 몇 번을 반복해 넘겨보고, A4 사이즈로 접어 읽는 뉴요커들을 흉내 내느라 군데군데 구겨지고 찢어졌지만 제대로 이해했다 싶은 부분은 반의 반도 되지 않았다. 하지만 나는 이후에도 기회가 되는 대로 이 신문을 사들였다. 여전히 전체 정보의 반도 흡수하지 못하면서도, 손에 검정 잉크를 묻혀가며 넘기는 사이 들어오는 멋진 헤드라인과 사진, 아주 가끔씩 진심으로 이해되는 기사가 나를 사로잡은 것이다. 그 묘한 맛은 우유 한 통, 물 한 병을 고를 때도 몇 센트를 따지며 궁상떠는 나로 하여금 몇 달러의 돈을 아낌없이 내밀게 한다.

그 깊숙한 뉘앙스나 내막이야 이방인인 내가 헤아릴 길 없지만 네 종의 뉴욕 신문은 각기 색깔이 있다. 경제신문으로만 인식되어 있는 『월스트리트저널』은 미국 전역에서 발행부수 2위—1위는 USA 투데이—를 자랑하는 경제가 특화된 종합신문이다. 이곳 사람들이 이구동성으로 미국에서 기사를 가장 잘 쓴다고 꼽히는 신문이기도 하다. 하지만 그 아름다운 문장의 기사는 때로 너무 어려워 네이티브 스피커도 그림만 볼 수

신문을 집어드는 사람들의 손길로 뉴욕의 아침은 분주하다.
열성적인 신문마니아들은 주말 브런치 테이블에
앉아서도 신문을 손에서 놓지 못한다.

있는 신문이란 놀림을 받기도 한다.

　『뉴욕타임스』는 그 강력한 브랜드 가치와 방대한 취재력에 자만심이 뚝뚝 묻어나는 신문이지만 하루도 빠짐없이 정정 보도를 내보내는 열린 신문이다. 오탈자와 사진 설명 오기 등 크고 작은 실수를 찾아낸 독자의 이름과 함께 정정해 싣는데 바로 이 맛에 신문을 꼼꼼하게 본다는 이들도 있다. 주말이면 어김없이 평범한 사람들의 결혼 소식—초혼, 재혼을 가리지 않고—이 놀랍도록 상세하게 여러 면에 걸쳐 실리고, 부동산 섹션에선 매주 괜찮은 셋집을 찾아내 이사한 사람들의 파란만장 스토리가 빠지지 않는다. 하지만 때로 지나치게 우익의 냄새를 풍겨 읽는 이방인이 불편할 때가 있다. 얼마 전에는 이스라엘·팔레스타인 관련 기사 옆에 '이스라엘은 자신을 지킬 권리가 있으며, 이를 돕는 부시 대통령을 온 유대인의 이름으로 지지한다'는 요지의 장문의 기고문을 전면으로 실어 나를 깜짝 놀라게 했다.

　두 메이저 신문에 비해 두 지역 신문은 우선 정돈된 느낌 자체를 거부한다. 타블로이드 판형의 『뉴욕포스트』와 『뉴욕데일리뉴스』는 유난히 사진을 많이 사용하는데, 질은 좀 떨어지는 대신 속보 느낌이 나는 큼직한 사진이 배치된다. 전체 지면에서 스포츠와 연예 기사가 차지하는 비중이 높은 것도 특징이다. 『뉴욕데일리뉴스』는 세계의 어떠한 이슈보다 뉴욕 양키스 야구단의 경기 소식이 더 큰 비중을 차지하고, 『뉴욕포스트』에는 유난히 정치권이나 연예계의 뒷얘기가 많다. 그러다 보니 특별한 배경 지식이 별로 필요하지 않고, 게다가 문장도 짧아서 이해하기 쉽다. 대신 과장하는 구어체 표현과 최신 유행어가 종종 등장한다. 그러니까 이 도시에서 일상적인 대화는 하지만 고급 영어에 능숙하지 않은 사람들을 소비자로 잡아낸 셈이다.

　실제로 나는 지하철에서 누군가 두고 내린 『뉴욕포스트』를 처음 읽으며 잠깐 흥분했던 적이 있다. 두 면에 걸쳐 실린 브래드 피트와 안젤리나 졸리의 입양과 출산에 관한 기사가 지하철에 앉아 있던 15분 동안 완벽하게 이해되었던 것이다. 별로 아리송한 문맥도 없었고, 헤드라인부터 사진 캡션, 본문까지 주르륵 들어오는 것이었다. 나는 고작 몇 달 사이에 내 영어 실력이 이렇게 향상된 것일까 하는 즐거운 착각에 빠졌다. 하지만 다시 마주한 『월스트리트저널』은 이런 나의 착각을 보기 좋게 깨주고야 말았다.

세상의 모든
빵들을 만나다

70년대 중반에 태어난 내게 빵집의 추억은 체인 제과점의 흥망성쇠다. 어린 시절 엄마 치맛자락을 붙들고 다니던 고려당부터, 학창시절 빵집의 삼두마차 신라명과와 파리바게뜨, 크라운 베이커리, 그리고 뒤늦게 제과 업계를 강타한 뚜레주르까지. 이사를 가면 동네에 무슨 빵집이 있나 파악하는 게 가장 중요할 만큼 빵을 사랑하는 내게 빵이 지천으로 널린 뉴욕은 가히 천국에 가깝다.

처음엔 빵의 원조를 내세우는 유럽도 아닌데 뉴욕의 빵이 뭐 그리 대단할까 했다. 기껏해야 베이글이나 프레첼이겠지 생각했던 건 나의 오산이었다. 세계의 이민자는 이곳에 올 때 그들의 문화를 고스란히 가져온다. 그중에서도 음식은 가장 민감하고도 강력한 문화다. 세계 절반 이상 나라의 주식이 빵이란 사실을 감안하면 이 도시에 얼마나 다양한 빵집이 있을지 상상할 수 있을 것이다. 여기에 우리나라나 일본, 중국처럼

Ceci-Cela
PATISSERIE
55
55
55
Ceci-Cela
Ceci-Cela
ZAGAT
SURVEY
Croissant
pur beurre

빵이 주식이 아닌 나라에도 저마다 특유한 빵 문화가 있으니 이곳의 빵 가짓수는 훌쩍 늘어난다.

실제로 코리아타운에 가면 한국에서 즐겨 먹던 밤식빵에 깨찰빵은 물론이고, 어릴 적 먹던 소라빵에 맘모스빵도 맛볼 수 있다. 또 차이나타운의 크고 작은 중국빵집에서는 특유의 가볍고 포근한 카스테라와 진한 수플레를 진짜 저렴한 가격에 사먹을 수 있다. 이뿐만이 아니다. 느끼하지만 달짝지근하게 당기는 멕시코 간식 츄러스, 담백한 폴란드 전통 빵 부우카, 올리브향 가득한 이탈리아 빵 포카치아, 쫄깃한 베트남식 반미, 그리스식 파니니까지 이 도시에 없는 세상의 빵을 찾는 게 더 쉬울 정도다. 유럽에 비해 그 역사가 대단히 짧은 미국 빵이지만 뉴욕에서는 다채로운 복합 문화 덕에 세계의 모든 빵을 맛볼 수 있는 셈이다.

이 도시에서 내가 진정한 빵맛에 눈을 뜬 곳은 '에이미스 브레드Amy's Bread'다. 이곳은 뉴욕 내에서는 물론이고 여행상품의 목적지로 등장할 만큼 유명한 제과점이라 오히려 그 내실을 살짝 의심했다. 첼시마켓 지점에 가면 이곳의 작업장이 통유리로 되어 있어서, 반죽하고 발효시켜 오븐에 넣는 과정을 오가는 사람 누구나 서서 구경할 수 있다. 이곳은 원칙에 충실한 빵이 얼마나 훌륭한 맛을 낼 수 있는지 알려주는 곳이다. 창업자 에이미 셔버Amy Scherber의 이름을 따서 만든 이 빵집이 강조하는 것이 표백하지 않은 유기농 밀가루에, 유기농 곡물과 생허브, 그리고 신선한 버터와 설탕을 쓴다는 것이다. 이 심심하리만큼 당연한 약속이 이 빵의 맛을 결정한다는 것은 참으로 놀라운 일이다. 그래서인지 뉴욕의 수많은 레스토랑에서 이곳의 빵을 쓴다고 자랑스럽게 밝히곤 한다.

에이미스 브레드에 관해선 혼자 간직하고 싶은 비밀이 하나 있다. 이

PROVISIONS
VESUVIO BAKERY 
160
AN BREAD
ISCUITS
VESUVI
BAKE
ZAGAT
RATED
CAF
Experienced Counter
Help Wanted
Eating & Drinking

ake just for you, my pretty
JAVA Witch
Brownie   net wt. 3.5 oz
The Magnolia Bakery
HELP WANTED

집 빵이 맛있을 뿐 아니라 건강에도 좋다는 건 어지간한 뉴요커가 다 아는 사실이지만 문제는 사실 가격이다. 그런데 궁색한 내가 이 집 빵을 대놓고 먹을 수 있는 비밀은 저녁 세일에 있다. 다른 지점은 잘 모르지만 평일 저녁 첼시마켓 지점에 가면 그날 나온 빵을 절반, 때론 4분의 1 가격에 구입할 수 있다. 달콤하고 화려한 페스트리는 제외되고 대개 다양한 식빵과 비스킷 위주지만 나로서는 놓칠 수 없는 기회다. 세일 시간은 계절별로 조금씩 차이가 있는데 대개 문을 닫기 한 시간 전부터 시작된다.

신선하고 맛있으며 철학이 담긴 빵집으로 말하자면 '그랜데이지 베이커리Grandaisy Bakery'도 빼놓을 수 없다. 소호 빵집의 상징이던 '설리번 스트리트 베이커리' 자리에 새로 문을 연 이곳은 동네 빵집의 저력이 그대로 숨 쉬는 곳이다. 자릿세 비싸기로 유명한 소호에 위치하고 자긍심을 가질 만큼 훌륭한 빵을 구워내지만 타당한 가격을 받는 빵집으로 특히 동네 주민에게 사랑을 듬뿍 받는 곳이다. 실제로 올리브 맛이 듬뿍 느껴지는 피자 비앙카는 한 손으로 들기 어려울 만큼 큰 조각이 단돈 1달러다. 분주한 시간을 막 넘기고 빈 바구니를 들여가던 그랜데이시 매니저는 친근한 목소리로 내게 말했다.

"빵은 말 그대로 공기나 물 같은 겁니다. 그만큼 누구나 신선하고 좋은 재료로 갓 구운 빵을 저렴한 가격에 먹을 권리가 있어요. 우리는 그걸 실천하는 빵집 중 하나고요."

여기까지가 든든한 주식이나 간식용 빵이라면 식사를 마무리하는 디저트 빵 역시 그 리스트가 상당하다. 단지 '후식'이라고 치부하기엔 너무 맛있고 푸짐하며 예쁘기까지 한 빵들이 다양한 전문점에서 기다리고 있다. 뉴욕 하면 대번에 떠오르는 치즈케이크, 머리가 어지러울 정도로 달콤한 컵케이크나 초콜렛 크루아상과 브라우니, 각종 과일이 아름답게 장식된 타르트까지 그 종류만도 수두룩하니 전문점은 이 몇 배수에 이른다.

소호 한 구석에 위치한 '원스 어폰 어 타르트Once upon a tart'는 유명세 값어치를 톡톡히 하는, 작지만 따뜻한 공간이다. 날씨 좋은 날 야외 테이블에서 커피와 함께 각종 타르트나 마들렌, 마카롱을 곁들이면 정말이지 세상 부러울 게 없다. 조금 출출할 때면 건포도가 잔뜩 박힌 레이즌 스콘이 제격이다. 한 사람 당 12개까지로 컵케이크 판매를 제한한 매그놀리아Magnolia는 테이블 하나 없이도 그 맛에 중독된 사람들을 길게 줄 세우는 곳으로, 아는 사람들은 컵케이크와 더불어 바나나 푸딩과 키 라임 케이크를 빼놓지 않고 사간다.

이밖에도 '에이린스Eileen's'와 '주니어스Junior's'는 치즈케이크에 있어 뉴욕에서 선두를 다투는 곳이고, 노리타의 '세시셀라Ceci-Cela'는 초컬릿 크루아상과 과일 타르트가, 첼시마켓의 '팻 윗치Fat Witch'는 진한 브라우니가, 일본 스타일의 '판야 베이커리Panya Bakery'는 녹차 티라미수가, 업타운의 '조지어스 베이크 숍Georgia's bake shop'은 각종 파이와 미니 쿠키가 끝내주는 빵집들이다.

레스토랑과 별개로 빵만 붙들고 순례를 하더라도 이 도시에선 아마 1년을 쏟아도 모자랄 것이다. 아침마다 빵 굽는 냄새가 진동하는 빵집 앞을 지나노라면 오늘 하루도 열심히 살아야겠다는 무언의 격려를 받는다. 나는 오늘도 사람만큼이나 다양한 뉴욕의 빵들, 그 풍부하고 그윽한 냄새와 맛에 취한다.

뉴욕의 식탁엔 뭔가
특별한 것이 있다

대학 시절 신문에서 이런 기사를 읽은 적이 있다. '뉴욕은 레스토랑의 천
국이다. 이 도시의 레스토랑을 다 맛보려면 매일 다른 곳을 간다고 해도
60년, 세 끼를 모두 다른 곳에서 먹어도 20년이 걸린다'는 내용이었다.
누구의 말이었는지 어떤 매체였는지는 흐릿하지만 내게 뉴욕이란 도시
의 첫 이미지는 그것으로 남았다. 도착해서 보니 세상에 그만큼 적절한
표현이 없다. 하긴 그게 이미 10년쯤 전 기억인 데다, 엄밀한 의미로 레스
토랑 범주에 포함되지 않는 델리나 테이크아웃 전문점, 저 무수한 길거
리 음식까지 합치면 그 수치는 배가 되지 않을까 싶다. 어림잡아 내가 오
늘부터 단 한 끼도 빼먹지 않고 매일 세 곳의 레스토랑을 다닌다고 해도
일흔 넘은 할머니가 되어야 마칠 수 있는 순례란 얘기다.

　이곳 레스토랑의 특징은 그 종류 자체가 다양할 뿐 아니라 그 내용
도 풍성해 맛으로나 가격으로나 분위기로나 선택의 여지가 방대하다는

여유로운 주말 브런치를 즐기는 뉴요커들. 업타운의 우아한 레스토랑부터 소호의 대중적인 맛집, 빌리지의 케케묵은 커피숍까지 제 색깔이 분명한 뉴욕의 식탁은 전 세계 사람들의 입맛을 사로잡는다.

생각만 해도 침이 가득 고이는 뉴욕의 음식들. 카페 하바나의 그릴드 옥수수과 셰이크 쉑의 쉑 버거, 카페 사바스키의 정찬과 존스 피제리아의 정통 화덕 피자.

것이다. 사람 사는 곳에 먹는 것이 중요하지 않은 곳이 어디 있겠냐마는 뉴요커들은 정말이지 먹기 위해 사는 것이 아닐까 싶을 만큼 맛집에 대한 관심이 지대하다. 오죽하면 이곳 사람들의 음식에 대한 애정을 두고 뉴욕에서 음식은 이미 종교의 반열에 올랐다고 표현하는 이들도 있다. 때문에 이곳에서 맛집 정보는 헤엄칠 정도로 쏟아진다. 『뉴욕타임스』를 비롯한 각종 매체의 음식 섹션은 말할 것도 없고, 새롭게 떠오르는 독특하고 트렌디한 레스토랑을 선별해 매주 보내주는 안내 메일에, 지하철에선 지난 주말 다녀온 맛집 평가를 주고받는 사람들이 부지기수다.

이런 뉴요커들을 위해 매년 두 차례씩 돌아오는 축제가 있다. 이름하여 레스토랑 위크! 매년 겨울과 여름에 각 열흘씩 펼쳐지는 이 축제 기간에는 각 레스토랑이 선별한 코스 요리를 균일가에 맛볼 수 있다. 애피타이저와 메인디시, 디저트 3코스로 구성되는데 보통 점심이 25달러, 저녁이 35달러 선이다. 음료수와 세금 그리고 팁은 이 가격에 포함되지 않는다. 뉴요커들이 이 기간을 손꼽아 기다리는 까닭은 이 축제에 참가하는 레스토랑들 대부분이 명성만큼 가격이 드높아 평소라면 쉽게 찾기 어려운 곳이기 때문이다.

프랑스 퀴진으로 선두를 다투는 소호의 몽라셰_{Montrachet}, 뉴욕의 괜찮은 레스토랑을 언급할 때마다 1등을 고수하는 트라이베카 그릴_{Tribeca Grill}이나 노부_{Nobu}, 젊은 연인들의 고급스런 데이트 장소로 꼽히는 워터 클럽_{Water Club} 등이 그중 일부다. 그러다 보니 레스토랑 리스트가 발표되기 무섭게 예약이 폭주하며, 저녁을 10시에 예약하는 경우도 심심찮게 볼 수 있다.

하지만 뉴요커들이 사랑해 마지않는 레스토랑 위크를 두 차례나 홀

려보내면서도 크게 아깝다는 생각이 들지 않은 것은 단지 내가 가난한 여행자라서만은 아니다. 그보다는 굳이 큰돈을 들이지 않아도 이 도시엔 맛있는 게 너무 많기 때문이다.

가격을 논하자면 맨해튼 전역에 지점을 갖고 있는 그레이스 파파야 핫도그부터 시작해야 한다. 두 개의 핫도그와 음료수를 2달러가 채 안 되는 가격에 판매하는데 이게 생각보다 맛이 좋다. 그들이 전면에 내건 것처럼 100% 프리미엄 순 쇠고기인지는 확인할 바 없으나 적어도 그 쫀득한 소시지의 식감과 볶은 양파, 머스터드와 케첩, 그리고 입에 닿는 순간부터 부드럽게 녹는 빵이 어우러지는 맛은 충분히 경쟁력 있다. 다만 매장 공간이 협소해 먹을 곳이 마땅찮다는 게 단점이다.

그리니치빌리지는 비싼 렌트비와 달리 학교 앞다운 저렴한 먹거리를 맛볼 수 있는 곳이다. 맥두글가와 설리반가 골목에는 다닥다닥 우리네 밥집 같은 식당들이 열을 이루고 있다. 매운 맛을 단계별로 맛볼 수 있는 치킨집 플럭유Pluck you, 화이타에 고기와 야채가 함께 들어 있는 팔라플, 딸기와 메이플 시럽을 듬뿍 올린 갓 구운 와플, 치즈와 소고기에 구운 양파가 잘 어울리는 BB 치즈 스테이크 등은 모두 5달러 미만으로 풍족하고 맛있게 즐길 수 있는 점심 메뉴다.

노리타 모퉁이의 카페 아바나Cafe Havana 역시 저렴한 별식으로 빼놓을 수 없다. 버터를 발라 그릴에서 구운 옥수수에 파마산 치즈 가루를 뿌린 뒤 라임 한 조각과 내주는데 그 맛을 따라갈 자가 없다. 정말이지 이 옥수수를 받아들면 카운터에서 고작 두 발자국 떨어진 창 쪽 테이블까지 오는 동안에도 먹고 싶어 참기 어려운 심정이 된다. 이렇게 맛있는 옥수수 두 줄이면 든든한 한 끼 식사가 되는데, 남미 분위기 물씬 나는 망고 주스와 함께 하면 대박이다!

여름이 다가오면 거리엔 독특한 스타일의 아이스크림이 등장한다. 멕시코 스타일 아이스크림은 얼음을 켜서 컵에 담은 다음 그 위에 원하는 맛의 시럽을 살짝 부어주는 일종의 슬러시 형태인데 그 맛이 별미다. 이에 대적할 만한 아이스크림은 할렘에서만 맛볼 수 있는 셔벗 아이스크림이다. 코코넛, 망고, 딸기 등 색깔별로 맛도 다양한데, 이를 살살 긁어 소주잔만한 종이컵에 꾹꾹 눌러 담아준다. 시원하게 사각거리는 질감부터 진한 농도와 적당히 달콤한 맛까지 끝내준다. 모두가 단돈 1달러.

나로 하여금 미국 음식에 대한 나쁜 선입견을 깨뜨려준 첫번째 종목은 피자다. 대체 누가 이탈리아 피자는 담백하고 미국 피자는 느끼하다고 했단 말인가. 거대한 체인점 피자는 어떨지 몰라도 손으로 일일이 반죽을 치대고 밀어서 화덕에서 구워내는 뉴욕의 제대로 된 피자에는 털끝만치도 해당되지 않는다.

현재 뉴욕에서 가장 전통 있고 맛있기로 소문난 피자집은 세 곳이다. 뉴욕 최초일 뿐 아니라 세계 최초의 피자집인 노리타의 롬바르디 Lombardi, 브루클린에 있으면서도 맨해튼보다 유명한 그리말디스 Grimaldis, 그리고 빌리지의 터줏대감 존스 피제리아 John's Pizzeria가 그 주인공이다. 자타가 공인하는 이들 3대 피자집의 공통점은 실내 장식과 서비스에는 거의 신경을 쓰지 않는다는 것이다.

그리말디스는 주말이면 한 시간 정도 줄 서는 것은 보통인 데다, 테이블이 얼마나 촘촘하게 붙어 있는지 거의 합석 수준이다. 사적인 내용은 원치 않아도 솔솔 들어오고 손님들 머리 위로 피자 판이 분주하게 날아다닌다. 평일 저녁에도 대기자 명단에 이름을 올려야 하는 롬바르디

RCING
TATTOO
&
BODY
PIERCING
LE F
Le Figaro Cafe
ARO
CAFE

ARO C
Le Figaro C
$12.9
WEEKEND
BRUNCH

역시 걸핏하면 급조한 지하 테이블로 손님을 안내한다. 존스 피제리아의 경우 빌리지 본점은 불편하기 짝이 없는 90도 각도의 칸막이 의자에다 창문에 색을 입혀 답답한 실내 분위기도 정말 비호감이다. 게다가 이들은 모두 현금만 취급하고, 배달도 하지 않으며, 조각도 팔지 않는다. 그야말로 배짱장사가 따로 없다.

하지만 이 모든 불만들은 일단 이들의 피자를 맛보면 모두 다 용서된다. 이들은 우리나라처럼 무슨 맛 피자를 정해놓고 팔지 않는다. 크기가 다른 기본 피자 위에 버섯, 치즈, 양파, 햄, 올리브, 페파로니, 모짜렐라 등 스무 개 남짓한 토핑을 원하는 만큼 추가해 자기만의 피자를 만드는 것이다. 세 곳을 정말 열심히 먹어본 사람으로서 말하자면 '참 잘했어요!' 도장이라도 찍어주고 싶을 만큼 맛있다.

그리말디스는 그 명성을 접하기 전 브루클린 브리지를 목적으로 갔다가 발견했다. 하필 점심을 챙겨먹지 못했던 그날 밖으로 새어나오는 그 고소하고도 짭조름한 냄새에 취해 혼자 들어가 피자 한 판을 주문했다. 다른 곳도 아닌 피자집에 혼자 왔다는 멋쩍음은 후후 불며 한 입 베어 물고 치즈가 죽죽 늘어지던 그 순간 다 잊어버렸다. 피자 반 판을 해치우고 남은 반 판을 싸들고 나오면서 나는 그런 곳을 발견한 스스로가 대견해 어쩔 줄을 몰랐다.

물론 위의 세 곳이 가장 유명한 곳이긴 하지만 뉴욕의 맛있는 피자를 맛보기 위해 매번 이곳으로 향할 필요는 없다. 뉴욕 시에서는 길거리 허름한 피자집이라도 제대로 된 피자를 만든다. 6번로의 마페이스Maffei's도 시간이 없을 때면 급히 한 조각을 포장해 나오는 곳이다. 배가 많이 고플 땐 화이트 치즈가 듬뿍 올라간 화이트나 페파로니를, 무난하고 깔끔

한 맛이 먹고 싶을 땐 마르게리타를 먹는다. 처음엔 긴가민가하며 들어 갔지만 여태껏 한 번도 실망시키지 않은 뚝심 있는 동네 피자집이다.

햄버거야말로 뉴욕에서 만드는 것은 다르다. 처음 메디슨스퀘어파 크를 휘감도록 줄서 있는 사람들을 보면서 고개를 갸우뚱했다. '대체 무 슨 일이기에 저러지? 브로드웨이 할인 티켓이라도 파는 걸까?' 얼마 뒤 에 그 긴 행렬이 바로 햄버거와 핫도그를 위한 줄이라는 얘기를 듣고는 깜짝 놀랐다. 그러다 모처럼 사람이 거의 없던 점심시간에 그 햄버거를 맛볼 수 있었다. 첫인상은 별로였다. 뉴욕의 보통 햄버거에 비해 속상할 만큼 적은 양이 나왔기 때문이다. 그러나 한입 깨물어보니 이게 보통 놈 이 아니다. 식감이 살아 있는 고기는 치즈가 적당하게 녹아내려 쫄깃하 면서도 부드러운 맛을 냈으며, 두툼하게 썰어넣은 신선한 토마토와 피 클, 상추도 깔끔하게 뒷맛을 잡아주었다. 자극적인 소스 없이도 재료가 모두 제 맛을 냈다. 과연 그 많은 사람들이 한 시간씩 줄을 서서 먹는 데 는 다 이유가 있었다.

피자나 햄버거는 뉴욕의 맛집 중 그저 빙산의 일각일 뿐이다. 뉴욕 의 레스토랑을 빛나게 하는 진짜 주인공은 전 세계에서 도착한 향토색 짙은 재료와 레시피로 조리한 음식들이다. 캐주얼한 차이니스 테이크아 웃부터 고급스럽게 단장한 프렌치 퀴진, 독일 소시지 전문점과 우크라이 나 코스 요리집, 팟타이 냄새 끝내주는 태국 식당에 매콤한 인도 커리집, 캐리비안 튀김집에 과카몰리 고소한 멕시칸 스타일, 심지어 에티오피아 음식점까지 뉴욕의 식탁은 어디든 군침 고이는 음식으로 넘쳐난다. 그리 고 이렇게 온갖 음식들이 빚어내는 맛과 냄새가 바로 뉴욕의 오늘을 만 들어간다.

변화무쌍한
도시의 사계절

사람이 망각의 동물이란 사실을 가장 선명하게 깨달을 때는 바로 새로운 계절이 돌아올 때다. 불과 한 해 전에 분명히 동일한 계절을 살아놓고도 다시 돌아온 봄, 여름, 가을, 겨울에 매번 놀라고 불평하고 또 감탄한다. 가을이 돌아온 이곳 뉴욕에서 나의 반응이 꼭 그렇다.

세상에 가을 날씨만큼 사람의 감성을 자극하는 게 또 있을까. 아침에 일어나면 뒷마당으로 통하는 창문의 커튼을 걷고 하늘을 올려다본다. 시선이 닿는 곳은 온통 누군가 칠해놓은 것 같은 새파란 하늘이다. 창문을 열고 얼굴을 내밀어 청명한 가을바람을 맨살로 맞고서야 이 믿기지 않도록 아름다운 풍광 속에 서 있다는 게 실감이 난다.

이 가을 빛나지 않는 장소가 어디 있겠냐마는 그중에서도 센트럴파크는 단연 선두다. 색색으로 물든 나뭇잎, 가장자리로 낙엽이 쌓이기 시작한 보트하우스, 더 이상 소리치는 아이들이 없는 스트로베리 필드를

따라 천천히 발걸음을 옮기다 보면 가을의 기운이 가슴까지 밀려든다. 여름철 그 많은 인파를 넉넉히 안아주던 너른 잔디는 이제 둘씩 따로 앉은 연인들의 밀회 장소이자 이젤을 들고 나온 예술가들의 작업실로 바뀌었다.

소호와 빌리지에선 건물 밖의 철제계단이 가을 햇살에 반짝이고, 할렘에선 원색의 드레스와 두건으로 차려입은 흑인들이 가을 햇살과 더없는 조화를 이룬다. 날씨가 좋은 날에는 일몰 시간에 맞춰 맨해튼 서쪽 허드슨 리버 파크로 가야 한다. 강 끝자락에 걸려 있던 태양이 주변을 선홍색으로 물들이며 마침내 강 아래로 사라지면 붉은 기가 사라진 하늘은 세상에서 가장 아름다운 청색으로 변한다. 가을바람을 맞으며 시시각각 달라지는 그 하늘색을 목격하고 있노라면 이 여행이 오늘 끝나더라도 여한은 없겠구나 하는 생각이 든다. 굳이 가을의 단점을 꼽자면 그 청명한 날씨에 반해 월가에서 할렘까지 홀린 듯 걷다가 늦은 밤 집에 돌아오면 다리가 아프도록 퉁퉁 붓는다는 것 정도?

하지만 잊지 말아야 할 게 있다. 뉴욕에서 이런 환상적인 날씨는 가을이라도 가뭄에 콩 나듯 온다. 사흘쯤 연속으로 이어지면 두 손 모아 감사할 일이고 다음엔 어김없이 지루하게 이어지는 비와 바람, 잿빛 하늘이 모습을 드러낸다. 기상이변은 세계적인 현상이라지만 뉴욕의 날씨는 태생부터 그랬던 게 아닐까 싶게 변화무쌍하다. 4월에 함박눈이 펑펑 쏟아지더니 다음날에는 봄볕이 따갑게 작렬하고, 사흘 내내 화씨 100도를 넘어 계획에도 없던 옷 정리를 시키더니만 바로 다음날은 장대비가 죽죽 쏟아져 반소매 차림으로 종일 떨게 한다. 해와 구름과 비와 바람, 세계적으로 동일한 이 최소한의 재료를 가지고 어쩜 매일 이렇게 다양한 날씨를 만들어낼 수 있을까 싶을 정도다.

환상적인 가을을 맞이하기 위해선 우선 뉴욕의 여름부터 견디어내야 한다. 나는 종종 뉴요커들이 왜 이 무더운 뉴욕의 여름에 열광하는지, 그리고 뉴욕의 관광 성수기가 어째서 여름인지 이해할 수 없다. 물론 뉴욕의 여름은 싱싱한 에너지가 흘러넘친다. 브라이언트파크의 영화 상영부터, 센트럴파크 야외 특설무대, 독립기념일 불꽃놀이까지 볼거리와 즐길 거리가 가득하고, 쏟아지는 햇살을 정면으로 마주하는 야외 테이블이며 바는 화려하고 열정적인 뉴욕의 상징이다. 하지만 사진에 박제된 싱그러운 여름과 달리 몸소 체험하는 여름은 습도와 열기, 그리고 에어컨과의 전쟁이다.

바다를 끼고 있는 이 도시의 여름은 동남아 못잖게 무덥고 습하다. 선글라스를 끼고도 눈을 뜰 수 없이 강렬한 볕이 내리쪼이고, 축축한 습기는 홑겹 티셔츠도 무겁게 만든다. 버스를 기다리고 있노라면 얼굴을 타고 흐른 땀이 옷으로 톡톡 떨어지고, 사람으로 가득한 지하철 플랫폼은 사우나가 따로 없다. 그래서 이곳 사람들은 거의 다섯 블록마다 커피숍에 줄을 서 아이스커피를 외친다. 더 괴로운 건 이 도시의 무지막지한 냉방 시스템이다. 길에 나서면 숨이 턱턱 막히는 열기가 올라오지만, 실내에 들어가선 나처럼 더위를 타는 사람도 추워서 밥을 제대로 먹을 수 없는 아이러니한 상황이 연출된다.

전력 낭비가 심하다 보니 이는 다시 부분 정전과 각종 고장을 야기한다. 지난여름 내내 뉴욕의 지하철은 하루가 멀다고 멈춰 섰고, 정각 운행을 자랑하던 뉴저지 기차도 연착과 취소를 반복했다. 뉴욕 시립대는 정전으로 이틀간 문을 걸어 잠갔으며, 심지어 퀸즈 아스토리아는 무려

황홀한 뉴욕의 가을!
가슴을 파고드는 청명한 바람과 색색 낙엽 뒹구는 빌리지
뒷골목을 거닐 때면 불쑥 눈물이 나도록 아름다운 풍경이 펼쳐진다.

일주일 동안 전기가 공급되지 않는 대규모 정전 사태를 맞기도 했다.

겨울은 또 어떤가. 장기여행자가 되자마자 맞이한 2005년 겨울은 뉴요커의 표현을 빌자면 '더없이 포근한 such a mild' 겨울이었다. 하지만 나는 집 안에서도 외투에 버금가는 옷을 입고 지냈으며, 지하철 역에서 아파트까지 강바람을 맞으며 걷는 10여 분 동안 나그네 외투 벗기기 내기를 하는 동화를 무수히 떠올렸다. 지난 2월에는 급기야 사흘간 폭설이 쏟아졌는데, 얼마나 무섭게 눈보라가 치던지 바람소리와 창문 흔들리는 소리에 뜬눈으로 밤을 새웠다. 라디오에선 최단 시간 폭설 기록을 갱신했으며 뉴욕의 모든 공항이 폐쇄되었다는 이야기가 흘러나왔다. 눈 내리는 속도가 좀 잦아들 때쯤 나는 껴입을 수 있는 모든 옷을 껴입고 날씨의 동태를 살피러 나갔다. 거리는 온통 눈뿐이었다. 자동차는 눈 속에 파묻혀 사라졌고, 눈을 뚫고 길을 만드느라 양쪽 길가에는 눈 벽이 세워졌다. 다만 근심스러운 어른들 사이에서도 아이들은 학교 앞 공터에서 눈썰매를 타느라 여념이 없었다.

물론 이렇게 만만찮은 겨울에도 믿을 수 없이 눈부신 날은 찾아온다. 날씨 쾌청하던 크리스마스이브에 서성이던 소호는 전례 없이 찬란하고 포근한 모습을 드러냈고, 운동화로 눈 더미를 저벅저벅 밟으면서도 날씨에 취해 윌리엄스버그를 서성이던 날도 그랬다.

이렇듯 어느 계절 하나 쉽게 넘어가주는 법이 없다. 불행 중 다행인 것은 환상적인 가을날이 그렇듯, 불볕 같은 여름날도 잔인한 겨울날도 며칠을 주기로 드라마틱하게 변한다는 사실이다. 나쁘게 보자면 도무지 장단을 맞출 수가 없지만 좋게 보자면 지루할 틈이 없다. 그래서 뉴요커들은 이방인에게 왜 뉴욕에 왔냐고 물으면서 "물론 날씨 때문이 아니란 건 알아" 하고 선수를 친다. 뉴욕은 캘리포니아처럼 1년 내내 햇살 쨍한 장소가 아니라는 뜻이다.

하지만 나는 이런 공식에 이의를 제기하련다. 기후가 언제나 좋다는 것은 어쩌면 그 아름다운 하루의 가치를 퇴색시키는 지름길인지도 모른다. 멕시코며 플로리다처럼 환상적인 기후에서 살던 북미 사람들이 가장 많이 이주하는 곳이 알라스카라는 통계도 있듯이 말이다. 자고로 여름은 괴롭도록 덥고 겨울은 눈물 나게 추워야 한다. 그래야 그 짧은 가을과 봄의 찬란함을 더더욱 애틋하게 마주할 테니까. 결국 돌아갈 내게는 변덕스럽고 예측 불가능하며 변화무쌍한 이 도시의 사계절 모두가 그리운 기억으로 남을 것이다.

메트로폴리탄 뮤지엄과
친구 되기

대리석 계단을 총총 밟고 올라가 형식적인 보안 검사를 통과하면, 양쪽으로 짐을 맡길 수 있는 보관소가 있다. 미술관 구경이야말로 걷기 아니면 서 있기의 연속이므로 카메라와 수첩, 지갑을 제외한 모든 짐은 아낌없이 내려놓는다. 하이라이트 투어를 기다리는 이들, 국적별 단체 관람객의 웅성거림을 피해 얼른 입장권을 산다. 1달러를 기부하고 기분 좋게 받아든 입장용 핀을 꽂고 중앙 계단을 올라가면 오늘의 탐험이 시작된다. 이곳은 뉴욕 예술의 자존심이라 불리는 메트로폴리탄 뮤지엄Metropolitan museum of art이다.

문화 인터뷰를 진행해 온 사람으로서 부끄러운 고백이지만, 메트로폴리탄 뮤지엄은 내게 상당히 부담스런 숙제였다. 몇 년 전 방문해 눈도장을 찍었을 때나 이번에 다시 찾아갔을 때도 수많은 사람들이 반복했던 감탄이 내게서는 터져나오지 않았다. 이렇게 위대한 작품들을 언제든 볼 수 있는 뉴욕 사람들이 부럽다는 관광객의 소감이며, 이곳을 보면 뉴욕이 문화 대국임을 알 수 있다는 가이드북의 칭찬이 내게는 그저 입에 발린 말처럼 다가왔다. 비슷한 유명세의 뉴욕 현대미술관 모마가 더없이 친근하게 다가왔던 것과는 참 대조적이었다.

2년 반여의 공사를 마치고 재개장한 모마에 도착했을 때 나는 쾌재를 불렀다. 미드타운 한가운데 화려한 겉치레 없이 숨어 있듯 자리한 것도 그랬고, 지하 2층에 지상 6층이나 되는 만만찮은 규모에도 다양한 작품을 놀이동산처럼 경쾌하게 하지만 가볍지 않게 배치한 것도 그랬다. 그것이 건축가 요시오 타니구치Yoshio Taniguchi의 건축 의도인지는 알 수 없으나 적어도 미술관 자체가 부담스러웠던 적은 한 번도 없었다.

그에 비해 메트로폴리탄 뮤지엄은 그리스 신전을 연상케 하는 화려하고 웅장한 석조 건물부터 나를 무섭게 압도했다. 미로 같은 배치를 가진 내부에서 나는 지도를 들고도 매번 길을 잃었으며, 어지간한 소형 갤러리보다 큰 각각의 전시실은 두세 시간도 지나지 않아 과식한 듯 두통을 일으켰다. 뉴요커와 관광객을 막론하고 찬사를 보내는 이곳을 몇 달이 지나도록 제대로 읽어내지 못했다.

멧—뉴요커들은 그냥 이렇게 짧게 부른다—은 단지 미술관이라고 하기엔 너무 다양한 분야의 작품을 소장하고 있다. 보유한 작품 수만 300만 점이 넘으니 이런 곳을 몇 번의 방문으로 다 보겠다는 건 욕심 중에서도 과한 욕심이다. 연극 프로듀서인 존은 틈나는 대로 멧을 찾는 평범한 뉴요커다. 멧이 영 어렵다고 한숨을 쉬던 내게 그는 그곳을 아주 거대한 쿠키 상자라고 표현했다. 뉴욕 생활 30년을 넘긴 그는 지난 세월 내내 그 상자의 쿠키를 열심히 먹어왔지만 여전히 먹어보지 못한 맛이 많

Impressionist and Early Modern Paintings
The Clark Brothers Collect
Met
Met
useu
Art
www.metmuseum.org

모마와 구겐하임도 결코 빠지지 않지만 메트로폴리탄 뮤지엄에 대한 뉴욕 사람들의 애정과 자부심은 실로 대단하다. 센트럴파크를 그대로 조망하는 멧의 카페는 특히 사랑받는 곳이다. 멧의 분점인 클로이스터는 계절의 변화를 고스란히 담아내는 전망대가 특히 아름답다.

다는 것이다. 그러니 나 같은 초보자라면 마음에 드는 쿠키를 천천히 성의껏 맛보는 것이 최선일 것이다.

존을 봐도 알 수 있지만 멧에 대한 뉴요커의 애정은 남다르다. 모마에 대한 애정도 만만치 않지만 그럼에도 멧을 조금 더 우위에 놓는 것은 역사와 전통에 목마른 미국인의 특징이 아닌가 싶다. 그래서 늘 비교의 대상으로 언급되는 런던의 대영박물관이나 파리의 루브르박물관에 비해 이곳은 현지인의 비율이 상당히 높다. 멧과 비슷하게 뉴욕의 대표적인 문화 상품으로 꼽히는 브로드웨이 뮤지컬에 현지인보다 관광객이 절대 다수로 많은 것을 보면 멧의 위치를 짐작할 수 있을 것이다. 그러니까 멧은 관광객의 하루와 뉴요커의 평생이 마주치는 공간인 셈이다. 여기에는 기부금이란 제도로 누구나 입장료 부담 없이 드나들 수 있는 제도가 큰 몫을 하고 있다. 이곳 사람들은 학생 시절에는 1달러, 심지어 25센트를 내고 입장하다가, 직장에서 자리를 잡고 여유가 생긴 다음에는 연간 회원권을 구입해 젊은 날 받은 혜택을 환원하곤 한다.

사실 멧을 서성이면서 가장 보기 좋은 구경 두 가지는 따로 있다. 바로 단체관람 온 어린이들을 구경하는 것과 작품을 모사하는 미술학도를 훔쳐보는 것이다. 우선 대여섯 살 남짓한 아이들 10여 명이 선생님의 인솔 아래 그림을 구경하는 모습은 놓치기 아까운 장면이다.

"와, 여기 멋진 나무가 있어요. 하늘에는 구름도 있네요. 또 무얼 찾을 수 있을까요?"

동작이 큰 선생님이 고흐의 작품 〈사이프러스〉 앞에서 묻는다. 고흐가 어떤 고민을 한 작가인지, 이게 아를 시대의 그림인지, 저 사이프러스와 고흐의 해바라기가 어떤 연관인지 같은 내가 자료를 뒤지며 암기했던 사실은 저 아이들에겐 중요하지 않다. 아이들은 저마다 손을 들고 제 생각을 이야기한다. 재잘거리는 아이들 가운데 한 여자 아이가 일어나 또렷한 목소리로 말한다.

"저쪽에서 고양이가 걸어가고 있어요."

꼬마아이는 저 작품 어디에서 고양이를 보았을까 생각하는데 선생님의 칭찬이 이어진다. 아이들은 까르르 웃으면서 더 많은 대답을 쏟아낸다. 어려서부터 대가들의 작품을 이토록 가까이서 보고 자기 생각을 이야기할 수 있는 저 아이들이 몹시 부럽다. 그런 느낌은 나뿐만이 아닌지 아이들을 발견한 사람들은 어김없이 아이들의 반응을 보려고 잠시 멈춰 섰다 지나간다. 다른 전시실에서 마주한 초등학교 저학년쯤 되어 보이는 아이들은 그림을 보는 단계를 넘어 공책에다 제 느낌을 그림으로 표현한다.

이젤을 펼쳐놓고 그림을 그리는 이들은 대학생부터 60대 화가까지 연령층도 피부색도 다양하다. 특별한 자격을 갖춘 사람에게만 허가되는 줄 알았더니 별도의 금지 구역이 아니고 작품을 훼손시킬 위험이 있는 재료가 아닌 한 누구나 어디서나 그림을 그릴 수 있다. 모마 등 다른 미술관에서도 볼 수 있지만 고전 작품이 많은 곳이라 그런지 상대적으로 멧에서 자주 볼 수 있는 광경이다. 작가에 따라 스케치북을 몸으로 가리는 이도 있고, 타인의 시선에 아랑곳하지 않은 이도 있지만 그래도 작업중인 작품을 대놓고 감상하기는 괜히 좀 미안하다. 그건 뭐랄까, 아직 다듬지 못해 거칠기 짝이 없는 원고를 다른 사람에게 그대로 들키는 심정일 것만 같다. 그래서 작품을 끝마친 화가와 운 좋게 눈이 마주치지 않는 한 대개의 저 그림은 멀리서 훔쳐보는 것으로 만족한다.

멧 관람이 마음에 든 사람이라면 클로이스터Cloister에 꼭 가보아야 한다. 나 역시 멧에 대한 마음이 편해질 무렵 친구의 강력한 추천으로 방문하게 되었다. 맨해튼 북서쪽 꼭대기에 위치한 클로이스터는 멧의 분점으로, 이름에서 풍기는 분위기 그대로 태피스트리부터 회화까지 중세 유럽의 종교화를 집중적으로 소장하고 있다. 수도원을 연상시키는 중세풍의 벽돌 건물부터 단정하게 정돈된 정원, 독특한 소장품도 훌륭하지만 클로이스터의 절정은 포트 트라이온 파크에서 내려다보는 전망이다. 돌담에 기대어 조지 워싱턴 다리와 허드슨 강, 맨해튼 북부를 굽어보고 있노라면 막혔던 가슴이 탁 트이는 느낌이다.

이제 고작 일곱 개의 쿠키를 맛본 내게 멧은 여전히 쉽지 않은 장소다. 하지만 이제 한 달쯤 이곳을 거르면 아, 멧 갈 때가 되었구나 하며 일정을 잡는다. 1층 중앙 입구 오른편에 아름답게 자리한 멧 스토어의 아름다움도 놓치기엔 너무 아깝다. 한숨을 자아낼 만큼 아름다운 화집의 향연은 물론이고, 소장품을 활용한 엽서며 포스터, 문구, 액세서리도 멧의 손길이 닿으면 작품이 된다. 일곱 번째 쿠키를 맛있게 먹은 오늘도 포스터 구경에 마음을 빼앗긴 채 폐관 시간을 맞는다.

가난한 예술가와 술집 바텐더, 은행원과 불법체류자, NGO 직원과 거리 노숙자, 대학 교수
와 유학생……. 뉴욕은 다양한 청춘들로 인해 늘 새로워지고, 그 수많은 청춘들은 뉴욕으로
인해 영감을 얻으며 세상에서 가장 멋진 조화를 만들어낸다. 도시는 그들의 꿈을 기반으로
움직인다. 이제 나는 안다. 진짜 뉴욕의 온기를 만드는 사람은 월스트리트의 백만장자도 아
니고, 드라마 속 지미추 구두의 주인도 아닌 스스로의 삶을 개척해 가는 사람들이란 걸.

ONE WAY
chapter 3
아름다운
뉴요커
New Yorker

뉴욕은 사람들이 끊임없이 출구를 찾아 헤매는 곳
세상의 어떤 곳도 뉴욕보다 진실하지 않다. ─토마스 울프

뉴욕을 디자인하는
워커홀릭, 김형년

"어떻게든 뉴욕에서 공부하겠다고 결심했죠.
 포기할 수 없었어요!"

평일과 휴일, 새벽과 밤의 구분 없이 그녀를 만날 수 있는 곳은 맨해튼 사무실이다. 하루 종일 설계 도면들과 씨름하는 건 기본이고, 현재 맡은 프로젝트 관련 메일을 수도 없이 주고받는다. 말이 한 번 오갈 때마다 수정이 이뤄지고, 부서 미팅도 참석해야 하며, 틈틈이 현장도 나가봐야 하니 하루가 어떻게 가는지 모르겠다. 상황이 이렇다 보니 사적인 이유로는 좀처럼 연락하기 어려운 그녀를 친구들은 워커홀릭이라 부른다.

"아휴, 그게 참 본의 아니게 그러네요. 근데 저만 그런 게 아니라요, 저희 동료들 모두 엄청 열심히 하거든요. 저는 비교적 일찍 퇴근하고, 늦게 출근하는 편에 속해요."

일요일 오후 찾아간 사무실에서 만난 형년 씨가 애써 변명을 한다.

12년 전 뉴욕과 첫눈에 사랑에 빠진 형년 씨는
자신이 사랑한 도시를 디자인하는 이곳 사무실에서
집보다 더 긴 시간을 보낸다.

사람 키만큼 켜켜이 쌓인 설계도면들 사이에서 자와 연필을 들고 도면 위를 오가는 그녀의 손놀림이 분주하다. 책상 한켠에 놓인 그녀의 다이어리를 슬쩍 훔쳐보니 깨알같이 정리된 월간 스케줄 위로 자리가 모자라 덧댄 메모지가 줄줄이 비엔나처럼 맞물려 있다.

형년 씨는 뉴욕의 이름난 설계 회사 마이클 반 발켄버그 그룹Michael Van Valkenburgh Associates에서 일한다. 그녀는 이곳에서 4년째 뉴욕의 설계를 담당하고 있다. 그녀가 설계를 한다고 하면 대부분 사람들은 건물을 올리는 건축을 생각한다. 하지만 그녀가 하는 일은 단순히 건물을 올리는 차원을 넘어 종합적인 공간을 설계하는 일이다. 거대한 공간 안에 건물은 물론이고 녹지 공간과 산책로와 통로 등 다양한 용도의 편의 시설을 아름답게 채우는 커다란 그림을 그리는 작업이라고 설명하면 맞을 것이다.

그녀는 지금 뉴욕의 상징 중 하나로 꼽히는 유니온 스퀘어 리노베이션을 담당하고 있다. 처음 이 얘기를 들었을 때 나는 고개를 갸우뚱했다. 해를 넘기도록 그곳을 지나다녔지만 그곳에 무슨 문제가 있다고는 생각해 보지 않았기 때문이다.

"유니온 스퀘어의 문제점은 우선 복잡함을 차단시키지 못한다는 데 있어요. 이게 벌써 200여 년 전에 설계된 광장이거든요. 브로드웨이와 17가가 만나는 지점, 파크애비뉴와 14번가가 만나는 지점 모두 교통량이 상당한 데다가 바로 밑으로 지하철이 지나가요. 거기다 난방 파이프까지 얽혀 모든 열기가 공원으로 밀집되는 거지요. 그러다 보니 플라자 주변의 온도가 다른 곳보다 올라가서 휴식 공간으로서 제 기능을 못해요. 특히 북쪽은 가로수가 없어서 더 심각해요."

그녀가 정밀한 모형도에서 나무 없이 맨 도로를 드러낸 17번가를 손으로 꼼꼼히 짚어가며 설명한다.

"또 파빌리온 옆에 있는 놀이터의 경우 주변 도로보다 위치가 높아요. 이 경우 전체적 조형 균형을 깨뜨릴 뿐 아니라 이용하는 사람들이 편안함을 느끼기 어려워요. 놀이터 진입로 또한 상당히 떨어져 있어서 진입 자체를 어렵게 하고요. 역시 휴식공간으로의 역할을 방해하는 거죠."

조목조목 설명하는 그녀의 이야기를 듣고 보니 '과연!' 하는 말이 절로 나왔다. 그동안 잘 안다고 생각해 온 유니온 스퀘어지만 그 안에 장시간 머물렀던 기억이 없다. 스퀘어를 둘러싼 주변의 유명한 레스토랑을 기웃거리고 매주 그린마켓에서 장을 보며 발품을 팔았지만, 다른 공원과 달리 이곳에서는 책을 읽었던 적도 앉아서 수다를 떤 적도 없다.

"그래서 저희가 지향하는 유니온 스퀘어는 사방이 도로와 가로수로 아늑하게 감싸진 하나의 내부가 되고, 다시 그 안에 작은 놀이터와 공원이 연결되는 느낌으로 구성했어요. 플라자와 놀이터는 우선 인도와 눈높이를 맞추고, 그 연결로에 독특한 휴식 공간을 넣어 서로 자연스럽게 이동할 수 있도록 했고요. 궁극적으로 새로운 유니온 스퀘어에선 더 많은 사람들이 이 공간을 함께 사용하고 즐길 수 있으면 해요."

그녀가 중간에 합류해 실무 담당자로 이끌고 있는 유니온 스퀘어 프로젝트는 근 4년 동안 진행되어 왔다. 4년이라고 하면 다들 깜짝 놀라는데 이 프로젝트는 사실 짧은 편에 속하는 것이고, 10년을 넘기는 프로젝트도 상당수란다. 그녀의 설명에 의하면 설계는 보통 계획 설계schematic design, 기본 설계design development, 실시 설계document 순으로 이루어진다. 이 과정이 모두 끝나야 시공이라는 실제 공사가 비로소 첫 삽을 뜰 수 있다. 도시 설계에 이렇게 오랜 시간이 소요되는 까닭은 단지 규모가 클 뿐 아니라 그만큼 고려해야 하는 게 많기 때문이다. 흔히 건축할 때 고려하는 건축주와 관할 행정처가 여기서는 몇 배로 늘어난다. 유니온 스퀘어 프로젝트 경우에도 건축주 격인 유니온 스퀘어 협력국과 공원관리국이 있고, 여기에 예술 위원회, 뉴욕시 문화재국과 환경처 등에도 사안별로 허가와 동의를 얻어야 한다. 그러니까 이들이 설계하는 공간은 보기에 아름답고 사용하기 편리해야 될 뿐 아니라, 환경친화적이고 동시에 역사적인 전통성도 유지해야 한다. 그래서 그녀도 이번 프로젝트를 진행하면서 지난 몇 년 동안 1단계 계획 설계와 2단계 기본 설계 사이를 수도 없이 오갔다.

"고려해야 하는 게 정말 많아요. 그로 인해 의도하는 디자인 컨셉을 살릴 수 없을 때가 참 어렵죠. 예를 들어 저희는 공간 분할 효과와 로맨틱한 분위기 등 다양한 이점을 보고 파빌리온 앞 쪽으로 나무 네 그루를 넣었어요. 하지만 전통적으로 파빌리온 앞은 늘 훤히 트여 있었고 건물을 가려서는 안 된다는 이유로 결국 받아들여지지 않았지요."

그녀의 얘기를 들으니 길에서 마주치는 평범한 가로수며 돌계단이 예사롭게 보이지 않는다. 오늘 내가 당연하게 생각하는 휴식 공간을 만들기 위해 오래전 도시 설계가들은 무수한 노력과 시간을 들였으리라.

이렇게 커다란 프로젝트를 능숙하게 이끌어가는 형년 씨는 MVVA의 50여 명 직원 중에서 유일하게 이민 2세가 아닌 말 그대로 순수한 외국인이다. 그녀는 이곳에서 태어나지도 자라지도 않은 유학생 출신이다. 바꾸어 말하자면 그녀가 지금 여기까지 오는 데에는 만만찮은 단련의 시간들이 있었다는 것이다.

"길에서 샴푸 냄새가 났어요. 눈에 보이는 것, 귀에 들리는 것 모든 게 너무나 신기하고 재미있어서 취한 사람처럼 도시를 헤집고 다녔죠. 그때 결심했어요. 어떻게든 이곳에서 공부하겠다고. 지금 생각해 보면 참 어리고 맹목적이었죠."

이제는 추억이 된 12년 전 뉴욕의 첫 인상을 이야기하며 그녀가 살짝 눈을 감는다. 대학 신입생 시절 그녀는 방학을 이용해 뉴욕으로, 그중에서도 나중에 그녀의 모교가 될 학교로 짧은 어학연수를 왔다. 맹목적으로 보이던 그녀의 소망은 실제로 이루어져서 그녀는 다음 해 진짜로 파슨스의 학생이 되어 뉴욕으로 돌아왔다.

"첫 학기 건축 스튜디오 과제는 지금도 잊을 수 없어요. 문제 자체를 이해하지 못해 밤새 끙끙댔죠. 간신히 숙제를 하긴 했는데 이걸 설명할 단어가 떠오르지 않는 거예요. 스튜디오 수업은 대부분 자기가 만든 작품을 전체 학생들 앞에서 프레젠테이션하거든요. 동급생 15명 앞에서 제가 보여준 건 온몸을 이용한 바디 랭귀지였어요. 대칭과 비대칭에 관해 설명하려는 게 의도였는데, 저는 한쪽 다리를 들었다가 놨다가 하면서 설명했어요."

물론 교실 안 누구도 그녀의 몸짓 언어를 알아듣지 못했다. 심장이 두근거리고 얼굴이 새빨개졌지만 그녀는 천천히 한 단어 한 단어를 동원해 자신이 하려던 이야기를 끄집어냈다. 그렇게 조금씩 공부에 재미를 붙여갈 무렵 위기는 전혀 다른 곳에서 왔다. 한국에 IMF가 터진 것이다. 아시아 유학생들 사이에서 어제는 누가 오늘은 또 누가 귀국길에 올랐다는 이야기가 무성했다.

"그때 생각하면 참 아득해요. 겁을 잔뜩 먹었는데 문득 여기서 포기하면 나는 아무것도 못한다는 생각이 들었어요. 무조건 열심히 공부해서

STOPPONS
LA GUERRE!
او قفوا الحرب

장학금 받고, 아르바이트해서 생활비를 벌기로 했죠."

당장 집세가 낮은 곳으로 이사를 하고, 여기저기서 생활용품을 얻어오고, 학교 재활용통을 뒤져서 재료를 구했다. 제도용 연필 한 자루, 지우개 하나를 정말 아끼고 아껴 쓰던 시간이었다. 그녀는 학교를 무사히 마칠 수 있었던 공을 성당과 친구들에게 돌린다. 그녀에게 마음의 구심점이 되어준 곳이 성당이었다면, 그녀 주변엔 "배고파!" 하면 밥을 사주고 "차비가 없어" 하면 차표를 사주면서 그녀를 따뜻하게 챙기고 배려해 주던 친구들이 있었다.

그녀의 첫 아르바이트는 새로 단장하는 집의 도면을 그리는 것이었다. 때론 넓고 화려한 맨해튼의 아파트를, 때론 오랜 시간 방치되어 있던 건물의 내부를 탐험했다. 몇 시간씩 매달려 창문과 바닥, 문과 천장 등을 일일이 측정하고 그리는 일이 고단할 때면 그녀는 이 공간이 어떻게 다시 태어날 것인가를 상상하면서 자신을 달랬다. 그녀를 가장 난처하게 했던 것은 오래된 건물에서 종종 마주쳐야 하는 죽은 쥐를 비롯한 각종 부패물이었다. 처음엔 뒤로 움찔 물러났지만 나중엔 아무렇지도 않게 한쪽 발로 툭툭 밀어놓고 측정할 수 있게 되었다.

수업 혹독하기로 유명한 파슨스를 다니면서 이런저런 아르바이트를 병행하다 보니 잠이 부족해 실수를 저지르기도 했다. 한번은 작은 병원으로 사용되던 공간을 개조하는 현장에서 그녀가 측정한 수치가 잘못 들어가 전혀 다른 디자인이 나왔다. 정식 직원이 아닌 학생인지라 큰 책임을 묻진 않았지만 당시의 당혹감은 여전히 잊을 수가 없다.

그런 훈련의 시간이 있었기에 화려한 경력을 가진 지금의 그녀가 있다. 형년 씨는 석사를 마친 뒤 파슨스 디자인 연구소에서 근무하다 프라다 등 유명 의류 매장의 인테리어를 담당하는 마이클 게블린에서 경력을 쌓았다. 그런 뒤에 지금의 이 회사로 옮겨 도시 설계자로 변신한 것이다. 그녀 스스로도 자신이 건물을 짓는 건축이 아닌 도시 설계, 그중에서도 공원이 들어간 조경 프로젝트를 담당하게 될 줄 몰랐다.

"건축 공부를 하면서 공간을 만드는 게 꿈이었는데, 우연한 기회로 조경 프로젝트를 진행해 보고 나서는 아, 이거구나 싶었어요. 자연은 아무리 사람이 꾸미고 디자인을 해도 사람 마음대로 조정할 수 없잖아요. 건물을 짓는 건 도면에 나온 대로 올리면 되지만, 도시 조경은 설계자가 디자인하더라도 시간이 더해지면서 자연이 완성해 줘요."

지난 몇 년간 형년 씨와 동료들이 밤잠 못자며 회의와 수정을 거듭해 만든 도면은 조만간 최종 마감을 앞두고 있다. 여기서 확정된 도면을 기준으로 유니온 스퀘어는 2009년까지 대대적인 리노베이션 공사에 들어갈 예정이다. 하지만 그녀는 아직 이 도면을 완성품이라고 부르지 않는다. 공사 직전까지 어떤 변수가 생길지 알 수 없고 공사가 시작되면 또 어떤 의외의 복병이 나타날지 모르기 때문이다.

"2009년 시공이 완성되어도 도시 조경의 특성상 나무와 꽃이 자리 잡기까진 더 많은 시간이 걸릴 거예요. 또 계속해서 부분적으로 수정하고 보완할 점들이 보일 거고요. 이게 도시 조경의 어려움이지만 동시에 도시 조경만의 맛이랍니다."

완성된 유니온 스퀘어를 마주하면 기분이 어떨 것 같으냐는 질문에 그녀는 차마 바로 대답하지 못하고 해맑게 웃는다. 정말 뿌듯할 거라고 말하는 그녀의 목소리가 살짝 떨린다. 자신이 사랑했고, 자신을 성장시켰으며, 지금도 자신에게 영감을 주는 도시를 디자인하는 그 감정을 무엇에 비할 수 있을까.

이렇게 굵직한 프로젝트를 담당하는 그녀의 휴식 시간은 예상보다 훨씬 소박하다. 뉴욕 정착자라면 누구나 사랑하는 오래된 서점 스트랜드에서 책더미에 파묻혀 있는 것이다.

"학창시절부터 자주 가던 곳이라 그런지 마냥 편하고 하루 종일 앉아 있어도 지루한 줄 몰라요. 요즘 최신 경향의 건축 작품을 보면서 긴장하기도 하고, 기본서를 뒤적이며 제가 했던 설계를 돌아보게도 하고, 또 마음 편하게 볼 수 있는 다른 책도 마음껏 뒤적이고요."

그녀가 땀과 열정으로 지새운 밤이 모여 뉴욕의 아름다운 공간이 완성된다. 앞으로도 이 도시가 변모해 가는 그 중심에는 아름다운 워커홀릭 그녀가 서 있을 것이다.

리옹에서 맨해튼까지
플로렌스

"뉴욕은 고정관념과 불가능을 깨뜨리는 도시야!"

남편에게서 2년 기간의 뉴욕 지사 자리가 났다는 소식을 들었을 때 플로렌스의 마음은 이미 뉴욕에 가 있었다. 남편의 경력에 좋은 발판이 될 것이 분명했고, 아이들에게 뉴욕이라는 세계 문화 경제의 중심지에서 공부하는 기회를 주는 것 역시 괜찮아 보였기 때문이다. 다만 지금까지 잘 달려온 자신의 커리어를 40대 중반의 나이에 중단해야 한다는 사실이 조금 걸렸다. 가족을 위해 회사를 그만두는 대신 자신이 원하는 만큼 프랑스로 여행할 거라는 조건을 걸고 6년 전 그녀의 가족은 뉴욕에 도착했다.

　뉴저지의 한적한 교외에서 상사주재원 가족으로의 생활이 시작되었다. 그녀는 첫해를 "오, 훌륭했지!"란 말로 회상했지만 그녀에게선 "하지만 그걸로 끝났다면 나는 지금 내가 뉴욕에서 배운 것의 반의 반도 알지 못했을 거야"란 말이 이어졌다. 평생을 일하는 엄마로 살아온 그녀에

햇살 좋은 날 메디슨스퀘어파크에 마주 앉은
그녀는 뉴욕이 자신에게 세상을 보는
전혀 다른 안경을 선물해 주었다고 말했다.

게 처음으로 여분의 시간이 주어졌다. 미뤄두었던 책도 원 없이 읽고, 뉴욕에 있는 프랑스 커뮤니티에 합류해 활동하고, 여행도 다니면서 두 아들과도 시간을 충분히 보냈다. 여기까지는 사람들이 흔히 부러워하는, 발령받은 남편을 따라 뉴욕에 온 골든 케이스를 벗어나지 않는다.

뉴욕에 있었지만 뉴욕에는 깊게 속하지 않은 채 시간이 흘러갔다. 일말의 아쉬움을 갖고 돌아갈 준비를 하던 중 남편은 의외의 소식을 가져왔다. 뉴욕 지사 연임이 결정되었던 것이다. 플로렌스가 뉴욕이란 거대한 바다에 뛰어든 것은 그때부터다. 다시 2년의 시간을 갖게 된 그녀는 자신의 경력을 살리고 싶어 수소문하기 시작했다. 프랑스 리옹의 대학에서 오랫동안 마케팅 부서를 이끌어온 그녀였지만 영어라는 장벽이 그녀 앞을 가로막았고, 주재원 가족의 신분도 취업에는 장애가 되었다.

"내 고향 리옹은 프랑스에서는 세 번째로 큰 도시지만 국제도시와는 거리가 멀어. 우리가 간 곳이 유럽의 어떤 도시였다면 이렇게까지 낯설지는 않았을 것 같아. 뉴욕은 말 그대로 다른 세상이니까. 게다가 영어는 오랜 시간 나를 힘들게 했지."

영어 이야기를 꺼낸 그녀가 꼭 다문 입술을 가로로 늘이고 빙긋 웃으며 고개를 흔든다. 20년 경력을 자랑하는 베테랑 마케터답게 논리정연하고 똑 떨어지는 화법을 갖고 있는 그녀는 대충 얼버무리는 영어가 싫어 스스로를 무던히도 단련시켰다. 그 결과 그녀는 중년의 나이에 다시 시작한 영어답지 않게 자신이 원하는 바를 훌륭하게 표현해 낸다.

뉴욕에 와서 보면 얼마나 많은 사람들이 상사주재원 신분으로 와 있는지에 놀라게 된다. 마치 관공서와 일반기업을 막론하고 세상의 모든 회사가 뉴욕에 분점을 둔 것처럼 느껴질 정도다. 연수나 유학이란 과정으로 외국에 머무는 사람들이 가장 부러워하는 대상이 바로 플로렌스 같은 상사주재원 가족이다. 본국에 비해 높은 급여에다 주거비와 생활비를 제공받으며, 아이들 학비며 세금도 면제되고, 현지에서 좋은 커리어도 쌓고 네트워크도 만들고 세계 리더들의 사회를 체험하는 덤까지. 거기다 뉴욕 특유의 문화 혜택도 흠뻑 누릴 수 있으니 그야말로 '하늘이 내린 복'이란 배 아픈 시샘도 종종 받는다.

하지만 세상에 한쪽 면만 있는 동전은 없는 법인가 보다. 막상 남편 혹은 부인의 발령 때문에 뉴욕에 와서 살아가는 이들 중에는 유학생들의 자유를 부러워하는 경우가 적지 않다. 은행 인수합병 전문가인 남편 때문에 멕시코에서 온 이본은 허구한 날 새벽에 들어오는 남편을 한동안 바람피우는 걸로 의심해 크게 싸웠다는 이야기를 털어놓았다. 미츠키는 일본 자동차 회사에서 근무하는 남편 얼굴을 보려면 고객을 가장해 회사에 가는 게 가장 빠른 방법이라고 말하고, 아제르바이잔 유엔 대표부에서 일하는 부인 때문에 직장을 그만두고 온 아흐멧은 처음에는 미안해하던 부인이 이제는 집안일은 기본이고 회사에서 가져온 일까지 자기에게 부탁한다며 고개를 흔든다. 정해진 퇴근 시간 없이 업무가 이어지고, 현지 상황을 이해하지 못하는 고국 본사와 현지 사이에서 중재자 역할을 도맡아야 하고, 아직 자신도 적응하지 못한 낯선 땅에서 고국을 대표한다는 부담감도 만만치 않다는 소리다. 그런 외중에 긴장되는 부부동반 모임은 이어지고, 끝도 없이 자신들을 찾아오는 고국 방문객도 접대해야 한다. 주재원 자신은 물론이고 남들 눈엔 부럽게만 보이는 가족 역시 만만찮은 임무를 분담하는 생활이다.

"뉴욕에서 주재원 가족으로 지내는 건 감사한 일이지. 뉴요커의 가

장 큰 고민거리가 집세와 의료보험인데 우리는 적어도 그 걱정은 하지 않아도 되니까. 하지만 프랑스에서와는 비교할 수 없이 바빠진 남편 때문에 가족에 관한 대부분의 일을 혼자 결정할 때 참 힘들었어. 뉴욕 사람들은 정말이지 쉬지 않고 일하는 분위기잖아. 남편하고 둘이 식사를 한 게 몇 달 전 일이지 싶어. 오기 전에 남들 실수하고 불평하는 이야기를 들으면서 웃었는데 나도 결국 똑같은 걸 반복했지."

다시 한 번 연임이 결정되었을 때 플로렌스는 오히려 담담하게 받아들였다. 이 기간 동안 그녀는 프랑스 문화원 뉴욕지부의 대표도 역임하고, 각종 강좌를 찾아다니고, 자원봉사 활동에 참가하며 분주한 뉴욕생활을 보냈다. 그녀와 가족은 뉴욕이 제공하는 각종 자극과 혜택을 적극적으로 받아들였지만, 반대로 그들이 2년, 늦어도 4년 내에 돌아오리라고 믿었던 프랑스의 가족과 친구들에겐 다시 한 번 약속을 깨뜨린 셈이었다.

그들이 뉴욕에서의 생활에 익숙해지고 뉴욕에서 친구가 늘어가는 만큼 리옹의 친구들이 그대로 남아 있기를 기대하는 건 욕심이었다. 그녀의 가족은 리옹에서 어느새 뉴욕 이모, 뉴욕 친구가 되어버린 것이다.

"우리 가족은 뉴욕과 리옹에서의 삶을 모두 따라잡기 위해 열심히 노력했거든. 하지만 양쪽을 다 잡을 수는 없는 거더라고."

고작 열한 살에 이곳에 왔던 작은아들 폴은 대학 입학을 앞두고 있고, 고등학생 때 이곳에 왔던 큰아들 루이스는 월반으로 몬트리올 대학을 졸업하고 곧 뉴욕대학 석사과정에 진학한다. 이제 그녀는 뉴욕에서 식구들이 가장 좋아하는 빵을 만드는 곳이 어딘지, 신선한 야채를 구하려면 어디로 가야 하는지, 주말에 무슨 괜찮은 전시가 있을지 손바닥 보듯 훤히 안다. 세월은 그렇게 그들의 가족을 통과해 흘렀다.

"전혀 다른 안경을 쓰게 된 셈이지. 뉴욕에 온 이래 내가 당연하다고 생각했던 것들이 그렇지 않을 수도 있다는 걸 알게 되었어. 우리나라에선 나도 그랬지만 무엇이든 프랑스가 최고라는 생각에 갇혀서 사는 경우가 많아. 물론 미국에도 미국만 최고라고 생각하는 이들이 있지만 적어도 이 도시에서는 세상에 얼마나 많은 나라와 문화가 있는지 자연스럽게 알게 되잖아. 정, 너처럼 생각도 못했던 나라에서 온 친구들을 만날 수 있다는 것도 큰 행운이고."

미국인이 아니라서 이해하기 어려운 부분이 여전히 있지만 6년의 삶이 고스란히 스민 뉴욕은 그녀에게 이제 애정의 대상이다. 전혀 다른 문화의 사람들과 매일 부대끼며 각자의 의견을 말하고, 생각도 못했던 나라의 공연을 듣고 그 나라의 음식을 맛보고, 끝없이 이어지는 이 도시의 갤러리를 탐험하고……

플로렌스 가족의 앞날은 여전히 예측할 수 없다. 올해를 끝으로 리옹으로 돌아갈 수도 있고, 뉴욕지사에 아예 흡수되어 버릴지도 모른다. 하지만 플로렌스는 이제 오지 않은 미래를 당겨 고민하지 않기로 마음먹었다. 일 없이는 살지 못할 것만 같았던 자신이 주부로 6년을 살았고, 쉰을 넘긴 나이에 취업은 불가능하다고 생각해 왔지만 지금 그녀는 지난 경력을 정리해 취업용 포트폴리오를 만드는 중이다. 2년으로 예정되었던 뉴욕 생활이 6년 넘게 이어지는 동안 그녀는 모든 게 계획대로 되지는 않는다는 걸 배웠고, 그럼에도 긍정적이고 활기 찬 삶의 자세도 터득했다.

메디슨스퀘어파크에서 연신 카메라를 들이미는 내게 그녀가 말했다.

"정, 앤디 워홀의 말이 생각나는 걸. 누구나 15분 동안은 유명인으로 살 수 있다는 그 말. 카메라 세례를 받으니 정말 유명인이 된 기분이야!"

드림 피나콜라다 메이커
드미트리오

"뉴욕에서 만난 사람들을 통해 진짜 넓은 세상을 보았어!"

멕시코시티에서 온 드미트리오는 매주 수요일 오전 ICNY의 컴퓨터실을 관리한다. 거의 매일 센터를 오가며 자연스럽게 하이, 인사를 건넬 만큼 낯이 익었지만 서로 친구로 이름을 기억하기까지는 한 달이 넘게 걸렸다. 그도 그럴 것이 내게는 그의 첫인상이 썩 좋지 못했기 때문이다. 볼 때마다 두 눈은 붉게 충혈되어 있고, 뒷머리는 제비집을 지었으며, 아침부터 은근한 술 냄새를 풍기는 사람이라니. 중남미 사람 특유의 느물느물한 기질도 적당히 갖고 있는 그는 나를 포함한 보통의 동양 여자들에게 오해를 불러일으키기 충분했다.

그러던 어느 날 우연찮게 드미트리오를 포함한 다섯 명과 함께 저녁 식사를 하게 되었다. 국적이 다양한 우리의 이야기는 저녁을 먹고도 한참을 이어졌는데 나는 여기서 그의 직업이 바텐더라는 사실을 듣고 나의

ATTENTION
NO EATING
DRINKING
THIS ROOM
NAUTICA JEANS
EAGLES

분주한 일상에 바쁜 드미트리오가 곧 돌아갈 일본 친구 카오리를 위해 롱아일랜드 와이너리 투어를 기획했다. 날씨 끝내주던 이날 우리는 아이들처럼 푸른 녹지를 뛰어다니며 깔깔거리는 웃음을 멈추지 못했다.

섣부른 판단을 반성해야 했다. 그러니까 그는 매일 맨해튼의 한 바에서 각종 칵테일을 만들어 손님을 대접하고 새벽에야 집으로 돌아간다. 그나마도 수요일에는 그 몇 시간의 단잠을 줄이고 센터에 나와 자원봉사를 하고 있는 것이다. 일주일에 한 번뿐이라지만 그런 규칙적인 봉사가 얼마나 신경 쓰이는 것인지 알기에 나는 더욱 가슴이 뜨끔했다. 그는 이에 대해 자신이 벌써 몇 년째 다니니까 센터에서 편의를 봐준 거라며 손사래를 친다.

이후 드미트리오는 싸돌아다니기 좋아하는 내게 '곤잘레스 곤잘레스' 등 뉴욕의 진짜 멕시코 음식점, 진짜 스페니시 카페를 콕 찍어 알려주는 둘도 없는 조언자가 되었다. 5년 전 뉴욕에 처음 올 때는 그도 학생 신분이었다. 그 비중이 매우 낮다는 멕시코 중산층에 속했던 그는 대학에서 경영학을 전공하고, 비교적 괜찮은 직업도 갖고 있었다. 하지만 멕시코의 경제는 하루가 다르게 곤두박질쳤고, 그는 조금 더 안정적인 회사를 찾았지만 미국 기업을 제외하곤 미래를 걸 수 있는 곳이 없었다. 좋은 회사에 들어가려면 영어가 관건이었다. 언어를 배워 좀더 좋은 직장을 찾으려고 뉴욕에 왔으니 그 출발은 우리나라 학생들과 크게 다를 바 없다. 하지만 이 도시의 물가는 멕시코에서 온 그를 그저 온전히 영어 공부만 하도록 내버려두지 않았다.

학교에 가지 않으면 신분을 유지할 수 없지만, 일을 하지 않으면 얼마간의 학비와 생계비를 마련할 수 없는 아이러니한 생활. 생활에 시달리는 사이 공부나 학교생활은 점차 뒤로 밀렸고, 그렇게 두 해가 흐르면서 그의 학생비자는 만료되었다. 그러니까 그는 열심히 뛰어다니는 사이 어느덧 신분이 바뀌어버린 이 땅의 수많은 사람들 중 한 명이다. 하지만 그의 얼굴에서 매스컴이 만들어낸 불안에 찌든 노동자의 표정을 기대한 다면 실망할 것이다. 드미트리오는 이민 문제만 터지면 중남미계 사람들 을 싸잡아 범죄자로 몰아가는 사회적 흐름에는 분개하지만, 이 사회가 보여주는 합리적인 시스템과 다양한 혜택은 솔직하고 유쾌하게 칭찬한 다. 그는 요행수를 바라고 틈만 보이면 잔꾀를 쓰는 멕시코 노동자들의 자세를 매섭게 비난하고, 3년째 함께 일하는 아일랜드계 오너가 왜 중남 미계 오너들보다 더 미덥고 고마운지도 조목조목 설명한다.

낮밤을 바꿔가며 바텐더로 일하고, 돈을 따로 들이지 못하는 대신 영어와 스페인어를 교환하는 언어 파트너를 만나고, 컴퓨터실 자원봉사 까지 하는 그 바쁜 와중에 센터에서 무슨 행사라도 있는 날이면 그는 어 김없이 바텐더를 자처하고 나선다. 그가 파인애플 주스와 코코넛 밀크를 듬뿍 넣어 만들어준 버진 피나콜라다의 맛은 어떤 고급 레스토랑의 것에 비할 바가 아니다. 또 어떤 식으로든 재미있는 건수가 생기면 센터의 골 수 멤버들을 불러내는 것도 그의 몫이다.

드미트리오는 이곳에 온 지 5년이 지났는데 영어는 1년 치밖에 늘지 않았다며 겸손하게 말한다. 하지만 그의 회화 파트너들은 그의 성실함과 언어에 대한 열정에 칭찬을 아끼지 않는다. 처음 도착해 무던히도 고생 한 기억이 있는 그는 수년지기 친구는 물론이고 도착한 지 얼마 안 된 이 의 사소한 문제에도 오지랖 넓게 도와주려고 달려간다. 그래서 그만큼 뉴욕의 복잡다단한 절차를 한 큐에 꿰고, 또 다양한 인종과 국적의 친구 들을 깊게 사귄 사람도 드물다.

"정, 나는 다른 어떤 도시가 아닌 뉴욕에 오게 된 것에 감사해. 이곳 에서 내가 평생 만났던 사람들보다 많은 사람들을 만났고 그들을 통해 진짜 넓은 세상을 보았거든."

함께 지하철을 타고 가다가 뜬금없이 넌 돌아가면 무슨 일을 하고 싶으냐고 물으니 드미트리오는 멕시코의 이름난 리조트에서 외식산업을 일구고 싶단다. 멕시코의 아름다운 환경 자원을 지키면서 나라의 경제를 키울 수 있는 산업은 관광산업이 딱이라면서. 리조트 외식부면 몇 년간 갈고 닦은 바텐더 기술도 살릴 수 있으니 괜찮은 선택인 것 같다고 말하는데 "하하, 유명한 리조트면 거긴 예쁜 여자들도 많을 거 아냐" 한다. 함께 듣던 친구들은 못 말리겠다며 고개를 설레설레 젓는다. 하지만 나는 알겠다. 그의 이런 낙천적인 자세가 고단한 지난 5년을 버티게 해주었으리란 것을.

한국으로 돌아간다고 말하는 내게 언제고 멕시코시티에 오게 되면 무조건 자기 집에 머물라며 연락처를 꼼꼼하게 챙겨주고 서울로 돌아가버린 한국 친구들을 꼭 만나러 갈 거라고 말하던 드미트리오. 맨해튼에서 살아보지는 못했어도, 부시가 내건 신기루 같은 신분 구제 방침이 실현될지는 요원해도, 다음에 만나면 나는 그를 진짜 뉴요커라 불러줄 것이다.

뉴욕에서 유학생으로
산다는 것, 송성원

컬럼비아대학에서 생명공학과 석사과정에 재학중인 송성원 군은 자신을 두고 뉴욕에 대한 예의가 전혀 없던 사람이라고 표현한다. 수많은 이들이 이 도시를 가슴에 품고 몇 년씩 준비해 입성하는 데 비해, 자신은 뉴욕이란 도시 자체는 조금도 염두에 두지 않고 그저 자신을 합격시켜 준 학교를 찾아왔기 때문이다. 그것도 자신이 공부하는 생명공학 분야에 정통한 학교를 가지 못했다는 일말의 서운함을 가지고 말이다.

고려대에서 학부를 마치고 그 다음 해 바로 유학길에 올랐으니 그는 한국의 모범생이 겪는 무난한 코스를 그대로 거쳐온 셈이다. 공부 잘하는 학생으로 평생을 살아온 그에게 유학 첫해는 당황과 실망의 시간이었다. 전혀 다른 공부 환경과 자잘한 생활 전선이야 모든 유학생이 겪는 어려움이라지만, 개인주의 성격 강한 뉴욕에서 그는 혼자 공부하고 혼자 생활하는 법을 동시에 배워야 했기 때문이다. 숨 가쁜 뉴욕의 일상은 학교라는 공간에도 고스란히 적용되어서 이 도시 학생들은 대개 하루를 대여섯 등분하는 스케줄을 갖고 살아간다. 늘 친구, 선배들과 왁자하게 몰려다니며 학교생활을 즐기던 그가 혼자 먹는 점심에 익숙해지기까지는 수많은 망설임과 만만찮은 연습이 필요했다. 하지만 이제 그는 캠퍼스 내 존 제이 플레이스의 치즈버거가 얼마나 맛있는지, 학교 앞 중식당 중 가장 맛있고 푸짐한 곳이 어디인지 훤히 알고 있다.

"가장 힘든 건 제가 못한다는 걸 인정하는 거였어요. 학부 때까지 자신 있는 공부였는데 영어가 이렇게 제 발목을 잡을 줄 몰랐거든요. 처음엔 어울릴 친구도 마땅치 않았으니 정말 첩첩산중이었죠."

아이비리그라는 화려한 스펙을 가진 그가 했을 법한 고민은 아닌 것 같지만 영어는 그에게도 참 얄미운 친구다. 실제로 그는 지난 방학 중 프로젝트에 참여하기 위해 지원했던 연구실 세 곳에서 모두 낙방한 아픔이 있다. 같은 과정 중에 한국 학생이 있었다면 수업 노트라도 빌리고 요령이라도 물어봤을 텐데 그는 학과 내 유일한 한국인이다. 하지만 그런 외로움은 반대로 자신에게 필요한 것을 스스로 찾아 나서게 만든 계기가 되기도 했다.

"속을 끓이다가 슈퍼바이저를 만났는데 제가 탈락한 이유를 조목조목 설명해 깜짝 놀랐어요. 유학 초반에 영어가 서툰 건 자연스러운 일이지만 제 경우엔 자신감 부족이 가장 큰 이유였대요. 말할 때 상대방의 눈을 마주치지 않는 것, 목소리가 작고 말끝을 흐리는 것, 못 알아들었을 때 묻지 않고 가만히 있는 것까지 짚어주는데 정말 뜨끔하더라고요."

슈퍼바이저는 모르는 걸 묻는 것이 부끄러운 게 아니라 모르는 체로 넘어가는 게 어리석인 일이라는 원론적인 얘기부터 수업을 마친 뒤 엘리베이터를 타고 휙 가버리지 말고 계단을 함께 걸어 내려가며 사람들을 알아가라는 소소한 충고까지 해주었다. 학업에 관한 상담도 학기 내내 이어졌다. 특정 부분이 이해되지 않아 질문하면 교수는 어째서 그것에 의문을 갖게 되었는지부터 파악해, 정답을 찾아가는 과정을 그에 도움이 되는 다른 참고 서적과 함께 알려주는 방식이었다.

"처음엔 문제를 해결하러 갔다가 문제를 더 만들어온 기분이었어요. 근데 이제 조금 알겠어요. 저도 말로는 암기식 학습이 나쁘다고 하면서 그것에 너무 익숙해서 과정을 찾는 걸 거부하고 있던 거예요. 이곳은 스스로 찾으려고 덤비면 그 이상 얻을 수 있지만 누군가 도와줄 때를 기다리고 가만히 있으면 아무것도 얻을 수 없다는 법칙이 있는 곳 같아요."

번잡스러운 것을 싫어하는 보통 한국 남자인 성원 군은 유학을 준비하는 내내 광활한 캠퍼스가 있는 중서부의 어느 작은 도시에서 공부밖에 할 게 없는 느긋한 일상을 머릿속에 그렸다. 그랬던 것이 바로 이곳 뉴욕에 도착하면서 상상과는 정반대의 현실과 맞닥뜨린 것이다. 한적한 동네에서 학교 도서관에 박혀 지내는 것이 진짜 공부이며 유학 생활이라 믿어 의심치 않았던 그이지만 지금은 그 구분선이 상당히 옅어졌다. 그런 환경도 좋겠지만 뉴욕 또한 이 도시만의 장점이 충만하다는 사실을 깨닫는 중이기 때문이다.

"전 제가 안 바뀔 줄 알았는데 어느새 이 도시의 빠른 비트에 익숙해지고 골목골목 찾아다니는 것에 맛을 들이고 있었어요. 세계 어느 도시에서 도서관서 공부하다가 새벽에 내 나라 음식 먹고 싶다고 지하철 타고 가서 설렁탕 사 먹고 버스 타고 돌아오겠어요. 또 그 수많은 공연이며

혼자 공부하고, 혼자 생활하고, 수많은 문화적 혜택을
적절히 누리고 거절하는 법까지 동시에 배워야 하는 뉴욕에서
유학생으로 지내는 삶은 녹록지 않다.

숨 가쁜 봄 학기를 마치고 여름 학기가 시작하기 직전 모처럼 한가로운 컬럼비아대학교 캠퍼스.
아래가 송성원 군이 자랑스럽게 안내한 중앙도서관 건물이다.

색깔이 분명한 가게들, 맛집들은 어떻고요."

누군가는 바로 이 공연 때문에, 그 미술관 때문에 시간을 비축하고 목돈을 마련해 이 도시를 찾는다. 하지만 성원 군처럼 이곳에서 공부하는 이들은 30분만 시간을 내면 브로드웨이로, 카네기홀로, 센트럴파크로 산책을 나설 수 있다. 지난주엔 앤디 워홀 특별전을 보고, 이번 주엔 영국 사진전을 보고, 다음 주엔 오프브로드웨이 연극과 라이온 킹 뮤지컬을 볼 수 있는 도시.

"저희 학교에서 공부하는 장점이요? 무엇보다 교과서에서 보았던 대학자나 노벨상 수상자를 직접 만날 기회가 많다는 거요. 예술학도들이 그 분야의 대가를 만나는 것에 비하면 될까요? 가슴 설레고 공부에 대한 큰 자극을 주는 시간이에요. 그럴 때면 좀 유치하지만 정말 열심히 공부해서 우리나라 생명공학에 공헌해야지, 암 치료를 위한 신물질 개발에 이바지해야지, 그런 생각이 막 들어요. 하하!"

공부하면서 느끼는 감정을 꼬치꼬치 캐묻자 그는 얼굴이 발그레해진 채 이야기한다.

"저는 막연히 대학원생은 하루 종일 도서관에서 책만 봐야 하는 줄 알았어요. 한데 여기서 보면 공부도 시간 대비 효율성이 중요하더라고요. 학교 도서관만 해도 평소에는 보통 저녁 10시까지는 한산해요. 그러다가 그때부터 개별 시간을 충분히 갖고 돌아온 학생들이 서서히 몰려들어 집중하기 시작하는데 한 새벽 2시쯤 되면 공부 열기가 정말 뜨겁게 달아오르죠. 물론 시험 기간엔 전쟁터가 따로 없고요."

멋모르고 찾아왔다고 했지만 학교 구석구석을 안내해 주며 학교의 장점을 이야기하는 그에게선 어느새 애정이 묻어난다. 전쟁 같던 기말시

힘 기간을 마치고 여름 학기를 위한 외국 학생들이 모여들기 직전 찰나의 휴식을 맞는 컬럼비아 캠퍼스는 평화롭기 그지없다.

"뉴욕에서는 자기 컨트롤이 무엇보다 중요한 것 같아요. 공부한다고 이 좋은 문화적 자극에 빗장을 거는 건 어리석은 일이란 생각이 들거든요. 물론 그것에만 빠져서 정작 중요한 공부를 소홀히 하는 것 역시 위험하지만요. 이 혜택을 유혹으로 만드느냐 좋은 자극으로 만드느냐는 철저히 자기 몫인 거죠."

사람들은 이미 수도 없이 많은 형용사를 가진 뉴욕을 대학도시로 기억하지 않지만 이 도시의 큰 힘 중 하나는 시내 곳곳에 보석처럼 숨겨진 학교들이다. 뉴욕 하면 자연스럽게 떠오르는 컬럼비아와 NYU부터 시작해 우리에게도 익숙한 파슨스, FIT, 줄리아드, 프랫. 이밖에도 시립대와 단과대학, 커뮤니티 컬리지에 이르기까지 뉴욕에는 생각보다 훨씬 많은 수의 학교가 있다. 그러니까 이 학교들은 전 세계로부터 뉴욕으로 젊은 피를 공급해 주는 가장 중요한 통로 중 하나다. 뉴욕은 이 다양한 청춘들로 인해 늘 새로워지고, 그 수많은 청춘들은 뉴욕으로 인해 영감을 얻으며 세상에서 가장 멋진 조화를 만들어낸다. 전혀 변할 것 같지 않던 송성원 군이 어느새 뉴욕의 힘을 가슴속에 쌓기 시작한 것처럼.

여든의 청춘
산드라

"우리가 함께 노력하면 그만큼 세상은 나아질 거라고 믿어!"

산드라를 보면 나이를 먹는다는 건 즐겁고 넉넉한 일이구나 싶다. 물론 이건 그녀처럼 건강과 능력, 그리고 무엇보다 마음과 자세가 준비된 사람에게 해당되는 말이다. 처음에 그녀가 이메일 주소를 알려주면서 이름 뒤에 있는 숫자 70이 자신의 나이를 뜻한다고 했을 때 나는 우와 했었다. 일흔이나 된 나이에 이렇게 적극적으로 사는 모습이 참 좋아 보여서다. 한데 그건 이미 8년 전 그녀의 나이다. 1928년생이니 우리식 계산법이면 그녀는 이미 여든이다. 하지만 그녀를 지켜보고 있으면 넉넉한 할머니의 마음을 갖고 있을지언정 힘없고 삶이 무료한 노인의 느낌은 찾아보기 어렵다.

나는 그녀를 여섯 명으로 이루어진 북클럽에서 처음 만났다. 뉴욕 사람 절반 이상이 하나쯤 갖고 있다는 북클럽을 나도 꼭 한번 해보고 싶

산드라의 집에는 그녀 곁에 머물다 각자의 나라로
떠난 이들의 흔적이 고스란히 남아 있다.

었다. 하지만 언어 장벽은 차치하고라도 소속이 불분명한 내가 함께 책을 읽을 사람들을 모으기란 쉽지 않았다. 그러던 중에 한 친구가 산드라가 센터에서 진행하는 수업이 꼭 북클럽 같다고 귀띔해 준 것이다. 그녀의 인솔 아래 나를 포함한 여섯 명의 지원자는 존 스타인벡의 소설 『진주』를 정말이지 아주 맛있게 읽었다. 그것 못지않게 나의 관심을 끈 것은 여든의 청춘 산드라가 사는 모습이었다. 매주 월요일에 만난 우리는 서로의 주말을 나누는 것으로 수업을 시작하곤 했는데 그녀는 우리 중에 가장 경쾌하고 열정적인 일상을 털어놓곤 했다.

자타가 공인하는 씨어터 고어theater goer 극장마니아인 그녀는 메트로폴리탄 오페라부터 오프브로드웨이까지 각종 공연 일정을 꿰고 있다. 그녀 덕분에 나도 아프로아메리칸 Afro-American 미국 흑인의 독특한 음악 공연부터 독일과 오스트리아 작품만을 선별한 누 갤러리—그 안의 아름다운 카페 사바스키Sabasky를 포함해—, 스페인 이슬람의 독특한 색채를 가진 히스패닉 소사이어티 오브 아메리카 등을 접할 수 있었다.

"사실 우리 세대는 운이 좋았어. 대개 가난한 어린 시절을 보냈지만 그래도 교육의 혜택을 받았고, 열심히만 하면 대학 교육을 받고 직업도 얼마든지 구할 수 있었으니까. 또 은퇴 후에는 연금 보장을 받고 있고. 지금 젊은이들은 풍요로운 시대에 태어났지만 우리와는 비교도 안 되는 경쟁과 불안에 시달리고 있잖아."

활기찬 노년에 대한 나의 감탄에 그녀가 웅숭깊게 대답했다.

겉으로는 눈치 채기 어렵지만 그녀는 수년 전 인공 골반 뼈를 삽입하는 수술을 받았다. 그래서 일주일에 두 번은 수영장에서 재활 운동을 하면서 아침을 연다. 오랜 친구들과 시를 읽는 북클럽을 십수 년째 이끌고 있으며, 일주일에 하루는 이렇게 센터에 나와 자신의 재능과 시간을 나누고, 주말이면 교회에서 그룹 리더로 활동한다. 뉴욕에서 태어나 이 도시에서 대학을 마친 그녀는 초등학교 교사와 어린이 도서관장으로 인생의 3분의 2를 살아왔다. 퇴직 후 자신이 가진 재능으로 할 수 있는 봉사가 무언가를 찾던 그녀는 소통이 불편한 외국인에게 영어를 가르치기로 결심하고 다시 대학원으로 돌아간다. 그게 벌써 20여 년 전의 일이고 그녀가 외국어 봉사를 해온 기간도 그에 달한다. 여기까지만 해도 에너제틱한 그녀의 삶에 감탄사가 나올 법한데 이건 애피타이저일 뿐이다. 그녀 삶의 메인디시는 소규모 NGO를 위해 다양한 자료를 모으고 그곳으로 직접 달려가는 것이다.

누구보다 뉴욕생활을 즐기고 사랑하는 그녀는 해마다 겨울이면 뉴욕을 떠난다. 혹독한 겨울을 갖고 있는 북미 사람들이 따뜻한 남쪽 나라로 떠나는 피한 여행은 자연스러운 일상이지만 그녀의 출발엔 다른 목적이 있다. 그녀의 목적지는 멕시코의 예술도시 '산미구엘'. 그곳에는 아예 이주해 정착한 이도 있고, 산드라처럼 규칙적으로 돌아오는 이들도 있으며, 모처럼 찾아온 방문자들도 적지 않다. 다양한 직업과 연령을 가진 이들은 그곳에서 각종 포럼과 세미나를 열고 현지 사람들을 대상으로 다양한 연계 프로그램을 진행한다. 특히 세계적인 이슈에 대한 다양한 시각을 전달하고, 그와 관련된 각종 다큐멘터리 영화를 상영하며, 관련된 책자도 발행한다.

그곳에 모이는 이들은 또 자신의 사비를 터는 것은 물론이고, 다양한 방법으로 재단이나 단체를 통해 후원을 이끌어낸다. 이렇게 모은 돈은 현지에서 다양한 방법으로 쓰인다. 그중에서도 대표적인 것은 저소득

평소에도 칭찬이 많은 산드라는 교실에 들어서면 성우 못지않게 다양한 목소리를 내며 표정이 다양해지는 영락없는 선생님이다.

계층의 멕시코 아이들을 학교에 보내는 것이다. 아직 경제적 상황이 어려운 저개발국가의 촌락에서 아이들, 특히 여자아이들은 교육의 사각지대로 몰리곤 한다. 그러다 보니 10대 중반만 넘기면 그들이 선택할 수 있는 거라곤 결혼뿐이다. 스무 살도 되기 전에 서너 명의 아이를 낳고, 다시 가사 노동과 생계 노동을 병행해야 하는 아득한 삶. '우먼 인 체인지 Woman in Change'란 이름의 이 캠페인은 그들에게 다른 길을 선택할 수 있는 기회를 주자는 것이다. 원칙적으로 공교육이 무료인 멕시코에서 아이들을 가로막는 건 교복 같은 일상용품이다. 그래서 이들은 아이들이 걱정 없이 학교에 갈 수 있도록 교복과 체육복, 차비와 문구 등을 지원하면서, 학교가 이들에게 얼마나 소중한 곳인가를 전하고 있다. 언론에 보도되는 큰 운동은 아니지만 그들의 작은 움직임이 그곳 어린이들의 삶을 얼마나 크게 바꾸는 중인지 짐작할 수 있다.

"새 교복을 받고 기뻐하는 아이들을 보면 고단함쯤은 아무것도 아니지. 대단할 것도 훌륭할 것도 없어. 나 같은 늙은이 한 명이 움직인다고 해서 당장 전쟁이 멈추고 빈곤이 사라지지는 않겠지만, 우리가 함께 노력하면 그만큼 세상은 나아질 거라고 믿어."

꼬치꼬치 캐묻는 내게 그녀는 멕시코에서 현지인들에게 직접 배워 물레를 짜 만들어온 태피스트리를 보여준다. 멕시코에 대한 그녀의 애정은 그렇게 그녀의 삶 속에 있다.

두 달 동안 함께 책 읽는 수업이 끝나면 그녀는 학생들을 자기 집으로 초대해 음식을 나눈다. 개인의 사생활이 철저하게 분리된 이 도시에서 집에 초대한다는 것은 일종의 베풂이다. 이에 대해 산드라는 오히려 본인은 작은 자기 집 문을 열었을 뿐인데 세계에서 온 친구들은 훨씬 더 큰 마음의 문을 열고 자기에게 다가왔다고 말한다. 그렇게 그녀를 찾아온 이들의 상당수는 이제 함께 나이 들어가는 삶의 동지들이다. 그녀의 집에는 그렇게 그녀 곁에 머물다 각자의 나라로 떠나간 이들의 흔적이 고스란히 남아 있다. 지구 반대편에서 다양한 안부를 전하는 카드도 빼곡하게 걸려 있다. 멕시코에서 일본에서 카자흐스탄에서 이젠 그녀의 가족과 다를 바 없는 제자들의 사연이 담긴 것들이다. 먼 훗날 마주할 나의 노년이 그녀의 절반만 닮을 수 있다면 좋겠다.

세 개의 모국어,
세 개의 조국, 테레사

테이블에서 신문을 들춰보고 있던 중에 합석해도 되겠냐며 다가온 테레
사를 대번에 한국인으로 알아보지는 못했다. 그녀의 말투에 한국어보다
는 오히려 스페인어 억양이 묻어 있었기 때문이다. 아니나 다를까. 테레
사는 한국에서 태어났지만 한 살 때 파라과이로 이민을 떠났고 스무 살이
될 때까지 그곳에서 살았다. 그리고 6년 전 다시 뉴욕으로 이민을 온 이른
바 재이민 그룹이다. 나는 테레사를 통해 우리나라가 한참 이민을 장려하
던 70, 80년대에 적지 않은 사람들이 중남미로 떠났고, 그들 중 상당수가
테레사 가족처럼 미국으로 다시 이민을 왔다는 사실을 처음 알았다.

　"어딜 가도 나무랑 과일이 우거져 있고요, 아주 느리고 조용한 곳이
에요. 시에스타가 있어서 점심시간에 집에 가서 밥 먹고 쉬다가 다시 학

교 가고 그랬어요."

남들은 가난한 나라라고 설명을 시작하지만 유년시절의 따뜻한 기억을 갖고 있는 그녀에게 파라과이는 무덥지만 사람도 차도 별로 없어 뛰어놀기 그만이었던 곳이다. 스페인 식민지 시절의 색깔을 여전히 간직하고 있는 파라과이 수도 아순시온은 도시 한쪽엔 대형 쇼핑몰이 있고 값비싼 외제차가 다니지만, 조금만 나가면 나무에 주렁주렁 매달린 열대과일을 직접 따서 먹을 수 있고 비포장도로를 둔탁하게 달리는 마차가 공존하는 도시다.

세계에서 알아준다는 한국인의 교육열은 테레사의 부모님도 예외가 아니어서 그녀는 학창시절 내내 파라과이 전체에 몇 개 되지 않는, 그래서 상류층 자제들만 다닌다는 사립학교에 다녔다. 학교에서 받는 다양한 수업 외에도 피아노며 미술 등 다른 과외를 받고 주말이면 한글학교도 다녔다. 한 살 때 도착한 테레사와 그곳에서 태어난 남동생에게 한국어 공부는 쉽지 않았지만 공부에 관한한 엄격하신 부모님 앞에서 반항은 꿈도 못 꾸었다. 테레사는 미국에 와서야 체벌이 불법이란 걸 알았다며 웃는다.

유년시절부터 사춘기를 지나 대학에 입학할 때까지 모든 추억이 스민 그곳이지만 가장 잊을 수 없는 기억은 열다섯 살 생일 파티다.

"파라과이에서는 열다섯 살 생일이 결혼만큼이나 큰 기념일이에요. '스위트 15'란 이름의 성대한 생일 파티를 하죠. 모두 드레스랑 턱시도를 차려입고 친구들을 집으로 초대해 춤추고 먹으면서 늦게까지 놀아요."

테레사는 스무 명이 넘는 반 친구들 생일 파티에 가서 흥겹게 살사를 추었던 기억이 지금도 선하다. 수줍음 많은 그녀지만 라틴 아메리카의 축

홍얼거림까지 자연스러운 스페인어부터 부모님과
그녀를 이어주는 단단한 끈인 한국어, 뉴욕에서의 시간이
고스란히 담긴 영어까지 테레사의 언어는 세 개다.

축한 리듬에 편안하게 몸을 맡기는 걸 보면 영락없는 라틴 아가씨다.

그렇게 평온한 나날을 보내던 어느 날 부모님으로부터 미국 이민 이야기를 들었다. 테레사는 전교 2등이라는 우수한 성적으로 고등학교를 졸업하고 국립대학 재활의학과에 입학을 앞두고 있었다. 그곳에서 아무리 좋은 대학을 졸업한다 해도 번듯한 직장을 갖고 살아가는 게 쉽지 않을 거라는 이유에서였다. 중남미에서도 유난히 작고 저개발국가에 속하는 파라과이의 상황을 냉정하게 바라본 결과였다. 때문에 파라과이 내에서도 경제적 뒷받침이 가능한 가정의 실력 있는 학생들은 미국 대학에 진학하거나, 이웃나라 아르헨티나나 브라질에 있는 대학으로 유학하는 게 상례였다.

"그때 교재였던 재활의학책 한 권 지금도 가지고 있어요. 가져올 수 있는 게 얼마 없었는데 대학 가서 처음으로 공부했던 책이라 도저히 못 버리겠더라고요. 지금 생각해 보면……, 그게 얼마나 심각한 이야기였는지 저나 동생은 감을 잡지 못했던 것 같아요. 부모님은 더 큰 세상을 보겠지만 초반에는 파라과이에서처럼 살 수 없다고, 당분간 학교에 다닐 수 없을지도 모른다고 하셨는데 별로 와닿지 않았어요. 그냥 뉴욕에 가면 재미있겠다 수준이었죠."

급할 것 없이 느긋하게 걸어가던 그녀의 삶은 뉴욕행 비행기를 타면서 완전히 달라졌다. 이민이란 단어만큼 엄청난 뜻을 내포한 단어가 또 있을까. 이 간단하게 발음되는 두 음절의 단어에는 지금까지 살아왔던 모든 것, 언어부터 상식, 문화까지 모든 기득권을 조용히 내려놓고 말 그대로 처음부터 다시 시작하겠다는 암묵적인 동의가 담겨 있다.

"이민자들은 유학생처럼 바로 도착하자마자 학교에 갈 수 있는 상황인 경우는 많지 않아요. 특히 저처럼 다 커서 도착한 경우에는요. 우선 생계형 비즈니스에 가족이 모두 동원되어야 하고 그것이 자리를 잡은 다음에야 언어를 배우거나 학교에 갈 수 있죠.”

뉴욕 정착 초기를 회상하면 그녀는 지금도 가슴이 스산하다. 뉴욕에 내려서자마자 그녀는 부모님과 자신의 역할이 뒤바뀌는 경험을 하게 된다. 한국식도 파라과이식도 아닌 전혀 새로운 세상에서 부모님은 장녀인 그녀에게 많은 걸 의존하게 되었던 것이다.

“공항에서부터 모든 게 영어로 시작되잖아요. 그 순간 미국과 부모님 사이에서 제가 모든 소통을 맡아야 하는데 정신이 번쩍 났어요.”

파라과이에서는 어엿한 상점을 경영하시던 그녀의 부모님은 이곳에선 자연스럽게 평범한 고용인이 되었고, 테레사에게도 다양한 역할이 주어졌다.

“이제 와서 하는 말이지만 그때는 정말 사람 만나기가 싫었어요. 사람을 만나면 늘 ‘뭐 하세요’ 하고 묻는데 ‘캐셔예요’라고 말하기가 진짜 창피했어요.”

급작스레 바뀐 상황을 받아들이기에 스물을 갓 넘긴 테레사는 어리고 연약했다. 당시 머물고 있던 베이사이드 근처 강가를 달리고 또 달리면서 남몰래 울기도 많이 울었다. 그러면서 그녀는 부모님을 보았다. 자신은 금세 이곳 문화에 흡수되고 언어도 부쩍부쩍 늘면서도 이렇게 힘든 이민을 부모님은 두 번이나 감내해냈다는 걸 말이다. 부모님이 내린 선택의 맨 앞자리에 자신과 동생이 있다는 것을 가슴으로 이해할 즈음 그녀의 울음도 잦아들었다.

“파라과이에서 제가 당연하게 누리던 많은 것들이 사실은 당연한

afe
Beyond
E
Lunc

게 아니었다는 것을 여기 와서 알았어요. 다시 뉴욕에 오게 된 것도요."

아마 파라과이에 그대로 있었다면 큰 어려움은 없었을지 모른다. 하지만 파라과이 밖에 어떤 세상이 있는지 관심도 없었을 것이고, 그 세상에 도전하며 미래를 계획하지도 않았을 것이다.

이민자들은 이민을 떠난 그 나이에서 멈추어 선다는 표현이 있다. 특히 고국에 대한 기억이 그렇다. 현지 사람들은 매일매일 변해가지만 그들의 기억은 그 당시에 머물러 있다. 당시에 사용하던 말, 당시에 유행하던 차림새, 그 당시에 상식이었던 것. 그 마지막 기억을 붙들고 사람들은 낯선 곳에서 새로운 삶을 받아들인다. 부모님의 나이가 1980년대 한국에 멈춰서 있다면, 테레사의 나이는 2001년 파라과이를 떠난 그때에 멈춰서 있다. 종종 파라과이에 있는 친구들과 인터넷 채팅을 하는데, 떠나온 햇수가 아무리 더해도 그녀가 기억하고 있는 파라과이는 스무 살 그때라 친구들은 '언제 적 얘기를 하는 거야?'고 핀잔을 준다.

테레사는 지금 뉴욕시립대 버룩컬리지에 다닌다. 풀타임 학생 신분 하나만으로도 벅찰 텐데 일주일에 사흘을 은행에서 일하고, 매주 가는 자원봉사도 유니세프 등 두 곳이다. 또 주일엔 성당 봉사가 그녀를 기다리고 있고, 한국어 공부도 중요한 일과다. 고단한 정착 과정 끝에 스스로 얻어낸 시간이기에 바쁜 하루하루가 더없이 소중하다.

흥얼거림까지 자연스러운 스페인어부터 부모님과 그녀를 이어주는 단단한 끈인 한국어, 뉴욕에서의 시간이 고스란히 담긴 영어까지 그녀의 언어는 세 개다. 동시에 그녀가 사랑하고 일하고 싶은 조국도 그렇다. 그녀는 개인적으로 국제기구에서 일하고 싶은 소망이 있다. 자신처럼 다른 문화에 노출되고 이질감을 느끼며 흡수된 경험이 있는 사람이 다른 문화 속의 어려움을 해결하는 데 도움이 될 수 있을 거라고 생각해서다.

　1년이 조금 넘게 테레사를 지켜본 뒤 인터뷰를 요청했을 때 그녀는 극구 사양했다. 그녀를 설득해 카메라 앞에 세우기까지 딱지도 여러 번 맞았다. 하지만 나는 안다. 진짜 뉴욕의 온기를 만드는 사람은 월스트리트의 백만장자도 아니고, 드라마 속 지미추 구두의 주인도 아닌 스스로의 삶을 개척해 가는 사람들이란 걸. 바로 테레사 그녀처럼.

크리스탈의 아메리칸 드림
뉴욕 드림

"8년이 넘었다고? 오, 어느새 그렇구나. 사람들이 물으면 늘 6년 되었다고 대답하곤 했는데 오늘부터 고쳐야겠네. 하하, 뉴욕에선 시간이 너무 빨리 흐르잖아."

자신이 뉴욕에 도착한 연도를 헤아리던 크리스탈이 웃으며 말한다. 그녀에겐 지금도 1999년 5월 21일이 눈에 선하다. 그날 그녀는 일주일간의 미 동부 단체여행을 마치고 뉴욕에 도착했다. 맨해튼 남쪽 차이나타운, 뉴욕의 어떤 동네보다 더 복잡하고 시끄러운 동네에 떨어져 고개를 두리번거리던 그 저녁. 이미 8년이 지났지만 그 낯설고 생경한 분위기에 침을 꼴깍 삼키던 순간을 잊을 수 없다. 먼 친척집을 찾아 불편한 첫날밤을 보낸 그녀는 단 일주일 만에 저 멀리 퀸즈 플러싱에 두 명이서 나눠 쓸

현재 크리스탈의 직장은 그녀의 첫 기착지였던 맨해튼 차이나타운에 있다. 삶이 고단할 때면 그녀는 이 분주한 거리에 처음 내려섰던 8년 전 자신과 조우한다.

수 있는 방을 얻었다. 그렇게 그녀의 계획된 불법 체류가 시작되었다.

크리스탈은 중국계 말레이시안이다. 그건 그냥 말레이시아 사람이라고 말하는 것과 조금 차이가 있다. 말레이계와 중국계, 인도계 등 다인종이 공존하는 그곳에서는 사람을 선발하는 모든 사안에 인종별 쿼터가 정해져 있다. 대학에서 학생을 뽑고 전공을 정할 때에도, 기업이나 정부기관에서 진급자를 선별할 때에도 모두 정해진 인종별 쿼터 내에서 진행된다. 인구대비에 의해 정해진 6:2:2라는 수치는 소수 인종에 속하는 그녀에게 늘 발목을 붙잡는 걸림돌이었다. 때문에 어려서부터 늘 다른 이들보다 두 배 이상 열심히 공부하지 않으면 비슷하게 갈 수 없는 현실과 싸우며 살아왔다.

억울하긴 했지만 자연스럽게 받아들여온 현실에 그녀가 크게 상처받은 것은 전 과목에서 A학점을 받고도 MBA에 탈락했을 때다. 실망한 그녀와 친구에게 담당교수는 너희가 중국계이기 때문에 어쩔 수 없다는 말로 위로를 대신했다. 하지만 스물을 갓 넘긴 학생에게 그 현실은 받아들이기 힘든 주홍글씨였다. 낙담한 크리스탈과 친구는 교수에게 이 말을 남기고 나왔다.

"이 나라에서 태어나 이 나라 말을 배우며 평생을 살아왔는데 우리는 이곳의 2등 시민일 수밖에 없군요. 이럴 바엔 차라리 미국의 2등 시민이 되겠어요."

담담하게 그때를 회상하던 그녀가 잠시 생각에 잠기더니 말을 잇는다.

"오해는 말아줘. 내 고향 페낭이 얼마나 아름다운 곳인데. 나는 내 나라 말레이시아를 사랑해. 다만 그 차별정책을 싫어할 뿐이지."

속상한 마음에 말은 그렇게 했지만 그녀도 자신이 진짜 미국행 비행기에 몸을 실을 줄은 몰랐다. 홀어머니 아래 장녀인 크리스탈에겐 가족에 대한 책임감이 상대적으로 컸다. 가족만의 집을 꾸리는 게 절실했고, 두 동생을 대학에 보내야 했으며, 자신의 학자금도 상환해야 했다. 아시아 전역이 IMF 폭풍으로 들썩이던 1999년 그녀는 결심을 굳혔다. 수많은 미국 도시 중에서 막연하게 가장 일자리가 많고 다양한 사람들이 있다는 도시 뉴욕을 목적지로 택했다.

그녀의 첫 직장은 프린스턴 대학 인근의 중식당이었다. 그나마도 그녀가 모국어인 말레이어 외에 중국어를 능숙하게 구사할 수 있었기에 얻은 자리였다. 메뉴를 익히고 손님 응대 방법을 배우고 재빠르게 음식을 가져다주는 분주한 생활이 하루 13시간씩 이어졌다. 식당 밖 세상이 어떻게 돌아가는지 그녀가 살고 있는 뉴욕이 어떤 곳인지 거의 체험하지 못한 채 2년 반의 시간이 흘러갔다.

그러던 중 시카고의 지인에게서 그녀를 사무직으로 채용할 수 있다는 연락을 받았다. 불법 상태인 신분을 해결하고 조금 더 나은 직장을 찾을 수 있다는 희망에 그녀는 비행기에 몸을 실었다. 하지만 스폰서를 구하는 것은 생각만큼 쉬운 일이 아니었다. 더디기만 하던 서류 진행 과정 속에서 그녀는 어쩔 수 없이 시카고의 중식당에서 다시 일자리를 구했다.

"이건 무척 사소하고 웃기는 비교인데, 평범한 중식당만으로 뉴욕과 시카고 두 도시의 차별점이 나타나. 뉴욕에선 어디든 손님이 많기 때문에 여러 명의 종업원이 모두 각자 역할만 충실히 하면 되거든. 하지만 시카고에서는 한두 명의 종업원이 자리 배정부터 웨이트리스, 전화 주문에 테이크아웃 포장, 뒷정리까지 모두 해야 해. 비록 손님이 적어서 덜 바쁘다고 할지라도 일하는 사람 입장에선 이게 더 정신없고 힘들지."

2003년은 그녀에게 가장 힘들었던 시련의 해로 남아 있다. 끝이 보이지 않는 서류 대기를 포기하고 뉴욕으로 돌아왔을 때쯤 그녀는 심신이 극도로 지쳐 있었다. 하지만 생활비 비싼 이 도시에서 일을 쉰다는 것은 결국 고스란히 생활비를 소비한다는 뜻이기에 일을 멈출 수는 없었다. 게다가 아직 한참 학업중인 동생들과 생계를 위해 애쓰는 어머니를 생각하면 단 한시도 쉬기 어려웠다.

하지만 아슬아슬하게 버티어내던 그녀는 결국 쓰러지고 말았다. 응급차에 실려 병원으로 호송된 그녀에게서 자궁 내 종양이 발견되었다. 4년이 넘도록 매일 13시간이 넘는 강행군이 부른 피로와 스트레스의 결과였다. 2만 3천 달러라는 엄청난 수술비를 감당할 수도, 따뜻하게 보살펴줄 가족도 없는 그녀에겐 그야말로 청천벽력 같은 소리였다. 너무 아파 몸을 가눌 수도 없는 상황이었지만 그녀는 수술을 거부하며 그저 눈물만 흘렸다. 며칠 뒤 피를 쏟으며 다시 병원을 찾은 그녀에게 의사는 즉시 수술을 명령했고, 그녀는 마침내 자신의 신분이 불법 체류 상태임을 고백했다. 한데 상황은 극적인 역전을 낳았다. 의사는 연방 정부는 바로 당신 같은 사람들을 위한 응급 예산이 있으니 걱정하지 말라며 그녀를 수술대로 인도했고, 수술은 성공적으로 이루어졌다.

"그전까지 나는 이 나라에 와서 정신없이 일만 했지, 이 나라의 좋은 점을 피부로 느끼지 못했어. 그저 내가 얼마간 고생하면 동생들이 무사히 학교를 마칠 수 있겠구나, 어머니가 고생하지 않고 생활할 수 있겠구나 정도였지. 한데 정말 아팠을 때 나를 살려준 그 고마움은 지금도 말로 다할 수 없지. 이 나라에 와서 고생도 많이 했지만 그때 처음으로 내가 이 사회에 속해 살아가고 있구나 하는 걸 느꼈어."

당시를 회상하던 그녀의 목소리가 축축하게 젖었다. 이후 약속이라도 한 듯 미진하기만 하던 서류가 최종으로 통과되었다. 그녀에게는 약식 벌금이 부과되었고, 정식으로 이 도시에서 일하고 생활할 수 있는 영주권이 주어졌다. 현재 그녀의 직장은 맨해튼 차이나타운에 있다. 그녀의 첫 기착지였던 그곳에서 그녀는 이제 전문 텔러가 되어 고객들을 맞이한다. 삶이 고단하고 마음대로 되지 않는다고 느껴질 때 그녀는 오래전 차이나타운에 도착해 잔뜩 겁먹은 표정으로 두리번거리던 자신과 조우한다. 고작 20대 중반의 나이에 얼마나 스산하고 비장한 마음을 갖고 이 도시에 왔는지, 그녀가 헤쳐와야 했던 삶의 역경이 얼마나 드라마틱했는지 조용히 되짚어본다.

"영주권 받고 처음으로 고향에 갔는데 기분이 참 이상했어. 고향은 여전히 느긋했고, 당시에 함께 고민했지만 고향에 남기를 택한 친구들은 별 탈 없이 잘 지내는 것처럼 보였거든. 반대로 나는 그동안 참 쉬지 않고 열심히 일했는데 내게 남은 것은 별로 없었으니까. 하지만 지금 내가 서 있는 곳이 내가 이룰 것의 끝이 아니므로 괜찮아. 나는 앞으로 계속 걸어갈 거고 내 삶의 터전은 이미 이곳 뉴욕이니까."

뉴욕에 살면서도 이 도시가 제공하는 혜택을 거의 누리지 못했던 그녀는 이제 쉬는 날이면 친구들을 만나러 기꺼이 시내까지 길을 나선다. 공연 정보도 찾아보고 맛있는 음식점도 수첩에 적어두고, 실무적인 수업 정보도 빼곡하게 갖고 있다. 영주권으로 학비 감면 혜택을 볼 수 있게 된 그녀는 조만간 MBA에 도전할 계획도 갖고 있다. 공부를 마친 다음엔 조금 더 전문적으로 한 기업의 회계를 맡아보는 업무를 보고 싶단다. 그녀의 말처럼 그녀의 진짜 아메리칸 드림, 뉴욕 드림은 이제부터 시작이다.

휴머니즘을 실천하는
뉴요커, 숀

"후회할 필요 없어. 세상에 버릴 경험은 하나도 없으니까!"

늘 단정한 차림새를 고수하던 숀이 어느 날 갑자기 머리를 박박 밀고 나타났을 때 나는 그가 좀더 남성다움을 보이고 싶어하는가 했다. 백인으로는 드물게 동안인 데다 호리호리한 체격까지 합쳐져 의도치 않게 유약해 보일 때가 있으니 그럴 수도 있겠다 싶었다. 한데 그게 아니었다. 그는 지난 연말 급작스럽게 혈액암의 일종인 호지킨 림프종을 선고받았던 것이다. 그가 연초 머리를 밀고 출근했을 때는 이미 항암치료를 시작한 다음이었다. 나의 눈치 없음도 한몫을 했지만 그 정도로 숀은 보통의 일상을 영위해 갔다. 그래서 직장의 관계자를 제외한 대부분이 그의 병세를 눈치채지 못했다. 한참 뒤에야 그 사실을 듣고 놀란 표정을 감추지 못했을 때 오히려 내 등을 토닥토닥 두드리며 달래준 것도 숀이었다.

수개월 전 아직 그와 반갑게 인사를 나누기 전, 우연찮게 그가 다른

테이블에서 하는 이야기를 들은 적이 있다.

"얼마든지 불평하고 반성해. 하지만 후회할 필요는 없어. 왜냐하면 세상에 버릴 경험은 하나도 없으니까."

어떤 얘기 끝에 나온 이야기인지는 알 수 없었지만 그 문장이 참 마음에 들어 수첩 한 귀퉁이에 적어두었다. 그 한 문장이 얼마나 진한 경험 뒤에 나온 것인지 알게 된 것은 한참이나 뒤의 일이다.

"아무래도 우리 조직이 비영리 단체니까 항상 예산을 걱정하고 기금 모금을 고민해야 하는 점이 어렵지. 회원들로 인해 바쁜 건 얼마든지 대환영이야. 오히려 업무에 치여서 회원들과 너무 시간을 보내지 못하는 게 아닌가하는 생각을 자주하는걸."

ICNY라는 단체에서 일하는데 어떤 부분이 가장 힘드냐는 물음에 돌아온 대답이다. 나는 그를 보며 일이라는 건 어쩌면 가족이나 연인만큼 운명적인 만남일지도 모르겠다는 생각을 한다. 이런 단체가 있는 줄도 모르고 평생을 지내온 그지만 ICNY의 자리는 마치 그를 위해 준비된 것인 양 꼭 맞는다. 사소하게는 괜찮은 레스토랑부터 심각하게는 취업 상담까지 뉴욕에 관한 온갖 질문에 준비된 대답을 들려주는 손은 하지만 이곳 출신이 아니다. 대학을 졸업하고도 수 년 뒤에 이 도시에 도착해 이제 뉴욕 7년차를 헤아리는 그이니 어떤 의미에선 뉴욕을 찾아온 수많은 이방인과 다를 게 없다.

그러고 보면 남미부터 아시아, 아프리카, 유럽까지 이 도시에서 만날 수 있는 사람들의 국적들이 워낙 다양하다 보니 뉴욕에 평범한 미국인이 살고 있다는 사실을 가끔 잊어버릴 때가 있다. 미국의 다른 도시 다른 주에서 살다가 스스로 뉴욕을 선택해 온 미국인 말이다. 미국의 작은 도시에서 뉴욕으로 진입한 이들은, 복잡한 외국의 도시에서 온 사람들보다 자신들이 이 도시에 대해 품었던 환상의 크기가 더 컸을 거라고 말하기도 한다.

동북부 메인 주의 작은 마을 콘빌에서 자란 숀에게 뉴욕 동경의 법칙이 고스란히 적용된 건 아니다. 대신 그에게는 철저히 이방인으로서 다른 문화 속에 자신을 맡긴 20대의 체험이 있다. 어린 시절부터 그의 가슴을 두근거리게 한 대상은 저 멀리 동양이었다. 지구 반대편 문화에 매혹당한 이 청년은 대학에서 한 학년을 마친 뒤 중국어와 서예를 배우겠다고 북경으로 향하기에 이른다. 어려서부터 시작된 그의 애정이 어떤 것인지 알기에 그의 가족은 담담하게 그의 계획을 응원해 주었다.

"할머니가 가장 놀라셨지. 평생 동안 딱 두 번 비행기를 타보신 할머니에게 세상에서 가장 사랑하는 어린 손자가 어딘지 알 수 없는 세상 반대편으로 간다는 사실은 받아들이기 어려운 일이었을 거야. 그분에게 중국이란 도무지 상상할 수도 없이 머나먼 곳, 말 그대로 미지의 세상이었으니까."

하지만 그 어떤 두려움도 조건 없는 손자에 대한 사랑을 막지는 못했다. 그가 중국으로 떠나는 첫 여정의 비행기표를 사준 분도 바로 할머니다.

그토록 그리던 중국과의 첫 대면은 그에게 첫 데이트 기억만큼 고운 추억으로 남았다. 그 어렵다는 성조며 한문을 배우면서 마냥 행복해하던 그에게 얼마 뒤 의외의 과제가 떨어졌다. 학생들의 제안을 받아들인 학교가 그에게 영어 강의를 해달라고 요청해 온 것이다. 영어교육이 전공이라고는 하지만 고작 한 학년을 마친 뒤 북경에 도착한 그에게 이는 만

서른 개가 넘는 공개 수업 스케줄을 조정하고, 매주 펼쳐지는 각종 이벤트에 매달 나오는 센터 소식지도 그의 손을 거쳐 완성되니 센터 회원들 사이에선 그를 만나려면 줄을 서야 한다는 농담 이 오간다. 분주한 그의 책상 뒤편으로 그와 아내의 다정한 사진이 걸려 있다.

만찮은 시험이었다.

"그때 나는 고작 열아홉이었고 서른 명의 학생이 모두 나보다 나이가 많았어. 내가 얼마나 당황했을지 짐작이 가지?"

하지만 세상에 버릴 경험은 단 하나도 없다는 말은 이 경우에도 고스란히 들어맞는다. 그는 중국 학생들에게 낯선 외국어를 전달하기 위해 그때까지 배워본 적 없는 교수법을 스스로 연구하고 어떻게 하면 조금 더 쉽게 알려줄 수 있을까를 열심히 고민했다.

이 사소한 시작은 조금 과장하자면 그의 앞날을 바꾸어놓는 계기가 되었다. 미국으로 돌아와 대학을 졸업하기까지 3년 동안 그의 공부에 상당한 자극이 되었을 뿐 아니라, 학교를 마치면 정식교사가 되어서 북경으로 돌아가리란 결심을 만들었던 것이다. 실제로 졸업하자마자 그는 바로 북경으로 출발했고, 그곳에 머무는 동안 중국 전역을 원 없이 돌아다녔다. 그의 두 번째 여정은 중국 남서부의 티베트 자치지구에서 끝을 맺었는데, 이는 다시 곤궁한 상황의 티베트 사람들을 위해 일해야겠다는 또 다른 목표를 그에게 안겨주었다. 미국으로 돌아온 그는 보조교사부터 크리스마스장식 판매상, 건설 현장 인부로까지 일하며 다음 여정의 경비를 마련했다. 그렇게 애써 만든 경비를 들고 그는 난민 신분이 된 사람들에게 무료로 영어를 가르치기 위해 인도 다람살라로 향했다.

중국과 티베트, 인도로 해를 걸러 이어진 여정보다 그에게 더 생경했던 시간은 고향에 돌아와서 시작됐다. 매번 여정을 마치고 돌아올 때마다 그는 자신만 다른 방향으로 걷고 있는 듯한 아득함에 휩싸이곤 했다. 특히 인도에서의 마지막 여정을 마치고 왔을 때는 그 혼란이 더욱 커졌다. 지구 반대편의 사람들이 얼마나 힘겨운 삶과 하루하루 싸우고 있는데 돌아온 조국에는 너무 많은 것을 갖고도 불평을 멈추지 않는 사람들로 가득했다. 조만간 자신도 그 기준에 익숙해지리란 생각이 그를 더욱 힘겹게 했다.

"미국에 이런 표현이 있어. '당신은 언제든 고향으로 돌아올 수 있다.' 하지만 그 말은 그게 얼마나 어려운 일인지는 설명해 주지 않지. 왜냐하면 변한 건 내 나라나 고향이 아니라 바로 나 자신이니까."

조용한 그의 말이 유난히 가슴으로 밀려온 것은 내가 해를 넘긴 여행을 매듭짓고 조국으로 돌아갈 날이 얼마 남지 않아서였을까.

인도를 떠나온 그가 선택한 곳은 뉴욕이다. 두 장소는 하나부터 열까지 모든 것이 극단적인 대조를 이루었다. 그는 세상이 전혀 모르는 작은 마을에 있다가 급작스럽게 세상이 동경하는 거대 도시로 진입한 것이다. 숀이 뉴욕으로의 이주를 결심하는 데에는 이제는 그의 아내가 된 여자친구가 결정적인 역할을 했다. 인도에서의 고단한 여정부터 고향으로 돌아와 혼란스럽던 때까지 숀의 곁에는 숱한 편지로 그를 격려해 준 그녀가 바로 이곳에 있었다. 그에게 비영리 단체에서 사람을 찾는다는 소식을 전해 준 것도 아내였다. 이민자를 비롯해 이 도시에 막 도착한 이들에게 문화와 언어 교육을 제공하는 곳, 바로 ICNY이다.

수 년이 지난 지금 센터의 회원들은 숀 없는 센터의 프로그램 오피스를 상상하기 어렵다. 비영리 단체 특유의 낮은 연봉에다 특별한 혜택이 있는 것도 아니지만 그는 매일 마주하는 일과 사람들로 인해 늘 마음을 훈훈하게 데운다. 센터에서 그는 영어를 가르치는 선생님이라기보다 시간과 마음을 나누는 친구에 가깝다. 합법적인 이민자 외에 망명자와 불법 체류자에게도 거리낌 없이 문을 열어주는 이곳에서 그는 가끔 주황

색 승복을 차려입은 티베트 사람들도 만난다. 숀은 누구보다 그들에게 자신의 마음을 나누어준다. 누군가는 왜냐고 물었고, 누군가는 시간 낭비라고 했지만 그 시간들은 그의 삶에 누구도 흉내 낼 수 없는 색으로 남았다.

얼마 전 숀은 약속대로 모두가 기다리던 소식을 전해주었다. 그의 병이 잠정적 휴지 상태에 들어섰다는 것이다. 이로 인해 그는 바쁜 스케줄에 일정을 추가해 '젊은 암 극복자들의 모임'에 가입했다. 이들이 나눈 자신들의 투병 경험은 조만간 책으로 엮여 출간될 예정이다. 아직 매 분기별로 정기적인 검진을 받아야 하지만 어떤 경험도 버릴 것 없다고 믿는 숀이라면 얼마든지 극복해 낼 수 있을 것이라고 나는 믿는다. 이 투병의 시간은 그의 삶에 또 어떤 고운 사연을 남겨줄까.

뉴욕은 미국이 아니다. 뉴욕을 떠올리며 전형적인 백인을 상상한다면 그 확률은 1/3 이하다. 그 도시를 이루는 사람들의 2/3 이상은 라티노와 흑인과 아시안. 지하철 한 칸에서 적어도 스무 개 국적의 사람들을 만날 수 있고, 한 카페에서 동시에 5개 국어를 들을 수 있는 도시에 서 산다는 것은 어떤 것일까. 뉴요커들은 뉴욕에 첫눈에 반했다는 말을 믿지 않는다. 더럽고 시끄럽고 냄새나는 뉴욕을 알지 못한 채 화려하게 치장한 뉴욕만을 향한 구애를 비웃는다. 과연 진짜 뉴욕은 무얼까?

chapter 4
뉴욕의
재발견
Rediscover

뉴욕은 기이하고 슬프고 상처 입은 곳이다.
그런데 바로 그 상처 때문에
뉴욕은 여태껏 살아 있을 수 있었고 깨어 있을 수 있었다.

－제롬카린

아티스트 거리의 이동
빌리지에서 윌리엄스버그까지

현재 뉴욕에서 가장 가능성이 보이는 동네를 한 곳만 꼽으라면 단연 윌리엄스버그다. 개인적으로는 지금의 모습이 너무 좋아서 이제 그만 알려졌으면 하는 동네이며, 오래전 소호에 대한 사람들의 마음이 아마도 이러했겠구나 짐작하게 만드는 곳이다. 맨해튼 14번가를 관통해 브루클린 끝까지 달리는 L라인을 타고 맨해튼을 벗어나 첫번째 정거장 베드포드 애비뉴가 윌리엄스버그의 시작점이다. 그러니까 윌리엄스버그는 맨해튼 중심주의가 강력한 뉴욕에서 맨해튼의 힙한 젊은이들을 맨해튼 밖으로 불러들이는 힘센 동네다.

소호의 역할을 넘겨받은 예술가들의 집합소란 소문으로 듣던 이 동네를 처음 마주한 것은 대만 친구 루이자 부부에게 초대받은 파티에서다. 루이자의 남편 오스만의 사무실에서 열 명 남짓한 직원들이 각자의 친구들을 초대해 송년 파티를 열었는데 그들의 사무실이 바로 이곳 북쪽 그린

OSPITAL
HUDSON
BA
REMISES
Friedrich

Delicatess
Soups & Sal
ATM

포인트 강변에 위치해 있었다. 오스만의 차를 타고 지나가면서 이미 그 독특한 동네 분위기에 얼굴이 상기되었던 나는 오래전 무슨 공장이었다던 그의 사무실 건물에 들어선 이래 5분마다 우와 하는 감탄사를 반복했다. 그의 사무실은 천장이 보통 건물의 두세 배는 높은 로프트로, 그 인원이 쓰기엔 아까울 정도로 넓은 데다가 강변을 향한 통창을 통해 맨해튼과 퀸즈의 전경이 그대로 쏟아져 들어왔다. 창문에 손을 짚고 그 야경을 바라보자니 마치 우주 한복판에 두둥실 떠 있는 기분이 들었다.

오스만은 드물게 자기네 같은 사무실이 있을 뿐 그 동네엔 무엇이든 뚝딱뚝딱 손으로 만들어내는 사람들이 밀집해 있다고 했다. 실제로 파티에 참석한 같은 건물 이웃 짐은 솜씨 좋은 목수로 주문받은 가구를 만드는 사람이었다. 신기해하는 우리 몇몇을 데리고 그는 복층으로 되어 있는 그의 사무실을 보여주었는데, 각종 테이블과 선반, 부엌 수납장이 뽀얀 나뭇결을 드러낸 채 놓여 있었다. 이러저러한 가구를 원한다고 설명만 하면 그는 여러 번의 그림 작업을 거쳐 머릿속에 있던 가구를 눈앞으로 불러내는 사람이었다.

그날 밤늦게 집으로 돌아가면서 나는 조만간 이곳을 샅샅이 뒤지리라 결심했고, 몇 주 뒤 날씨가 끝내주던 1월의 어느 날 이곳으로 돌아왔다. 차가운 겨울 날씨 속에서도 이 동네는 찬란하게 빛나고 있었다. 윌리엄스버그는 베드포드 애비뉴를 중심으로 동쪽 러시아 정교 앞 공원부터 서쪽 강변까지 서민 분위기 물씬 풍기는 주택가와 예술가들의 작업실, 화사한 번화가, 여전히 창고로 쓰이는 건물이 제대로 뒤섞여 있다. 흥미로운 것은 이 동네가 이미 뉴욕 예술계의 계보를 잇는 존재가 되었음에도 아직까지 오래된 토착 상점이나 개성 강한 소형 가게가 절대 다수라

낙후한 주택가와 공장, 창고와 갤러리,
그리고 열정적인 아티스트들이 뒤엉켜 있는 윌리엄스버그는
일류보다 더 빛나는 이류성을 지닌 동네다.

는 점이다. 내 눈에 먼저 보이는 슈거타운 책방부터, 허름한 인테리어 소품 가게, 맛 제대로인 베이글 스미스, 각종 병조림 저장 식품을 취급하는 가게, 간판도 제대로 없는 간이식당, 브루클린의 옛 이름 '킹'을 내건 약국까지. 대형 브랜드에 의지하지 않고 순전히 제 모습으로 소비자를 맞이하는 이 분위기가 윌리엄스버그를 차별화하는 색깔이 아닌가 싶다.

골목으로 들어가면 뉴욕에 몇 개 안 남은 자체 브랜드 맥주 '브루클린 부류어리' 공장이 위치해 있으며, 패션에 민감한 젊은이들에게 지지도 높은 독특한 구제 옷가게 '비컨스 클라짓'과 '버팔로 익스체인지'도 만날 수 있다. 밖에서는 무슨 가게인지 감이 안 잡혀 조심스럽게 문을 밀고 들어가면 저런 걸 어디서 구해왔을까 싶은 빈티지 소품을 모아놓은 곳도 있고, 직접 옷과 액세서리를 만드는 가게도 있다. 술집 하나에 이름을 붙여도 '주류 남용 센터alcohol abuse center' 이런 식이니 그 기발함에 웃음이 절로 나온다.

물론 이곳에도 주류의 화려함이 이미 유입되어 있다. 맨해튼의 분위기와 맛에다 브루클린의 가격을 접목시켰다는 평가를 받는 타이 퓨전 레스토랑 '씨sea'는 젊은이들에게 윌리엄스버그 필수 코스로 각광받고 있으며, 아는 사람만 간다는 일식당 '젠키치zenkichi'도, 베지터리언보다 더 엄격한 비건 레스토랑도 이 동네 골목골목에 숨어 있다. 또 꿈틀거리는 이 동네 집값을 보여주듯 부동산 간판도 부쩍 늘었다.

하지만 이 동네의 진짜 주인공은 길과 벽이다. 어느 골목으로 불쑥 꺾어져도 그래피티나 각종 포스터 없는 빈 벽을 구경하기 어려운 곳이 이곳이다. 이 동네에서 거리는 그 자체로 캔버스가 되고, 간판 하나, 벽화 하나, 심지어 손으로 마구 적어놓은 평범한 전단지 광고까지 흐트러진 모습 그대로 그림이 된다. 애써 다듬지 않고 무심하게 그냥 놓인 그 모습이 오히려 더 포토제닉하다. 소호가 막 분단장을 마친 듯 세련된 느낌이라면 이곳은 다듬어지지 않고 삐죽삐죽하지만 그래서 더 싱싱한 느낌이다. 그렇게 분출하지 않으면 숨이 막히는 이들이 자신의 삶을 이곳에서 영위해 간다는 생각이 절로 든다.

그래서일까? 이 동네는 나의 긴 여행 중 고단할 때면 어김없이 찾아가는 에너지 충전소가 되었다. 어떤 날은 같은 길을 열 바퀴도 넘게 맴돌며 내쳐 걷고, 어떤 날은 사랑하는 북 카페 ‘리드’에서 종일 커피를 마시며 책을 읽고, 다른 날은 그 재기 넘치는 그래피티와 작은 갤러리만 감상하며 돌아다니고, 또 다른 날은 마음에 드는 헌옷을 줄창 입어보며 마음껏 시간을 보낸다. 마음을 온전히 내맡긴 탓인지 이곳에서는 아무리 걸어도 고단하지 않으며, 어떤 문제도 이곳으로 가져오면 툴툴 털고 갈 수있는 넉넉함이 있다.

평소엔 발랄하면서도 한산한 이곳은 주말이면 자유분방한 예술혼을 맛보려고 몰려든 젊은이들로 북적댄다. 그 흥청거리는 분위기를 틈타 영어설픈 물건을 내다놓고 파는 경우도 종종 볼 수 있다. 하지만 그에 비해 고정적으로 열리는 아티스트 벼룩시장은 그들이 직접 만든 작품을 파는곳으로 가격은 조금 비싸지만 구경하는 재미가 쏠쏠하다. 오래된 LP에 나름 주제를 갖고 모아온 헌책, 직접 프린트한 티셔츠와 수공예 장신구도 빠지지 않는다. 주말 저녁 이곳에서 맨해튼으로 향하는 지하철을 타고 있으면 마치 강촌행 기차에 몸을 싣고 떠나던 대학시절 MT가 떠오른다. 닭벼슬 머리 총각부터 온몸 문신 아가씨까지 지하철 평균 연령 스무 살 안팎의 청춘들을 곁눈질하며 나도 괜히 일행인 듯 함께 키득거린다.

inner Peace...

뉴요커들의 입을 빌자면 10년쯤 전부터 이 동네에 변화가 시작되었다고 한다. 소호와 빌리지 등지의 임대료를 감당할 수 없게 된 이들이 집세 싸면서 맨해튼 접근이 가까운 곳으로 이주하기 시작한 것이 오늘날 윌리엄스버그의 시초다. 하지만 현재 이곳의 집세는 가파르게 오르고 있어서 이들의 순례는 멈출 수 없는 삶처럼 계속 진행중이라고 봐야 할 것이다. 뉴욕에서 예술가들의 이동과 부동산 경기는 밀접한 상관관계를 갖는다. 아티스트들이 모여 촌락을 이루고 작업실과 갤러리가 더해져 독특한 분위기를 형성하면 이를 보러 사람들이 몰려든다. 몰려든 사람들을 위한 레스토랑과 쇼핑가, 고급 문화시설이 생겨나면 이는 자연스럽게 집값 상승으로 연결되어, 정작 그 분위기를 만들어낸 예술가는 다시 짐을 싸야 하는 상황에 이르기 때문이다. 그래서 자신들은 더럽고 싼 동네를 고급 단지로 바꾸는 부동산의 미생물이라고 하소연하는 예술가들도 있을 정도다.

학자들의 용어를 끌어오자면 젠트리피케이션gentrification이다. 빈민가가 고급주택가로 다시 태어나는 이 현상은 뉴욕뿐 아니라 파리, 런던 등 인구가 밀집한 대도시 모두가 마주하고 있는 상황이다. 문제는 우아하기 그지없는 이 고급주택 단지가 기존에 살던 주민에게는 해당되지 않는다는 데 있다. 이 동네가 마음에 들어 마냥 쏘다니다가도 아주 가끔 배고픈 예술가들이 제기하는 직설적인 문제를 듣다 보면 마음이 답답해진다. 그 중에서도 맨해튼은 젠트리피케이션이 급속도로 진행되고 있는 시장이어서 우범지역이란 꼬리표가 붙어 있던 할렘은 불과 십수 년 사이 집값이 세 배나 뛰어버렸다. 몇 발자국 떨어져 있는 내가 보기에도 이렇게 아슬아슬한데 집세의 처분을 기다리는 그들의 심정은 어떨까 싶다.

뉴욕 예술가 동네의 기원은 빌리지다. 그리니치 빌리지에서 시작된 예술가의 거리는 어느 순간 소호로 옮겨갔고, 다시 첼시와 윌리엄스버그로 이동해 왔다. 이미 윌리엄스버그를 떠나 브롱스 어느 동네로 흘러들어간 아티스트도 있다고 한다. 물론 젊은이들의 집산지였던 장소들이 권좌에서 물러났다고 해서 아예 쇠락의 길을 걷는 것은 아니다. 소호가 현재 고급스러우면서도 개성 강한 패션가로 역할을 해내고 있듯이, 빌리지는 좁고 복잡한 길을 따라 오래된 동네가 주는 안정감과 대학가의 열정을 그대로 담아낸다. 거기다 무지개 깃발 펄럭이는 동성애자 커뮤니티를 지지하는 동네로도 빛을 발하고 있다.

이 도시는 적어도 획일적으로 변하지는 않을 것이다. 그건 뉴욕의 특성상 거의 불가능한 일이며, 뉴욕을 이루는 그 다양한 사람들이 용납하지 않을 테니 말이다. 하지만 고작 1년을 살아낸 내가 감히 바라자면 그 다양함의 편차가 줄어들지 않으면 좋겠고, 무엇보다 이곳 윌리엄스버그의 이류성이 조금 더 오래 지속되었으면 하는 바람이다. 뉴욕의 아티스트와 세계의 여행자 모두를 위해서.

폴 오스터의
브루클린을 찾아서

이런 확인은 하지 않는 편이 낫다는 것을 잘 알고 있다. 하지만 그걸 알면서도 나는 며칠 전부터 모처럼 찾아온 휴일을 이 여정에 소비하기로 마음먹고 있었다. 한산한 휴일 대낮 나를 실은 지하철은 둔탁한 소음을 만들어내며 브루클린을 향해 내달리고 있다.

내게 가이드북이나 영화 외에 뉴욕에 대해 조금 더 현실적인 그림을 보여준 사람은 소설가 폴 오스터다. 대학 시절 무슨 과제 때문에 찾아 읽었던 것 같은데,『달의 궁전』이나『뉴욕 3부작』모두 그의 섬세한 도시 묘사에 감탄했던 기억이 있다. 하지만 이곳에 도착해서 그를 떠올릴 일은 없었다. 적어도 내가 사랑하는 192 Book에서 폴 오스터의 새 소설과 조우하기 전까지는 말이다. 브루클린이란 지명 때문에 눈길이 간『브루클린 풍자극』은 표지를 넘겨볼 때까지만 해도 그 책을 구매할 생각은 조금도 없었다. 할인하지 않는 것은 살 수 없다는 가난한 여행자 원칙에 위

소설을 찾아서 떠난 길······.
브루클린 프로스펙트 공원에서 7번가까지 두 블록 사이에는
아름다운 브라운스톤 건물들이 열을 이루고 있다.
작중 화자 네이슨도 저들 중 한 곳에 방을 얻었을 것이다.

배될 뿐 아니라, 폴 오스터의 소설은 무난한 내용 전개와 달리 읽기 쉬운 원서가 아니다. 한데 웬일인지 이 소설은 첫 장부터 이방인 독자를 쑥 빨아들이더니만 채 세 장을 넘기기도 전에 큭큭 웃음이 터져나오게 했다.

> 엄밀히 인류학적 관점에서 본다면, 브루클린 사람들은 내가 그때까지 만나본 어떤 족속보다도 더 낯선 사람에게 말 걸기를 꺼려하지 않는 것 같았다. 그들은 제멋대로 남의 일에 참견하고—나이 든 여인네들은 아이에게 옷을 따뜻하게 입히지 않았다고 젊은 엄마들을 나무라고, 지나가던 이들은 개를 산책시키는 사람에게 개 줄을 너무 세게 잡아당긴다고 닦달한다—, 주차 공간 문제를 놓고서 천방지축으로 날뛰는 네 살짜리 아이들처럼 입씨름을 벌이는가 하면, 현란하고 재치 있는 경구를 당연한 듯 늘어놓기도 한다.

내가 이곳에서 브루클린이란 동네에 대해 느끼고 있는 감정이 딱 그러했다. 이 대목에 홀딱 반한 나는 앞뒤를 가리지 않고 이 책을 들고 서점을 나왔다. 그의 다른 작품과 달리 수십 년 전 뉴욕이 아니라 나도 기억하는 2000년대의 이야기인 데다, 폴 오스터 자신이 브루클린에 살고 있다는 책 맨 뒷장도 나를 흥분시켰다. 오가는 지하철에서는 물론이고 혼자 밥을 먹으면서, 침대에 누워서도 틈만 나면 이 책을 펼쳐 들었다. 덕분에 한글로도 읽기가 더딘 나로서는 고무적이게도 2주 만에 아쉬운 입맛을 다시며 이 책의 마지막 장을 덮었다.

이 소설을 폴 오스터의 대표작으로 적기엔 무리가 있을지도 모르겠다. 모르는 내가 보기에도 조금은 허무맹랑한 사건이 자주 등장하는 데다, 장편 전체를 하나로 꿰뚫는 사건이 없고, 또 부수적인 인물들의 연대기에 너무 많은 분량을 할애했다. 작가는 어쩌면 진짜 하고 싶었던 실존 호텔 이야기를 이 수많은 사건들 속에 은근슬쩍 숨겨놓은 것일 수도 있다. 하지만 이런 문학적인 관점과는 관계없이 이 작품은 매 순간이 살아서 움직인다. 중년의 동성연애자와 푸에르토리칸 웨이트리스, 택시 운전사와 도색잡지 모델, 생명보험 영업사원이란 인물들이 뉴욕의 오늘을 너무나 실감나게 보여주기 때문이다. 게다가 중간중간 인물들이 툭툭 던지는 이 도시에 대한 단상은 그 어떤 비평서보다 예리하고 그 어떤 연애편지보다 섬세하다.

새벽 세 시 반에 타임즈 광장을 미끄러지듯 통과하다 보면 모든 통행이 다 끊어져서 문득 세상 한복판에 나 혼자만 남은 것 같은 때가 있어요. 머리 위로는 사방에서 온통 네온 불빛이 쏟아져 내리고요. 또 여명이 밝아오기 전에 벨트 파크웨이를 백 킬로미터가 넘는 속도로 달리면서 열어놓은 창문을 통해 밀려들어오는 바다 냄새를 맡는 것도 그런 순간에 해당하고요. 아니면 브루클린 다리를 건너는 찰나에 아치 사이로 막 보름달이 떠오르는 순간이나. 그런 순간이면, 보이는 거라곤 밝고 둥근 노란 달뿐인데, 그 달이 너무 커서 놀라게 되고 내가 여기 지구상에 살고 있다는 사실을 잊어버린 채 날고 있는 중이라는, 택시에 날개가 달려 있어서 실제로 우주 속을 날고 있다는 상상을 하게 되지요. 그 어떤 책도 그런 것과는 비교가 되지 않아요.

작중 화자 네이슨의 사랑하는 조카 톰은 영문학 박사과정 중에 논문을 포기하고 뉴욕으로 돌아왔다. 미래가 기대되던 예비 학자에서 택시운전사로 변모한 삶을 살면서 톰은 하루 열두 시간 운전대 앞에 앉는 일상

HAND ROLLED BAGELS
Est. 1986

SERVING PARK SL
PURITY DI
SEAFOOD - STEAKS - CHO
289 7 Ave.   Ph. 718-840-0881   WE DELIVER   Fax 718-840-0882
TO GO
ONLY

7번가에는 소설 속에서 등장한 장소들이 상당수 자리하고 있다. 네이슨이 아침마다 베이글을 사기 위해 찾았던 '라 바젤'은 이름까지 그대로 차용했으며, 그의 단골 점심 식당 코즈믹 다이너를 연상시키는 '퓨리티 다이너'도 쉽게 찾을 수 있다. 그리고 이 작품에서 가장 중요한 공간인 브라이트먼 헌책방은 해체된 것으로 끝나지만 저 '파크슬로프' 책방이 있는 자리쯤이 아니었을까 싶다.

이 어떤 것인지 이야기한다. 그는 절망하면서도 그 직업의 장점을 있는 그대로 끄집어낼 줄 안다. 그가 이직을 권유하는 사람들에게 변명처럼 늘어놓는 택시운전사로 사는 장점 중의 한 대목이다. 자신이 운전대를 잡고 있지만 다음에 뉴욕 어느 골목으로 달리게 될지는 한치 앞도 내다 볼 수 없는 택시기사란 직업이 마치 인생과 같다는 철학적인 이야기를 하던 그는 결국 술 취한 승객이 그의 입에 총부리를 겨누는 것으로 그 직업을 떠난다.

그 집은 톰이 그때까지 살아본 집 중에서 가장 작은 아파트였지만 그는 한 달에 고정적으로 427달러씩을 내기로 하고 세를 얻을 수 있었던 것만도 다행이라고 여겼다.

나와는 다른 사연을 갖고 뉴욕에 온 톰이지만 그의 상황이 나와 크게 다르지 않았다. 나는 그의 절망에 안타까워하면서도 그가 혼자 쓰는 스튜디오를 나보다 123달러나 싸게 구했다는 사실에 부러운 마음을 갖기도 했다.

월드시리즈에서 뉴욕 양키스와 뉴욕 메츠가 겨루는 지하철 시리즈가 열렸고 날씨가 싸늘해졌다. 고어와 부시가 선거전을 벌이고 있었다. 내 생각으로는 선거 결과에 의문의 여지라고는 없었다. 설령 네이더가 일이 꼬이게 하더라도 민주당이 패한다는 것은 있을 수 없는 일로 보였고 내가 사는 곳 근처 어디에서든 이야기를 나누어본 사람들 거의 모두가 다 나와 같은 생각이었다. …… 2000년 선거라는 대재난이 시작된 지는 겨우 며칠밖에 안 되었지만 그 뒤로 5주일 동안 톰과

허니가 텔레비전 앞에 앉아 공화당이 플로리다 재검표에 이의를 제기하기 위해서 흉한들을 동원하고 대법원을 조종해서 자기네에게 유리하도록 법적인 타격을 가하도록 하는 소행을 지켜보며 어이없어하는 동안에도, 미국 국민을 상대로 그런 범죄가 저질러지고 내 조카와 질부가 데모 행렬에 참가하고 주의 국회의원에게 편지를 써 보내고 무수한 항의서와 탄원서에 서명을 하는 동안에도…….

도시 전체가 열혈 민주당원인 뉴욕에서 공화당의 승리를 지켜본 장면은 위와 같이 묘사되어 있었다. 브루클린과 뉴욕에 대한 실감나는 묘사가 나로 하여금 고개를 가장 크게 끄덕이게 한 대목은 바로 다음 부분이다. 이보다 더 브루클린을, 뉴욕을 실감나게 표현할 수는 없으리라.

나는 도시가 내게 맞는다는 것을 알았고 이미 내 이웃에, 백인종과 황인종, 흑인종이 들고나며 뒤섞여 사는 것에, 가지각색으로 다른 외국의 억양이 합쳐진 소리에, 그곳의 아이들과 나무들에, 열심히 살아가는 중산층 가정에, 레즈비언 커플들에, 한국인이 운영하는 식료품점에, 길거리에서 마주칠 때마다 고개를 숙여 내게 인사를 하는 헐렁한 흰 옷을 걸친 인도인 성자들에게, 그곳의 난쟁이들과 불구자들에게, 보도를 따라 굼벵이 걸음을 걷는 늙은 연금 수령자들에게, 그곳의 교회 종소리와 수천 마리 개들에게, 지하 셋방에서 혼자 사는 사람들에게, 길거리를 따라 손수레를 밀고 돌아다니며 빈병과 폐품을 찾아 뒤지는 떠돌이 넝마주이들에게 애착을 느끼고 있었다.

이렇게 마음에 드는 구절들을 옮겨 적던 어느 밤 나는 무릎을 쳤다. 이들이 살고 있는 브루클린 7번가에 직접 가야겠다는 생각이 들었던 것

네이슨은 작품 내내 브루클린이란 동네와
프로스펙트 공원에 대한 찬사를 아끼지 않았다.
유대인 소녀가 보내는 해맑은 미소처럼.

이다. 나는 달력에다 한 주 뒤 다가오는 휴일에 동그라미를 치고 그의 이름을 적어 넣었다. 파크슬로프, 7번가, 프로스펙트 파크 등 책 속에 등장한 이름을 수첩에 옮겨 적으며 내가 오스터의 소설 속 바로 그 도시에 살고 있다는 사실에 다시 한 번 쾌재를 불렀다.

F트레인을 타고 브루클린 7번가에 바로 가도 좋지만, 작중 화자가 애정을 갖고 언급하는 프로스펙트 공원을 둘러보기 위해 B트레인 이스턴 파크웨이에서 하차했다. 이곳은 폴 오스터의 대표작으로 꼽히는 『달의 궁전』에도 의미 있는 장소로 등장한 브루클린 뮤지엄이 있는 곳이다. 브루클린 프로스펙트 공원은 센트럴파크에 비해 규모가 좀 작을 뿐이지, 넉넉한 분위기에 아름다운 호수까지 주민 쉼터로서 역할을 제대로 하는 공원이다. 휴일을 맞은 오늘은 아이들 손을 잡고 나온 가족 단위 피크닉 행렬이 많다. 거창하지 않아도 일상의 삶을 여유 있게 즐길 줄 아는 그들의 모습이 눈부시게 아름답다.

공원에서 7번가까지 두 블럭 사이에는 아름다운 브라운스톤 건물들이 열을 이루고 있는데 작중 화자 네이슨은 저들 중 한 곳에 방을 얻었을 것이다. 네이슨은 은퇴한 생명보험 영업사원으로 조용한 죽음을 맞이할 곳으로 이곳 브루클린을 선택했다. 하지만 뜻밖에 조카 톰을 만나 그의 삶에 깊이 개입하면서 이 따뜻한 동네 브루클린을 통해 삶에 대한 애착을 다시 일깨운다.

7번가는 소설에서 묘사한 것을 찾아내는 재미가 쏠쏠하다. 그가 '시나몬 레이즌 롤'을 '시나몬 레이건 롤'로 잘못 발음했던 베이글 전문점 '라 바젤'은 이름 그대로 그곳에 있으며, 한국인이 운영하는 그로서리도 찾을 수 있고, 마지막에 네이슨이 입원했던 감리교 병원도 그가 묘사한 그 자리에 있다.

　작품의 중심이 된 브라이트먼 책방은 전 주인 해리의 급작스런 죽음 뒤에 헐리는 것으로 처리되었다. 때문에 그곳은 실제에서는 물론 작품 속에도 더 이상 존재하지 않는 공간이다. 그럼에도 7번가를 따라 걸으며 네이슨과 톰의 다락방 헌책방이 내 눈앞에 나타나줄 것 같은 기대는 버리기 어려웠다. 7번가에는 놀랍게도 그의 묘사와 상당히 비슷한 서점이 있었다. 작품 속에서처럼 두 층을 사용할 만큼 규모 있는 고서점은 아니었지만, 해리가 처음 사들였던 4층 건물이기는 했다. 전혀 의도한 바는 아니었지만 나는 서점에 들어가 엉뚱한 소리를 하고 말았다.

　"혹시 이곳이 폴 오스터의 소설에 등장하는 브라이트먼 책방인가요?"

　주인은 내 말에 무슨 책을 찾느냐고 되물었고, 나는 작은 목소리로 폴 오스터라고 중얼거렸다.

　네이슨이 홀딱 반한 웨이트리스 마리나가 있는 '코즈믹 다이너'는 찾지 못했지만 꼭 그곳을 연상시키는 곳은 찾았다. 퓨리티 다이너. 스페인 억양인 강한 웨이트리스와 테이블이 아닌 문 앞에서 계산을 하는 것도 소설 속 그곳과 흡사하다. 나는 휴일에 어울리게 팬케이크와 커피를 주문하고 앉았다. 작중 화자가 사랑했던 파크슬로프 7번가를 바라보면서 늦은 저녁을 먹는다. 작품 속 세계를 향하는 여정은 그 준비가 훨씬 설레고 아름답다. 존재하지 않는다는 그 결과를 뻔히 알면서도 그곳을 확인하고 싶은 마음을 어떻게 설명할 수 있을까.

　다른 문학적 성취는 모두 배제하고라도 독자를 작품의 배경이 된 곳까지 불러들인 폴은 성공한 소설가임에 틀림없다. 돌아가는 길은 슬프거나 공허하지 않았다. 내가 눈으로 목격한 것이 무엇이었든 간에 그 주인

공들은 평생 내 기억 속에 늙지 않는 친구로 살아갈 테니까.

친구 마지에게 당일치기 『브루클린 풍자극』 기행을 들려주었더니 그녀는 더 흥미로운 사실을 전해 주었다. 『뉴욕타임스』에서 지난해 '맨해튼 문학지도literary map of Manhattan'란 걸 만들었다는 것이다. 웹으로 검색해 보니 소설 작품에 등장했던 그곳을 맨해튼 실제 장소에 표시해 넣은 기발한 지도다. 방향키를 움직이며 우선 맨해튼 전역이 얼마나 많은 문학에 차용되었는지에 감탄하고, 이어 머리말에 적힌 '여기 상상 속의 뉴요커들이 살고, 일하고, 즐기고, 취하고, 걸었던 장소가 있다'는 문장에 감동한다. 99개의 책 모양 아이콘을 클릭하면 각각 작가의 얼굴 사진과 작품의 구절이 반갑게 떠오른다. 맨해튼 섬 북단에서 스태튼아일랜드로 향하는 페리까지 도시 구석구석 상상 속 인물들의 발자취가 스며 있다. 최첨단을 논하는 21세기, 문학이 여전히 이 도시의 화두란 사실이 브루클린 기행을 마친 내 마음을 따뜻하게 데워준다.

*본문의 소설 인용은 국내 번역본을 참조하였음.
　폴 오스터 『브루클린 풍자극』 황보석 옮김. 열린책들. 2006

9.11 긍정효과
그라운드 제로 앞에서

9월 11일을 이야기할 때 그 실체보다 공격적이며 호들갑스러운 어감의 '테러'란 단어는 쓰고 싶지 않았다. 대신 어떤 단어를 택할까 망설이다 '사고accident'라고 하자 옆에 앉아 있던 친구는 이를 '비극tragedy'으로 정정해 주었다. 시간이 흘렀지만, 그때를 생각하면 여전히 아픈 이곳 사람들의 마음이 그대로 전해지는 듯했다. 예순을 훌쩍 넘은 에드워드는 그가 20대였던 60년대 후반에는 63년 11월 존 에프 케네디가 암살되던 그때 어디 있었냐는 질문이 공공연했다고 말한다. 40여 년의 세월을 건너뛴 이제는 9.11 사고 당시 당신은 어디서 무얼 하고 있었냐는 질문으로 바뀌어 반복되고 있는 셈이다.

그날 이후 세계가 9.11 이전과 이후로 나뉘리라곤 생각도 못한 채 평범한 하루를 시작한 그 아침의 이야기는 지금도 계속된다. 학교로 향하던 길에 지하철이 멈춰 서 불평을 쏟아냈다는 얘기, 아이를 데이케어에

9.11 이전엔 월드 트레이드 센터로 사람들을 불러 모으던 이곳은 이제 그라운드 제로가 되어 사람들을 맞이하고 있다.

맡기고 출근하다 뭉게뭉게 솟아오르는 검은 연기를 보며 몸이 얼어붙었던 기억, 울면서 가족의 생사를 확인하려고 길 위를 뛰어다닌 순간 등 이들이 회상하는 그 순간은 그 어떤 영화보다 숨 가쁘고 또 가슴 저리다.

3천 명의 희생자 이름이 'hero'란 제목 아래 고스란히 동판에 새겨진 '그라운드 제로'는 사고 이후 수많은 사람들로 북적이는 장소가 되었다. 많은 뉴요커들이 시나 주정부가 왜 그 상처를 일반에 고스란히 공개하는지, 왜 재건축 상황은 여전히 제자리걸음인지 이해할 수 없다며 투덜거리지만 이 현장을 직접 보기 위해 몰려드는 인파를 막을 길은 없는 것 같다. 철조망에 둘러싸인 그라운드 제로를 한 바퀴 돌며 눈물로 희생자들의 넋을 기리는 사람들부터 사진 포즈를 잡는 관광객, 내부 음모론이라며 목소리 높이는 이들, 9.11과 관련된 조잡한 장식품을 파는 노점상까지……

9.11 비극 이후 미국 전역이 더없이 폐쇄적이 된 건 자타가 공인하는 사실이다. 아랍계 유학생의 쿼터가 축소되었고, 학생 비자와 함께 당연하게 주어지던 사회보장번호 혜택도 폐지되었다. 미국 공항 전역에선 이방인의 동공 사진과 손가락 지문을 요구하고, 조금만 규격을 벗어난다 싶으면 모멸스러운 질문을 퍼부어댄다. 나는 몇 차례에 걸쳐 이 호들갑스러운 절차를 거쳐 공항을 통과하면서 그 비극이 일어난 곳이 미국의 다른 어디도 아닌 뉴욕인 게 그나마 다행이란 생각을 했다. 이게 무슨 얼토당토않은 논리냐고 되묻겠지만, 이 도시를 이루는 사람들이 다른 어느 곳보다 다양하기 때문에 그나마 덜 폐쇄적이라는 것이다.

얼마 전 한 학생 단체가 주최하는 미국 가정 체험 프로그램에 참가했다. 목적지는 뉴욕에서 기차로 세 시간쯤 떨어진 펜실베이니아 주의 작은 마을로, 이웃집을 가기 위해선 20분가량 차를 몰아야 하는 전형적인 미국 시골이었다. 대부분의 집엔 앞마당에 땅을 파 만든 간이수영장이 있었고, 울타리 없이 펼쳐진 뒷동산에선 야생 라즈베리를 마음껏 따 먹을 수 있었다. 순박한 마을 주민들이 자연과 더불어 지내는 모습에 아, 정말 사람 살 만한 곳이구나 하는 말이 절로 나왔다.

하지만 그곳에서 세상은 마을의 반경과 비례했다. 50여 가구쯤 되는 전체 주민이 모두 백인인 그 작은 마을에서는 일흔을 넘은 노인도 이민에 대한 기억을 갖고 있지 않았다. 외지인, 특히 외국인을 직접 접하고 부딪칠 기회가 없다는 건 생각보다 훨씬 많은 차이를 낳는다. 그들이 낯선 외국 학생들을 고려해 대화의 주제로 삼은 외국은 베를린 장벽이 무너졌다는 것이나 한국이 전쟁 이후 급성장했다는 이야기였다. 그런 그들에게 히스패닉 노동자의 집회 이야기나 아프리카 어린이를 위한 캠페인, 커밍아웃을 한 뉴욕 시의장 크리스틴의 이야기가 얼마나 피부에 와 닿았을까.

일거수일투족 진한 종교색을 발산하는 그들의 모습에 터키에서 온 친구는 당황했고, '갓 블레스 아메리카'로 시작하는 그들의 강렬한 애국심을 느낀 나는 말 한마디가 조심스러웠다. 물론 그들에겐 친절의 한 방식이었으며 악의 없는 자부심이었다. 하지한 거기서 한 발짝만 더 내딛으면 다른 문화를 결코 인정하지 않는 오만하고 이기적인 자만심이 될 것 같았다. 만의 하나 그런 작은 마을에서 그런 큰 사고가 터졌다면 그 화해의 회복 속도는 뉴욕에 비해 몇 배쯤 느렸을 것이다.

그 상처에 비하자면 미미하지만 9.11이 이 도시에 가져온 긍정적인 영향도 있다. 우선 뉴욕 사람들이 이 도시를 찾아오는 수많은 관광객의

대부분의 뉴요커들은 그날의 충격을
선명하게 기억하고 9.11 이야기에 여전히 아파하지만
그것이 특정 인종이나 국가, 종교를 향한
차별의 근거가 되어서는 안 된다고 지적한다.

영향력을 깨달은 것이다. 마치 황제의 교육만 받고 자란 아이가 황제의 권리를 고맙게 여기지 않듯 이 도시 역시 자신을 보러 오는 수많은 사람들에게 고마움을 느끼지 못했다. 얼마간 아무도 찾아오지 않는, 비극의 잔해만 덩그렇게 남은 도시를 경험한 뒤 이곳 사람들은 이 도시에 생기를 불어넣는 요소 중에 이곳을 그렇게 복잡하게 만들고 자신들을 귀찮게 하던 관광객이 포함된다는 사실을 알게 되었다. 낯선 외지인의 웅성거림 없이는, 시도 때도 없이 환호성을 지르는 브로드웨이의 관객 없이는, 똑같은 스티커를 가슴에 단 단체 관광객의 답답한 행렬 없이는 뉴욕 또한 완성되지 않는다는 걸 말이다.

그렇다고 이 도시가 지금 관광객에게 유럽이나 오세아니아 같은 관광대국만큼 친절하냐면 그건 또 아니다. 대신 있는 그대로의 뉴욕을 현지인과 이방인 가리지 않고 보여줄 테니 알아서 능력껏 체험하라는 주의다. 피부로 체험하고 있는 사람으로서 말하자면 뉴욕엔 얼마간 스쳐가는 이방인도 만끽할 수 있는 게 무궁무진하다. 대신 전제 조건은 누구도 친절히 설명해 주지 않으니 스스로 열심히 찾아내야 한다는 것! 뉴욕의 자만심 가득한 배려는 항공사 광고에도 그대로 드러난다. '관광객에게 너무 심하게 대하지 마세요. 당신도 조만간 그렇게 될 테니까요. Don't be too harsh on tourist. You will be like them soon!'

경찰관과 소방관에 대한 시민들의 감정이 우호적으로 바뀌었다는 사실도 빼놓을 수 없다. 9.11 이전까지 이 도시에서 경찰관과 소방관은 시도 때도 없이 도로 위에서 시끄러운 경적이나 울려대는 할 일 없는 사람들로 여겨지곤 했다. 뉴욕의 치안이 안정기에 접어든 것과 동시에 상당수의 흑인과 히스패닉 젊은이들이 경찰에게 잠재적인 범죄자로 취급당

했던 불쾌한 기억을 갖고 있기도 했다. 하지만 사고 현장에서 그들이 보여준 놀라운 희생정신은 그들에 대한 부정적인 이미지를 크게 씻어냈다.

이 도시 사람들은 처음엔 일견 냉정해 보이지만, 시간이 지날수록 그보다는 서로 다르다는 걸 인정하는 모습을 더 자주 목격하게 된다. 이들은 개인이나 특정 단체의 잘못을 민족이나 국가와 연관시키는 것이 얼마나 어리석은지 잘 안다. 절반 이상이 이민자인 도시, 부모 세대까지 헤아리자면 거의 모든 시민이 또 다른 모국을 갖고 있는 도시이기에 서로 다르다는 걸 인정하는 게 익숙하다고 할까.

5주기 기념행사가 펼쳐진 2006년 9월, 오늘도 그라운드 제로엔 꽃다발이 놓이고 묵주 목걸이가 걸린다. 9.11의 상처가 치유되어 갈수록 서로 다름을 인정하며 함께 사는 이 도시의 색깔도 함께 진해지면 좋겠다.

오페라에서 브로드웨이까지
세상 모든 공연 속으로!

책장 한 칸에 수북하게 쌓아두었던 각종 전단지와 티켓을 책상 위에 펼쳤다. 직업병 탓에 습관처럼 집어오는 각종 가게 명함에 온갖 레스토랑 메뉴판, 브로슈어를 과감하게 추려내니 남는 건 프로그램북과 공연 티켓이다. 지난해 가을 두근거리는 마음으로 첫 테이프를 끊었던 오프브로드웨이 뮤지컬 〈샐리 앤 탐 Sally and Tom〉부터 엊그제 이 무더위를 헤치고 다녀온 바지뮤직 첼로 연주회까지. 그동안 내 여행을 풍성하게 채워준 각종 공연의 흔적을 살펴보자니 감개가 무량하다.

가난한 여행자인 내가 뉴욕에서 삶이 풍요롭다고 느끼는 가장 큰 이유는 이 도시가 내게 허락해 주는 다양한 문화 혜택 때문이다. 이 도시가 뮤지컬과 연극, 오페라와 발레, 클래식 음악까지 각종 공연 예술의 1번지를 자처한다는 건 누구나 아는 사실이다. 하지만 아무리 좋은 문화 공연이 코앞에 있어도 그 가격이 비싸고 문턱이 높아 체험할 수 없다면 그림의 떡에 불과하다. 그런데 이곳에는 놀랍게도 완전 무료부터 20달러 내외면 만끽할 수 있는 고급공연이 넘쳐난다. 장르도 다양해서 온갖 클래식 음악회와 무수한 오프, 오프오프브로드웨이 연극, 시즌에 한두 번은 꼭 등장하는 브로드웨이 뮤지컬, 그리고 웅장한 오페라와 고고한 발레까지 세상의 모든 문화 공연이 다 포함된다. 각종 공연 정보에 촉각을 곤두세우고, 좌석 하나를 구하기 위해 여기저기 발품을 팔 준비만 되어 있다면 말이다.

우선 카네기 홀에서 매년 세 차례 정기적으로 열리는 뉴욕 유스 심포니 오케스트라 공연이 대표적이다. 이 공연은 무한한 가능성을 지닌 젊은 뮤지션들의 재능을 볼 수 있는 귀한 체험의 장이다. 이 공연을 무료로 보기 위해선 학교나 도서관, 비영리기관 등에 배포되는 무료 티켓 신청서를 작성해 보내면 된다. 그러면 공연 티켓이 집으로 배달되거나, 당신 표를 티켓 박스에 두었으니 공연 시작 30분 전에 극장에서 직접 받으라는 친절한 안내 전화가 온다. 지난 2월 처음으로 이 공연을 보는 내내 나와 친구들은 박수를 멈추지 못했다. 지휘자 한스의 그 드라마틱한 손짓과 몸놀림은 오케스트라는 물론 객석을 완전히 압도했으며, 13세 소년 피아니스트 벤자민이 악보도 없이 심취해 건반을 두드려 만들어내는 소리에 소름이 돋았다. 나는 수첩에 흥분한 필체로 천재와 천재의 만남이라 적어두었고, 이후 이 공연은 때마다 날짜를 챙겨 먼저 신청하는 머스트 고우 리스트가 되었다.

매년 여름 돌아오는 센트럴파크의 야외 오페라와 셰익스피어 연극은 뉴욕 무료공연의 극치다. 이 공연들을 직접 보기 위해 수많은 뉴요커들이 새벽부터 간이의자를 들고 나와 줄을 선다. 뉴욕 그랜드 오페라라는 세계 최고로 불리는 메트로폴리탄 오페라만큼 명성을 지닌 소수 정예 오페라극단은 아니지만 오페라의 대중화를 이야기할 때 빠지지 않는 단체다. 무료라는 사실이 가장 매력적이지만, 어린아이들이 함께 할 수 있고, 복장이나 좌석의 구애를 받지 않아도 되며, 준비해 온 음식과 와인을 음악과 함께 음미할 수 있다는 것 등 장점이 상당하다. 1957년부터 시작되어 이제는 뉴욕의 전통이 된 셰익스피어 연극은 센트럴파크의 아름다운 야외극장 델라코트에서 펼쳐진다. 〈로미오와 줄리엣〉, 〈한여름 밤의 꿈〉 같은 고전 중의 고전이 수놓는 뉴욕의 여름밤은 뭐라 설명할 수 없이 아름답다.

이밖에도 뉴욕 필하모니의 공원 순회공연, 허드슨 리버파크의 '리버 투 리버'도 놓치기 아까운 무료 공연이고, 또 줄리아드 음악원에서는 재학생들의 리허설이나 졸업생들의 졸업 공연을 무료에 가까운 가격에 지켜볼 수도 있다. 이런 공연을 하나씩 발견하고 직접 체험할 때마다 정말로 내가 문화 속에 풍덩 들어와 있구나 하는 감탄이 절로 나온다.

5달러 할인티켓을 구해 갔던 첫 오프브로드웨이 공연의 설렘은 아직도 기억이 생생하다. 〈샐리 앤 탐 Sally and Tom〉은 미국 3대 대통령 토마스 제퍼슨과 그의 흑인 연인 샐리의 사랑을 소재로 미국의 흑백갈등을 다룬 뮤지컬이다. 극 중 두 사람의 아들이 '오늘날 우리는 조금 가까워지기는 했나요' 노래를 부르는데 다양한 뉴욕의 인종에 눈이 휘둥그레졌던 내게 많은 질문을 던져주었다. 공식적인 브로드웨이 극장이 40개 남짓한데 비해 오프브로드웨이 극장은 약 300개에 달한다. 그만큼 층이 두터운 소형극장에서 매달 전혀 다른 내용과 분위기의 공연이 펼쳐진다.

엊그제 귀를 호강시키고 돌아온 바지뮤직도 한두 달에 한 번은 찾아가는 곳이다. 지난겨울 매서운 강바람을 헤치고 처음 그곳을 찾았을 때 나는 몹시 당황했다. 브루클린 다리를 건너 '1 fulton street'이란 주소에 다다랐는데 그곳은 육지가 아닌 강이었다. 땅 위의 건물이 아니라 허드슨 강물에 두둥실 떠 있는 바지선, 배였던 것이다. 물살에 맞춰 흔들리는 배 위에 몸을 싣고 들어가면 피아노와 바이올린, 첼로의 선율 가득한 소규모 음악홀이 펼쳐진다. 1977년부터 시작된 바지뮤직은 지난 30년간 매주 4차례의 작은 음악회를 펼쳐온, 지역 커뮤니티에서 명성이 높은 곳이다. 무대가 높지 않아 연주자와 관객이 자연스럽게 눈을 맞출 수 있을 뿐더러, 거리가 가까워 연주자의 표정과 호흡, 땀방울이 객석으로 그대로 전달되는 특유의 밀착감이 있다. 창문 밖으로 펼쳐지는 뉴욕의 야경과 현악기의 선율은 최고의 앙상블이다.

아주 가끔은 브로드웨이 공연을 저렴한 가격에 보는 호사도 누린다. 올봄에는 단돈 10달러에 구한 〈링 오브 파이어 Ring of fire〉를 보면서 벅찬 감동에 흠뻑 젖었다. 이 작품은 미국의 전설적인 컨트리 가수 자니 캐시의 생애를 다룬 영화 〈앙코르〉와는 조금 다르게 조명한 뮤지컬이다. 심플하면서도 다른 분위기를 제대로 살려내는 조명과 무대 장치부터, 전 극장을 압도하는 배우들의 춤과 노래, 무대 아래서 생음악을 뿜어내는 연주자들까지 과연 브로드웨이로구나! 하는 찬사가 절로 나왔다.

노래 중 클라이맥스는 단연 〈walk the line〉이다. 'because you are mine I walk the line.' 감정을 듬뿍 실어 배우들이 번갈아 이 부르는 이 노래를 듣고 있자니 머리카락 하나하나가 올올이 서는 기분이었다. 공연 시간 내내 박수를 치고 휘파람을 불고 발을 굴러댔더니 커튼 콜 이후 나오는데 머리가 다 어지러울 정도였다.

The PHANTOM of the OPERA
MAJESTIC
MAJESTIC
VISA
THE LION KING
ENTRANCE ON 45TH STREET
MTV
STAY WARM
SPREAD LOVE
Billabong
billabong
element

이렇게 수많은 공연을 낯선 이방인인 내가 할인된 가격, 심지어 무료로 누릴 수 있는 까닭은 이 도시에 탄탄한 기부금 문화가 뒷받침되어 있기 때문이다. 장르가 무엇이건 프로그램북을 펼칠 때마다 빠지지 않고 등장하는 후원자 리스트를 보면서 이들이 문화부국이란 사실을 절감한다. 고작 스무 명 남짓한 관객이 든 오프오프브로드웨이부터 우아하게 차려입은 커플로 가득한 링컨 센터의 발레 공연에도 이 후원자 리스트는 빠지는 법이 없다.

시 재정이나 기업 후원도 여기에 해당된다. 수많은 재벌과 기업이 각종 무료공연과 개별 극장, 갤러리를 적극적으로 후원한다는 것은 잘 알려진 사실이다. 세금을 절감하고 기업의 이미지를 높이는 실리적인 이익 때문이긴 하지만, 그로 인해 평범하고 가난한 시민이 누릴 수 있는 문화 혜택이 이 정도라는 건 칭찬받을 부분이 있다. 여유 있는 사람은 그 수준에 맞게, 없는 사람에게는 대폭 할인해 동일한 문화 혜택의 가능성을 열어준다. 그러니 가난한 여행자와 학생, 예술가들에게 이 도시가 얼마나 매력적이겠는가!

배우들의 취미생활
브로드웨이 쇼 리그

연극 연출가이자 배우로 평생을 극장에서 살아온 존 퀸의 초대를 받고
센트럴파크를 찾았다. 콜럼버스 서클에서 센트럴파크 헉셔필드 다이아
몬드로 진입하자 저만치로 흩어져서 몸을 풀고 있는 사람들이 눈에 들어
왔다. 이제 6월 초인데도 뉴욕의 여름은 숨 막히는 열기를 뿜어내고 있었
다. 가만히 앉아 구경하기도 쉽지 않을 날씨에 두 시간이나 야구장을 뛰
다니 무슨 프로 선수들인가 싶을 것이다. 내 첫인상이 그랬다. 지난해 나
는 수십 번쯤 이 야구장을 지나갔고, 몇 번쯤은 이들의 경기를 멀찍이서
목격하기도 했다. 모든 건 아는 만큼 보이는 법이어서 나는 무슨 학교 야
구단이 참 열심히 연습중이라고 생각했다. 한데 매주 목요일 이곳에서
펼쳐지는 경기는 야구와는 조금 다른 소프트볼인데다, 유니폼을 갖춰 입
은 저들은 각 극단에 소속된 관계자들이다.

'브로드웨이 쇼 리그'는 이들의 표현을 그대로 옮기자면 온 브로드

웨이부터 오프와 오프오프브로드웨이는 물론이고 각종 극장의 모든 관계자—배우부터 무대 스태프, 연출가 등—가 함께 어울리는 친선 스포츠 리그다. 각 회원들은 자신의 포지션에 따라 음악이면 음악, 무대면 무대, 연기면 연기 등 동일한 일을 하는 사람들의 유니온에 가입되어 있는데, 브로드웨이 쇼 리그는 다시 그 연합들이 모여 만든 친목 단체인 셈이다. 리그는 매년 5월에서 8월까지 하필이면 뉴욕이 가장 뜨거운 중에 펼쳐진다. 이때는 1년 열두 달 비수기라곤 없는 뉴욕 공연계에서도 특히 성수기에 해당하는 기간이다. 왜 하필 정신없이 바쁜 기간에 겹쳐 스케줄을 잡았는지 이해가 되지 않는다고 했더니 존이 설명하고 나섰다.

"멤버들이 모두 관계자이기 때문이지. 반복해 이어지는 공연으로 받는 스트레스와 긴장을 푸는 게 목적이고, 또 서로 각종 캐스팅이나 오디션 정보를 공유할 수 있고, 게다가 같은 팀 내부 결속을 다질 수 있는 장점이 있거든."

존의 설명을 듣고서야 고개를 끄덕였다. 실제로 지난주에 선수 한 명은 경기를 하던 중에 스케이트보드를 타고 사라졌단다. 한 시간가량 뒤에 동일한 자세로 돌아온 그는 다음 공연 오디션을 보고 왔다고 했다.

"만일 그 친구가 집에서 거울을 보고 준비했다면 누구보다 긴장된 시간을 보냈을 거야. 하지만 그는 이곳에서 함께 고함치고 달리다가 오디션에 가서 자신의 평소 실력을 그대로 발휘할 수 있었지."

그 기발한 발상의 전환에 감탄사가 절로 나왔다. 브로드웨이 쇼 리그의 전통은 반세기 전으로 거슬러 올라간다. 1955년 당시 연기자 재단 회원이던 존 에프랫과 브로드웨이 쇼 배우들이 타임스스퀘어 공연장에서 센트럴파크까지 산책하고 소프트볼 경기를 즐기던 취미활동을 공식

리그로 창립해 오늘에 이른 것이다. 에프랫은 극장업계에서 일하는 사람들이 함께 즐길 수 있는 레크리에이션이 필요하다고 생각하던 차에 배우와 스태프가 야외에서 함께 즐길 수 있는 소프트볼이 딱이라고 판단한 것이다. 극장이라는 실내에서 그것도 분업화된 자기 일에만 갇혀 지내야 하는 그들에게 이는 상당히 괜찮은 아이디어였다.

이렇게 서로 다른 유니온이 뭉칠 수 있는 데에는 극단 관련 일이란 게 유난히 앞을 내다볼 수 없는 직업이란 연대의식이 큰 몫을 차지했다. 예전에 비해 공연 시장의 규모는 폭발적으로 커졌고 공연장도 그만큼 늘어났지만, 극히 일부를 제외하면 배우와 스태프의 생활은 여전히 고단한 예술가의 여정이다. 그래서 이 도시 웨이터와 웨이트리스의 절반은 모두 배우라는 말도 떠돌 정도다.

양 팀이 어깨동무로 원을 만들고는 팀 구호를 외치고, 다이아몬드 안 각 포지션으로 들어간다. 각 베이스마다 있는 코치며 공에 집중해 포즈를 잡는 선수들까지 모두의 표정이 사뭇 진지하다. 이미 50년 넘는 여름 동안 매 시즌을 치러온 만큼 브로드웨이 쇼 리그는 단지 친선 경기라 부르기에는 대회 운영도 조직적이고 선수들의 자세도 상당히 진지하다. 매년 약간의 차이가 있지만 대개 20~25개 팀이 세 조로 나뉘어 경기를 치르고 각 조의 1위가 마지막 몇 주간 플레이오프를 펼쳐 최후의 승자를 가리는 방식이다.

경기에 대한 규칙도 자세하고 엄격하다. 특히 심판은 베테랑 전문가가 고용되는데, 경기 시작 전에 선수 등판 명단을 확인하는 것부터, 도에 지나친 응원을 금하고, 경기장 안에 허용된 인원 수 이상의 선수가 들어오면 제제를 가하는 것도 그들 몫이다. 이들의 독특한 규칙 중에 팀 별로

극단 이름과 공연 이름이 새겨진 유니폼을 입고
경기장에 모이는 선수들. 연극 관계자들의 친목 경기답게
지켜보는 분위기는 화기애애하지만
경기에 임하는 선수들의 모습은 사뭇 진지하다.

최소 두 명의 여성이 꼭 포함되어야 한다는 것이 있다. 배우부터 스태프까지 뉴욕의 공연계는 남녀 모두가 소속된 업종이므로 여성이 상대적으로 기회를 박탈당하는 걸 방지하기 위함이라고 한다.

"거기다 여성이 함께 있을 때 남성들의 행동이 훨씬 점잖다는 걸 간파한 게지."

"하하, 나는 그게 보기에 더 멋지기 때문으로 알고 있는데요."

존의 우스갯소리에 옆에 서 있던 프랭크도 거들고 나섰다.

"크리스틴, 런, 런, 러언!"

공이 방망이에 제대로 맞는 소리가 들림과 동시에 사람들의 환호성이 메아리쳤다. 센트럴파크 다이아몬드는 미리 신청만 하면 누구나 사용할 수 있는 공공장소이고, 그 경기를 지켜볼 수 있는 스탠드 역시 그렇다. 때문에 나처럼 전혀 관계없는 사람도 얼마든지 찾아와 경기를 관람할 수 있다.

브로드웨이 쇼 리그의 가장 재미난 이야기는 이 리그를 거쳐 간 사람들의 화려한 이름이다. 연예인 이름에 약한 내가 듣기에도 눈이 휘둥그레지는 사람들이 마구 등장한다. 우디 알렌과 조지 스콧 같은 전설적인 사람들도 이 리그의 멤버로 활동한 적이 있다. 특히 조지 스콧은 1971년 아카데미상 수상자로 결정되었지만 당시 아카데미의 보수성에 반대해 상을 거부한 것으로 유명하다.

"그때 빼놓을 수 없는 일화가 있어. 스콧이 오스카를 거부하면서 자신이 관심 있는 유일한 상은 브로드웨이 쇼 리그의 MVP뿐이라고 했거든."

과연 리그의 선수들이 자긍심을 가질 만하다. 실제로 덴젤 워싱턴, 더스틴 호프만과 함께 하기도 한 존은 그들은 유명세와 달리 남의 시선을 거의 의식하지 않는다고 말했다.

"왜냐하면 그들을 스타로 만드는 것은 사실 그 자신보다 그 앞뒤에 따라다니는 거창한 카메라와 경호원이거든."

스타를 보고도 아무렇지 않은 척할 줄 아는 뉴요커의 태도도 한몫을 했을 것이다. 그 얘기를 듣고 보니 그물 너머 다이아몬드의 이들 중 머지않아 매스컴을 앞 다투어 장식할 예비스타들이 있는지도 모르겠다. 저마다 나이와 성별과 고향은 다르지만 공연에 대한 애정 하나로 모여 열정적으로 달리고 외치는 아티스트들. 건강하고 진지한 저들의 열정 앞에 뉴욕의 여름이 익어가고 있다.

뉴욕을 지키는
작은 가게들

미국인의 가치에 대한 공개강좌에 참석한 적이 있다. 미국 사람들이 가장 중요하게 생각하는 가치 세 가지로 개인의 자유와 평등한 기회, 그리고 물질적인 부가 꼽힌다고 했다. 여기까진 그리 독특할 게 없었는데 이를 해석하는 방식이 조금 특이했다. 개인의 자유와 물질적 부를 추구하는 가치가 이곳 사람들에게 창업에 대한 자연스런 희망을 안겨준다는 것이다. 실제로 직장을 다니는 사람들의 절반 이상이 궁극적인 목표가 자기 비즈니스라고 했다. 대기업이나 공무원에 대한 선호가 높고, 자영업은 퇴직한 사람들의 투자처란 인식이 강한 나라에서 온 내게는 흥미로운 부분이었다.

당시엔 그냥 적어두고 말았는데 시간이 갈수록 그 이론이 미국보다 뉴욕이란 도시에 유난히 들어맞는다는 생각이 든다. 처음에는 내 눈에도 스타벅스와 듀안리드 같은 대형 체인점만 눈에 보였다.

ANTIQUES
LEO
DESIGN
ANTIQUES &
GIFTS
CAFFE REGGIO ORIGINAL CAPPUCCINO
HOUSING WORKS
Thrift Shop
COFFEE
& TEA
Porto Rico Importing C
FINEST COFFEE & TEA SI
Porto Rico Importing Co.
SINCE 1907
FRESH ROASTED
COFFEE
WHOLESALE
MAIL OR
THRIFT

FRITE SHOPPE
BELGIAN
FRIES
123
The Cornelia Street Café
12 CHAIRS
56 MacDougal Street

한데 관광객에서 장기여행자로 옷을 갈아입고 보니 이 도시는 그야말로 수만 가지 개인 비즈니스의 현장이다. 뉴요커들은 급할 때는 스타벅스 커피도 즐겨 마시지만 제대로 커피 맛과 분위기를 즐기기 위해 가는 카페는 따로 있다. 자잘한 것은 집 근처 편의점에서 사지만 제대로 된 식재료는 전문 슈퍼를 찾아간다. 먹거리 관련 업종이 특히 그렇고, 옷과 장식품에다 책과 선물 같은 각종 기호품까지 그 종목도 꽤 다양하다.

동네를 뒤지다 보면 하루에도 수없이 많은 크고 작은 가게를 들어간다. 해를 넘기며 뒤져도 뉴욕이 재미있는 건 이름만 대면 누구나 아는 대형상점들보다 저마다 다른 이름을 내건 독특한 가게들이 동네마다 골목마다 빼곡하기 때문이다.

나이 지긋한 뉴요커들은 이런 작은 가족 형태의 가게를 '맘앤팝 스토어'라 부른다고 설명한다. 손님을 이름으로 반기고, 첫째는 공부를 잘하고 있는지 지난번에 다친 둘째는 상처가 잘 아물었는지 오지랖 넓게 챙기는 그런 단골가게 말이다. 딸 생일에 토끼 모양 케이크로 했으니 아들 생일에는 곰 모양의 케이크로 하라고 권하는 빵집부터 옷가게에 서점, 커피숍, 레스토랑까지. 물론 뉴욕의 급진적인 변화와 더불어 오래전 의미의 '맘앤팝 스토어'는 거의 다 사라졌다. 하지만 뉴욕의 이 전통은 손님의 기호를 파악하고 자신만의 색깔을 담아내는 수많은 작은 가게들로 이어지고 있다.

뉴욕에서 이런 자그마한 가게의 희망을 엿보는 까닭은 스타벅스 같은 대규모 가게 못지않게 작은 가게들의 가치를 알아보는 사람들이 있기 때문이다. 다양성이 없는 도시일수록 대형화된 매장과 브랜드 파워를 앞세운 상품의 점유율이 절대적일 수밖에 없다. 그들의 어마어마한 물량

공세와 광고 공세에 작은 가게들이 맞서 싸우기 어렵기 때문이다. 미국의 중소도시부터 시골 곳곳을 평정하고 있는 월마트가 그 대표적인 예일 것이다. 하지만 뉴욕에는 무엇보다 수요가 많고, 사람들은 계속해서 좀 더 특색 있는 것, 남들과 다른 무언가를 원하기 때문에 획일적인 브랜드가 시장을 장악하는 데는 한계가 있다.

'Thank you' 대신 'Next!'를 외칠 만큼 세상에 누구보다 급한 뉴요커지만 이들은 주말 브런치 한 끼, 제대로 된 빵 하나를 위해 상당한 인내심을 갖고 정성을 들인다. 이들이 꼽는 브런치 레스토랑은 사라베스와 굿 이너프 투 잇, 블루리본 베이커리 등이고, 집에서 먹을 식사용 빵을 구하기 위해서는 에이미스 브레드와 설리반 스트리트 베이커리를 권한다. 바비큐는 데이지 메이스와 버질스, 그리고 피자는 그리말디스와 존스리아를 이야기한다. 이렇게 선택의 범위가 다양하니 미국 전역은 물론이고, 우리나라에서도 사랑받는 패밀리 레스토랑은 뉴욕에서 형편없는 취급을 당한다. 1년 동안 내가 그 근처에 얼씬도 하지 않았을뿐더러 내 주변에서 그곳에서 식사를 했다는 친구를 아직 한 명도 보지 못했으니 가끔은 그들의 존폐가 걱정될 정도다.

수많은 맛집이 언급되었지만 이중 대기업 브랜드는 없다. 하지만 반대로 개인 비즈니스로 시작했지만 이젠 기업 수준으로 올라선 곳은 사라베스와 에이미스를 비롯해 여러 곳이다. 좋은 커피 원두를 구할 수 있는 곳으로 제이바스나 포트리코 수입사를 꼽는 것처럼, 옷 가게와 선물 가게, 아기 용품 전문점까지 각 분야에 두각을 나타내는 작은 가게들이 있고 이곳 사람들은 시간과 정성을 들여 그곳을 찾아간다. 하지만 동시에 그 개성과 전통 하나만 믿고 작은 가게들이 게으름을 피우기엔 이곳엔

미식가와 안목 있는 사람들이 너무 많다. 끊임없이 긴장하고 본래의 맛과 색을 유지하지 않으면 사람들은 다른 아지트를 금세 찾아낸다. 작은 가게의 이름이 어떤 품목의 1순위에 오르기 전부터 아낌없는 성원을 보내던 고객은, 그곳이 너무 대중적이 되거나 관광객 중심지가 되면 새로운 창업인entrepreneur, 도전자를 골라내 키운다.

LVMS라는 거대 기업이 온갖 브랜드를 쥐락펴락하는 명품 시장은 좀 다르지만, 이곳은 소형 비즈니스가 어떻게 대도시에서 살아남을 수 있는지 그 본보기를 보여주는 곳이 아닌가 싶다. 실제로 방문하는 동네 서점마다 많은 손님들이 독서 삼매경에 빠져 있었고, 저 구석에 있는 커피숍에도 누군가는 노트북을 들고 찾아와 에스프레스를 마시고 있었다. 소호와 빌리지, 놀리타와 트라이베카의 살인적인 렌트와 경쟁에도 불구하고 그토록 많은 옷 가게들이 해를 넘겨 가게를 이어나가는 것은 그들의 치열한 노력과 함께 이를 제대로 알아보고 구매할 줄 아는 뉴요커들이 있기 때문이다.

조만간 이곳을 떠날 내가 가슴 시리게 그리워할 것은 티파니도 스타벅스도 잠바주스도 아닌, 카페 레지오와 192Books와 하우징웍스일 것이다.

나는 뉴욕에 있지
미국에 있는게 아니라고!

내가 얼굴이 빨개지도록 좋아하는 도널드 교수님은 홍콩계 미국인이고, 흥미로운 브로드웨이 뒷얘기를 조곤조곤 들려주는 존은 시카고 출신 뉴요커로 연극 프로듀서다. 의협심 강한 드미트리오는 말끝마다 '지저스'를 연발하는 멕시칸 가톨릭 신자인데, 그는 인도네시아에서 온 착실한 무슬림 아리와 함께 산다. 힙한 뉴욕 정보를 꿰고 있는 미술가 릭은 뉴욕에서 태어난 푸에르토리코 2세고, 공연 관람의 좋은 파트너 나자켓은 터키에서 왔다. 박학다식한 인류학자 글래디어스는 콜롬비아와 몬트리올에서 인생을 절반씩 보냈으며, 수업 시간마다 자기가 책을 읽겠다고 자원하는 빅토르 할아버지는 러시아에서 왔다. 아침마다 최고의 카페라떼를 뽑아주는 카페 총각 호세는 멕시코 남부 출신이고, 내가 딱 세 마디 할 줄 아는 프랑스어에 더없이 기뻐해주는 마호메드는 기니에서 왔다. 돌아갈 준비를 하는 내게 다음에 뉴욕을 방문할 일이 있으면 무조건 자기 집에 머물라고 나를 감동시키는 메리는 태국 치앙마이 출신이다.

내게 저마다 다른 색의 뉴욕을 보여준 10대부터 70대까지 고마운 친구들이다. 여기까지 읽고 눈치 챈 이들도 있겠지만 뉴욕은 단순한 미국이 아니다. 이 도시를 이루는 사람들의 3분의 2는 히스패닉과 흑인과 아시안 등 유색인이다. 지하철 한 칸에서 20여 개 국적 사람들을 만날 수 있고, 카페에 앉아서 동시에 예닐곱 개의 언어를 들을 수 있는 곳이다.

이제 나는 감히 이 인종적 다양성이 오늘날 뉴욕의 찬란함을 만든 가장 근본적인 요소라 말하겠다. 미국이 이민자의 나라라는 건 한 치도 새로울 것 없는 이야기다. 그렇게 따지자면 캐나다가 그렇고 호주나 뉴질랜드도 다를 바 없다. 하지만 뉴욕에는 이들 나라의 어떤 도시와도 비교할 수 없는 다양한 인종이 모여 산다. 이민자의 천국이라 불리는 캐나다 밴쿠버나 미국에서 두 번째로 큰 도시인 LA만 해도 전체의 과반수를 훌쩍 넘기는 주된 이민자가 아시안이다. 이에 반해 어느 한 문화가 군림하지 않고 가지각색의 문화와 언어와 피부색이 팽팽한 긴장을 이루는 뉴욕은 그 분위기가 완연히 다를 수밖에 없다.

뉴욕 시의 통계에 의하면 현재 뉴욕에는 약 35퍼센트의 백인과 약 30퍼센트의 히스패닉, 약 25퍼센트의 흑인, 그리고 약 10퍼센트의 아시안이 뒤섞여 살고 있다. 한 세기 전에 백인이 90퍼센트에 달했다는 것을 기억해 보면 이 도시가 얼마나 드라마틱하게 변모했는지 알 수 있다. 더불어 뉴욕 시민의 약 40퍼센트가 외국에서 태어난 사람이며, 65퍼센트가 부모 중 한쪽 이상이 이민자이고, 절반 이상이 집에서는 영어가 아닌 다른 언어를 쓴다.

뉴욕에서는 이런 통계를 매일 실생활에서 느낄 수 있다. 종일 내가

뉴욕에선 그 어떤 무리에 카메라를 들이밀어도
다양한 인종이 한데 섞여 있다. 어려서부터 다양한 인종과 언어,
문화에 노출되면서 나와 다른 친구를 자연스럽게
사귈 수 있는 것은 뉴욕만이 줄 수 있는 또 다른 혜택이다.

HEARTLAND
★ BREWERY
Caffè Palermo
NYC
PAOLUCCI'S

만나 이야기를 건네는 사람의 90퍼센트가 나와는 다른 모국어를 가진 사람들인 것처럼 서울의 반의 반도 안 되는 맨해튼은 세계의 축소판이다. 우아한 업타운에서 좀 걷다 보면 스페인어 가득한 이스트 할렘이 나오고, 여기서 서쪽으로 가로지르면 붐 박스를 틀어놓고 길에서 춤을 추는 블랙 커뮤니티 속으로 들어간다. 지하철 캐널 스트리트 역에서 올라가면 들리는 건 중국어뿐이고, 이내 시끄러운 관광객과 맛있는 냄새가 뒤엉킨 리틀 이탈리아가 나타나고, 여기서 동북쪽으로 몇 블록만 가면 커리 냄새 구수한 인디언 동네다.

하루에도 몇 개국을 넘나드는 기분이다. 그래서 이곳 사람들은 종종 "이봐, 나는 뉴욕에 있지, 미국에 있는 게 아니라고! Hey, I'm in New York, not in America!"라며 외친다. 뉴욕의 이런 다양성은 유럽에서 온 백인이나 아프리카에서 온 흑인, 동양에서 온 아시안 누구에게나 충격이자 신기한 관찰 대상이다.

하루는 뉴욕의 인종 통계를 두고 몇몇 친구들과 토론이 이어졌는데 다들 아시안의 비율이 10퍼센트란 사실을 믿을 수 없어했다. 모든 사람들이 피부로 느끼기에 그보다 훨씬 많기 때문이다. 중남미에서 온 친구들은 아시안은 주로 돈을 쓰러 다니기 때문에 더 많아 보이고 히스패닉은 다들 안 보이는 곳에서 일하기 때문에 실제보다 적게 느껴지는 것 같다는 의견을 내놓았고, 나를 포함한 아시안 친구들은 아시안은 유학생 비율이 상당히 높은데 그들은 상주인구에 포함되지 않기 때문이라고 해석했다. 실제로 얼마 전 발표된 통계에 의하면 한국은 미국 전역에서 가장 많은 유학생을 갖고 있는 나라라고 한다. 한참 이런저런 이야기가 오가고 있는데 브라질에서 온 윌슨이 내게 심각한 표정으로 물었다.

"정, 그럼 한국은 지금 비었니?"

"왓?" 하면서 이게 무슨 소리야 하는 표정으로 쳐다보니 윌슨이 다시 말했다.

"너희 나라 사람들 여기 다 와 있는 거 같아서."

그의 진지한 표정에 내가 대답을 찾지 못하는 사이 친구들이 먼저 웃음을 터뜨렸다. 세계 지도에서 한국을 찾아보고 외국 친구들은 여러 번 놀란다. 먼저 그 작은 면적에 놀라고, 그 규모에 비해 많은 인구와 비교적 익숙한 이름에 놀라고, 그리고 무엇보다 이토록 많은 한국인이 뉴욕에 있다는 사실에 깜짝 놀란다. 가장 낮은 비율을 차지하는 아시아 사람들은 마치 1인 2역이라도 하는 양 온통 길거리에 넘쳐나고, 그중에서도 한국의 대학이 방학을 맞을 때면 뉴욕의 거리는 온통 한국 학생들로 넘쳐난다. 내 눈에만 보이는 줄 알았는데 다른 나라 사람의 눈에도 동일하게 보이는 것이다.

다른 나라 친구들의 솔직한 말을 듣고 보니 나를 포함한 한국의 젊은이들에게 이 도시가 유난히 호소력 짙게 다가오는 까닭은 무얼까 곰곰이 생각하게 되었다. 실제로 뉴욕은 세계 젊은이들을 끌어들이는 자석의 도시지만, 아시안 미혼 여성, 그중에서도 한국 여성에게 열화와 같은 지지를 받고 있는 곳이다. 많은 이들이 몰아세우는 것처럼 브런치와 명품 쇼핑과, 영어라는 문화적 사대주의로 만들어진 분위기가 전부일까? 한 해를 넘긴 여행을 정리하면서 말하자면 그건 그저 지극히 표면적인 이유일 뿐이다.

뉴욕이란 도시의 다양한 공존이 획일적 문화에 익숙한 우리의 가슴을 유난히 두드리는 것이 첫번째 이유가 될 것이다. 서로 다른 문화가 제

빛깔을 잃지 않고도 한데 어우러지는 현장을 목격하면서 나와 다른 것을 존중해야 한다는 이론적 명제를 가슴으로 배운다. 또 주식중개인부터 예술가 지망생, 레스토랑 요리사에서 아파트 도어맨까지 각자의 자리에서 숨 가쁘게 달려가는 열정적인 삶의 현장을 목격한다. 땀 냄새 가득한 그 틈에서 나도 그들처럼 내가 원하는 일에 최선을 다하고 싶다는 자극을 받고 다시 출발선에 설 용기를 얻는다. 마지막으로 사회가 가하는 압력이 상대적으로 낮다는 것도 빼놓을 수 없다. 결혼이라는 압력, 여자는 이러이러해야 한다는 부담감 같은 것 말이다.

"차원이 달라요. 예를 들어 우리는 치마를 입으면 다리를 모으고 앉는 것만 강조하잖아요. 남자들은 여자들이 그렇게 처신하지 못한다고 비난하고요. 이곳에선 만일 여자가 그렇게 못하더라도 그런 건 남자들이 알아서 외면하는 게 예의라고 함께 배우는 거예요."

이곳에서 대학원을 다니고 있는 혜영 씨의 설명에 많은 한국 여성들이 고개를 끄덕인다.

다양한 인종과 언어, 음식과 관습이 공존하는 뉴욕은 가히 세계의 축소판이다. 무수한 기회의 장에다 클래식 음악부터 발레, 뮤지컬부터 갤러리까지 흥건한 문화 혜택이 더해지니 이 도시는 찬란하게 유혹적이다. 집세가 눈물 나게 비싸고, 하나부터 열까지 따지고 설명할 게 너무 많지만 그래도 나는 말하련다. 함부로 착륙하지 말 것! 사랑에 빠지면 날아오르기 너무 어려우니까.

자원봉사
뉴욕을 지탱하는 힘

뉴욕에서 생활하는 중에 나를 가장 감동시킨 게 무어냐고 묻는다면 자원봉사 제도를 꼽을 것이다. 질문을 바꿔서 뉴욕에서 가장 많이 만난 사람들이 누구냐고 물으면 단연 자원봉사자다. 물론 그들의 실제 직업은 학생부터 레스토랑 셰프, 변호사, 인권단체 간사, 학교 공무원, 의상 디자이너, 연극 프로듀서 등 모두 제각각이다. 하지만 내가 그들을 보았을 때는 비영리 단체나 트리프트 숍, 북 카페 등에서 자원봉사자로서 일하고 있을 때다.

비교적 시간이 여유로운 학생이나 현역에서 은퇴한 자원봉사자도 많지만, 반대로 현장에서 눈코 뜰 새 없이 바쁘게 일하면서 시간을 쪼개는 이들도 상당수다. 퇴근 후 봉사 장소로 향하는 사람, 쉬는 날 하루를 과감히 투자하는 사람, 일하면서 점심을 해결하고 점심시간을 봉사에 사용하는 사람도 있다. 그러니까 이 도시에서 자원봉사는 자기가 좋아하는 수업을 수강하고, 친구들과 주말 브런치 약속을 잡고, 올해 휴가 계획을 세우는 것만큼 일상적이고 자연스럽다.

내가 뉴욕에서 만난 사람의 8할은 비영리기관 인터내셔널 센터 뉴욕ICNY을 통해서다. 그래서 만일 내가 도착한 지 한 달 만에 이곳 센터를 만나지 않았다면 나의 여행이 과연 이렇게 해를 넘기도록 이어졌을까, 설사 그랬더라도 이만큼 기쁘고 재미있었을까 생각도 가끔 한다. 그곳에서 접한 각종 강좌도 흥미롭기 그지없었지만 그보다 나를 더 풍성하게 해준 건 그곳에서 만난 사람들이다. 그곳에서 회원과 자원봉사자로 만난 사람뿐 아니라 그들의 친구, 다시 그 친구의 룸메이트, 가족으로 확대되었는데, 이들 모두는 내게 뉴욕이란 도시의 다양성을 보여주고 각종 체험의 통로를 알려준 은인들이다.

센터에서는 평일 오전 10시부터 오후 5~6시까지 각종 수업이 이어진다. 그런데 이곳에서 수업을 이끄는 이들은 90퍼센트 이상이 자원봉사자다. 대학 교수부터 퇴직한 외교관, 연극 연출가, 개인 사업자까지 해당 분야에 조예가 깊거나 관심 있는 전문가가 자원해 이루어진다. 자원봉사자의 손길은 이밖에도 센터 구석구석에서 느낄 수 있다. 일대 일 파트너십을 맺어 회원들의 영어 공부를 도와주고, 도서관 및 행정 업무를 돌보고, 각종 행사를 기획 진행하고, 커피숍 판매를 돕는 등 자원봉사자 숫자만 천 명에 이르니 자원봉사자 없는 센터는 상상하기 어렵다.

이렇게 많은 사람들이 돈 한 푼 받지 못하는 일에 자신의 시간과 노력과 애정을 쏟는다는 건 얼마나 대단한 일인가. 이 도시에는 이밖에도 수도 없이 많은 조직이 자원봉사자와 유기적으로 얽혀 있다. 나를 감동시킨 시티 하비스트City Harvest도 그 대표적인 단체 중 하나다.

시티 하비스트를 한마디로 설명하자면 가난한 사람에게 음식을 전달하는 자선단체다. 이 단체는 대단히 일상적인 두 현상에 관심을 기울이면서 시작되었다. 하나는 뉴욕의 극빈층 비율이 높아 당장 끼니를 걱정해야 하는 이들이 수십만에 이른다는 것이고, 다른 하나는 뉴욕의 수많은 레스토랑에서 날마다 엄청난 양의 멀쩡한 음식이 버려지고 있다는 것이다. 이 단체는 이 둘을 연결하면 두 가지 문제를 한꺼번에 해결할 수 있다는 사실에 착안, 1982년 직접 음식을 수거해 배고픈 사람에게 전달하는 세계 최초의 단체로 문을 열었다. 음식에 대한 품질 규격이 엄격한 뉴욕에서 대개의 레스토랑은 당일 생산 당일 판매를 원칙으로 한다. 레스토랑의 생리상 생산량을 조절하더라도 일정량의 음식은 남을 수밖에 없는데, 판매되지 않은 음식은 아무리 신선하더라도 모두가 쓰레기통으로 향한다. 반대로 한쪽에선 먹을 게 없어 굶는 아이들과 노인, 노동에 시달리면서도 먹을 게 넉넉하지 않은 워킹 푸어 계층까지 합치면 그 수가 백만을 훌쩍 넘는다. 그러니 가장 적절한 짝짓기가 아닐 수 없다.

하지만 이 단순해 보이는 일은 엄청난 일손을 필요로 한다. 우선 물리적으로 음식을 모으고 운반하는 과정 자체가 그렇다. 신선한 음식을 기증해 줄 레스토랑을 찾아 연계하고, 그곳에 찾아가 음식을 수거하고, 이를 규모와 영양 식단에 맞게 분류하고, 배고픈 사람이 있는 현장으로 가져가기까지 어느 한 과정 사람의 손이 빠지는 곳이 없다. 바로 이 모든 대목에 자원봉사자들이 참여하고 있다. 처음에는 레스토랑에서 들 수 있는 만큼 음식을 손수 들고 오거나 자동차로 운반하는 것으로 봉사를 시작했지만, 20년 넘는 세월이 흐르는 사이 소속 트럭이 대량 운반을 감당하면서 자원봉사자의 일은 훨씬 전문적으로 세분화되었다.

ⓒ 시티 하비스트

16년째 매주 토요일마다 센터 회원들과 함께 뉴욕의 맛집을 찾아가는 밥 바우만(맨 위 사진 오른쪽), 시티 하비스트의 다양한 활동 등 이 도시에서는 다양한 자원봉사의 현장을 숱하게 마주할 수 있다.

음식을 공급하는 것은 반짝 이벤트처럼 한두 끼를 나눠주고 끝낼 수 있는 일이 아니다. 그래서 이들은 굶주린 이들의 건강 상태를 체계적으로 파악하고 그에 따라 필요한 영양식을 제공한다. 문맹률 높은 빈민촌 사람들에게는 구체적으로 어떻게 음식을 조리할 수 있는지 시연회를 펼치고, 최저생계비 이하에 시달리는 이들에게는 같은 돈으로 좀더 건강한 식자재를 구입하고 조리할 수 있는 방법을 알려준다.

맨해튼 8번로 시티 하비스트 사무실에는 이런 말이 적혀 있다. '배고픔에는 휴식이 없다. 그러므로 시티 하비스트 역시 마찬가지다.' 때문에 시티 하비스트는 24시간 핫라인을 가동하고, 음식이 있는 곳과 음식이 필요한 곳이라면 언제든 달려간다. 이것이 가능한 것은 바로 스태프의 몇 십 배수에 달하는 자원봉사자가 있기 때문이다. 각 장소를 연결하는 오퍼레이션 업무에 참여하고, 적은 비용으로 영양 상태 좋은 건강 식단을 만들고, 수거된 재료를 이용해 먹기 좋은 음식으로 요리하고, 어린 아이들에게 음식과 건강에 대해 알려주고, 뉴욕 전역에서 펼쳐지는 그린마켓에서 남는 야채 등을 거둬들이고, 심지어 직접 집에서 음식을 만들어 공급하기까지 그 최전방에는 무수한 자원봉사자들의 땀과 노력, 애정이 있다.

시티 하비스트가 본부 중심의 대형조직이라면 그 아래서 촘촘한 핏줄 역할을 하는 곳은 동네마다 있는 수프 키친soup kitchen과 브레드 라인bread line이다. 노숙자나 편부모 가정 등 음식 조달이 어려운 사람들에게 따뜻한 음식을 준비해 배식하는 이 역할은 동네의 교회와 YMCA, 소방서 등에서 담당하고 있다. 소문내지 않고 조용히, 하지만 활기차게 진행되는 이런 보급소가 맨해튼에만 수십 곳이 넘는다. 벌써 수년째 NYU 인근 교회의 수프 키친에 참여하는 에코에 의하면 대학생부터 직장인, 주부까지 다양한 자원봉사자들이 매주 찾아온다고 한다.

어디 이뿐인가. 내가 사랑하는 수많은 트리프트 숍들, 소호의 사랑스런 헌책방 하우징웍스 북 카페, 유니온스퀘어 그린마켓 등도 운영의 상당 부분을 자원봉사자에 의지하고 있다. 때로 자원봉사자가 없으면 이 도시는 어쩌면 멈춰서 버릴지도 모르겠다는 생각이 들 정도다. 이곳 사람들에게 자원봉사는 점수도 아니고 시간 때우기는 더더욱 아니다. 물론 워낙 경쟁이 치열한 도시인 만큼 젊은이들에겐 이력서에 추가할 수 있는 멋들어진 한 줄인 것은 맞다. 하지만 그보다는 바로 이 순간 뉴욕의 일원으로 살아가면서 내가 가진 작은 것을 다른 사람과 나누겠다는 마음이다.

처음에는 자원봉사자 개개인의 열성에 더 많은 관심과 감탄이 쏠렸지만 시간이 갈수록 마음이 있는 누구에게나 그럴 기회를 제공하는 제도가 더 놀랍게 다가왔다. 바쁘고 치열하고 경쟁 심한 도시에서 이렇게 많은 자원봉사자를 만나게 될 거라고 누가 상상이나 했을까. 모르는 누군가를 위해 자신의 시간과 능력과 마음을 나누는 그들을 보면서 뉴욕은 물론이고, 나아가 예쁘지만은 않던 미국이란 나라를 다시 바라보게 되었다.

아직 그리운 향기를 맡으며

지난 5월 다시 한 번 뉴욕을 향하는 비행기에 올랐다. 이번 여행은 순전한 여행이 아닌 부족한 취재를 보충하기 위한 출장이었다. 두어 해 전 9월 나는 같은 방향의 비행기를 타고 있었다. 그 당시엔 뉴욕이란 도시를 향한 내 마음이 어떻게 변모할지 상상도 하지 못한 채 그저 마감의 후유증을 밀어내며 앉아 있었다.

'뉴욕에 와서 가장 좋은 게 무어냐고 묻는다면 나는 아마 고통으로 얼굴을 찌푸릴 것이다. 왜냐하면 딱 하나만 고르라는 건 너무나 어려운 요구사항이기 때문이다. 서른하나란 나이가 주는 부담에서 해방된 것, 마감이란 굴레에서 벗어난 것, 스물네 시간을 내 마음대로 계획할 수 있는 것, 혼자 노는 것이 자연스러운 것, 낯선 다른 문화를 매순간 체험하는 것, 공짜로 즐길 문화 체험이 많은 것, 맛있는 커피가 한국의 절반 값에 지천으로 널려 있다는 것 등등 나열하자면 끝도 없다.

너무 흥분하지 마시라. 이 모든 기쁨은 지난 6년간 모아온 쥐꼬리만 한 쌈짓돈을 속절없이 까먹고, 서울로 돌아가면 어디서부터 시작해야 할지 모르는 불투명한 미래를 담보로 누리는 것이니 말이다. 이들 중에서 그래도 굳이 하나를 택하라면 나를 발견하는 기쁨이라고 말하겠다. 나는 이곳에서 내가 전혀 모르던 나와 종종 마주한다. 나한테 이런 면이 있었나 실망과 반성을 하고 반대로 칭찬과 격려도 한다.'

지난가을 뉴욕에서 수첩에 적어놓았던 글 중 한 대목이다. 이것만큼 그때의 내 심정을 솔직하게 표현한 것도 없을 것이다. 지금 생각해 보면 뉴욕에서 나는 그야말로 흥분 상태였던 것 같다. 1년이 넘는 여행을 마치고 서울로 돌아온 뒤, 그 흥분에서 깨어나느라 한동안 동면에서 헤어나지 못했다. 문득 정신을 차렸을 때 그 긴 여행을 마무리할 수 있는 가장 좋은 방법은 이것이란 생각이 들었다. 그곳에 있으면서 습관처럼 찍고 메모했던 단편들을 들추며 흥분의 기억들을 모았다.

이렇게 큰 일이 될 줄 모르고 벌린 일이었다. 무더운 여름내 도서관에서 씨름하며 스스로에게 실망도 많이 하고 상처도 여러 번 주었다. 조금 더 충실하게 취재하고, 조금 더 많은 사진을 만들었어야 하는데 하는 아쉬움이 페이지마다 스며 있다. 부끄럽지만 이만큼 반추하게 해준 것만으로 이 여행은 내게 고마운 스승이다.

존 스타인벡의 이야기를 꺼내지 않을 수 없다. 스타인벡은 한 비평가와 같은 시기에 체코 프라하에 간 일이 있다. 그들은 현지에서 각자의 일정을 가진 뒤 같은 비행기로 미국으로 귀국하게 되었다. 기내에서 프라하에 대해 이야기를 나눴는데 서로가 말하는 프라하가 전혀 다른 것이었다. 두 사람이 본 도시가 결코 같은 곳이 아닌 것만 같았다. 그들은 서로의 프라하가 옳다고 우기지 않았다. 그들은 두 개의 도시, 두 가지의 진실을 가지고 온 것이다. 나의 뉴욕도 그랬으면 좋겠다. 고작 1년을 지내본 주제에 십수 년부터 평생을 살아온 이들이 넘치는 그 도시에 대해 적었다. 내 뉴욕의 진정성은 계획에 없었던, 언제 끝나게 될지 알 수 없어 더 열심히 헤집고 다닌 시간일 것이다.

고마운 분들이 참 많다. 뉴욕이란 복잡한 도시에서 집이라는 그 사적인 공간을 기꺼이 내어주었던 재은 언니와 소희에게, 내 여행의 구심점이 되어주었던 ICNY 친구들에게 우선 감사한다. 한결같이 믿고 지지해 주는 진희 언니와 독수리오남매를 비롯한 잡지 식구들, 그리고 반년이 넘는 고단한 집필 여정을 함께 달려준 예담출판사 한수미 편집자에게 고마운 마음을 전한다. 마지막으로 불쑥 떠난 딸이 돌아오지 않는 데에도 묵묵하게 믿고 지지해 주신 나의 부모님께 이 책이 작은 선물이 되면 좋겠다. 모쪼록 이 작은 기록이 떠나기를 망설이는 모든 이들의 출발에 깃털만한 보탬이 되기를!

Camera
Talk

New York

Street Ice-cream

Brooklyn bridge

Culture Bible

길에서 만나는 불량 아이스크림. 생강엿처럼 얼음을 대패질하듯 켠 다음 원하는 맛의 시럽을 넣으면 완성.

몇 번을 반복해 건넜지만 이날이 가장 기억에 남는다. 삼각대도 없이 노출 길게 잡고 찍느라 팔에 쥐날 뻔했다. 거기 좀 살살 뛰세 요오오~.

이번 주에 펼쳐지는 공연과 전시, 행사 일정이 궁금하다면 서점에 달려가 이 잡지를 집어 들면 된다. 뉴욕 문화 일정에 관한 모든 것, 타임아웃 뉴욕!

SOHO

Model

Roosevelt Island

이 모자들을 클로즈업해서 찍다가 카피 디자이너로 몰려 혼났다. 명함을 받고도 이름을 세 번이나 물어보시더니 아직까지 연락이 없네.

한동안 선정성 논란이 되었던 한 의류 브랜드 매장의 호스트 직원들. 모델 뺨치게 멋진데다가 무리한 요구에도 흔쾌히 포즈를 취하는 자세에 박수!

출근길 트램에 올라타는 루즈벨트 아일랜드 주민들. 덜컹거리며 날아오르면 이 빨간 트램이 뉴욕의 햇살을 온통 흡수하는 것 같다.

어지럽고 신나는 삶의 템포와 생존을 위한 노력들, 때론 다듬어지지
않고 삐죽삐죽하지만 그래서 더 싱싱한 느낌, 분출하지 않으면
숨이 막히는 이들이 펼치는 와일드한 삶의 현장……

My room

루즈벨트 아일랜드 계약 만료 이
후 몇 주간을 집 찾아 삼만리 끝
에 만난 뉴저지의 내 방. 여행 후
반부의 기억은 고스란히 이 방에
남았다.

Times Square
Portraitist

버스 기다리다 손님이 너무 없다
고 푸념하는 아저씨에게 예정에
없던 초상화 한 장. 중국사람 아
니라고 해도 자꾸 중국말을 하셔
서 살짝 난처했다.

City Tour Bus

뉴욕에 아는 사람 하나 없다고 겁
먹을 필요 없다. 2층이 훤히 뚫린
뉴욕 시티 투어 버스가 뉴욕의 구
석구석을 안내한다. 값이 좀 비싼
게 흠이지만!

Long Island NY

태어나서 처음 본 동물. 친구들
말로는 라마라는데 사진으로 보
던 것과 영 다르다. 카메라들 들
이대자 뒷발로 얼굴을 긁어주는
센스!

Met

이 입장용 핀을 잘 간직했다가 색
깔 같은 날 다시 들어갈 거라는
말 무수하게 들었는데 아직 실천
했다는 이야기는 못 들어봤다. 작
아서 잘도 없어지고 색깔도 무척
다양하다.

Vender

비슷비슷한 벤더라도 이렇게 정
성스럽게 단장한 노점에서 사먹
는 프레첼과 핫도그는 맛도 기분
도 다르다.

Midtown

Lower East Side

East Village

반짝이는 은식기, 오래된 가구, 샹들리에와 케케묵은 장신구까지 벼룩시장엔 별의 별 게 다 나온다. 뉴욕에서 열리는 수십 곳의 벼룩시장 중에 규모가 가장 큰 편인 헬스키친 플리마켓.

'이곳이 바로 그곳' 화살표가 드리워진 해리가 샐리를 만났던 캣츠Katz's. 양손으로 들어야 먹을 수 있는 파스트라미 샌드위치는 말이 필요 없는 명작! 입장할 때 주는 분홍 티켓을 잃어버리면 벌금을 내야 하니 주의.

'since 1854년'을 무지 강조하는 자체 양조 맥주집 맥솔리스 올드 에일 하우스. 독하지만 구수한 맛이 온몸에 퍼지는 맥주 맛이 일품. 단골 학생들은 잔이 작다고 한꺼번에 4개씩 주문하더라.

East Village

NYPL

Washington
Square Park

'모든 걸 제하고 너는 누구니?'에 대한 대답은 'Live the dream!'이란다. 이 동네 청춘들은 만화를 그려도 철학적이다.

궁전처럼 아름다운 열람실을 가진 뉴욕 퍼블릭 라이브러리. 단 커피 마실 곳이 없는 것이 아쉽다.

무리 속에 앉아 한참 웃었다. 공연 마칠 즈음 즉석에서 국적별로 관람료를 따로 매겼다. 일본인은 10달러, 한국인은 5달러, 중국인은 1달러 내란다. 호호호 중국인인 척.

이 도시는 찬란하게 유혹적이다. 집세가 눈물 나게 비싸고, 하나부터 열까지 따지고 설명할 게 너무 많지만 그래도 나는 말하련다. 함부로 뉴욕에 착륙하지 말 것! 사랑에 빠지면 날아오르기 어려우니까.

Nolita

Saks Fifth Avenue

Coney Island

한번 맛보면 끊을 수 없는 카페 하바나의 구운 옥수수와 큐반 샌드위치. 이를 먹기 위해 사람들은 밖에서 몇십 분씩 이름이 불리길 기다린다. 내 이름은 늘 존이나 제웅으로 둔갑!

물량에 질려 볼 엄두가 나지 않는 다른 백화점과 달리 구경하는 재미가 있는 삭스 핍스 애비뉴. 철마다 바뀌는 쇼윈도며 크리스마스 장식은 가히 미술관 수준.

깡통 맞추기와 자유투 넣기 같은 뻔한 게임에 몇 개 없는 놀이 기구까지 월미도 같은 추억의 해변. 그래도 여름엔 바다를 찾는 사람들로 북적북적댄다.

Lyndhurst NJ

West Village

Rockefeller Center

시골 읍내 같은 뉴저지 작은 마을 린허스트의 유일한 커피숍. 아침마다 기차 시간에 맞춰 100미터 달리기를 하는 나를 보며 웃던 주인아저씨도 그립다.

멋모르고 들어간 게이 전용 극장에서 깜짝 놀라 딸꾹질만 해대던 겨울. 무지개 깃발 펄럭이는 이 동네에선 동성애자들의 자유가 넘실댄다.

뉴욕 크리스마스 장식의 상징인 록펠러센터. 사람 없을 때 찾기가 하늘의 별 따기라 혼자 가면 남의 커플 사진만 줄창 찍어줘야 한다. 잠깐만 나도 좀 찍자고.

Contributors

Myself

Yoonhee Lim

Irene & John

필름이 아까워서, 다른 찍을 게 너무 많아서 등등의 이유로 나를 찍은 사진은 몇 장 없다. 이런 포즈로 열심히 걸으며 1년을 누볐지. 애지중지하던 저 카메라를 극장에서 두고 왔다 새벽에 되찾는 식은땀 나는 소동도 있었다.

몇 달 내리 하루도 안 쉬고 싸돌아다니다 결국 앓아누웠던 나. 그런 나를 위해 한밤중에 생강과 꿀, 감기약을 들고 찾아왔던 고마운 친구. 서른하나 겨울, 벼룩과 이사에 얽힌 우리의 잊지 못할 에피소드.

독립 영화관부터 브로드웨이 쇼 리그까지 뉴욕의 속살로 나를 인도해 준 고마운 친구 존과 밤 12시에도 '한 잔 하자!'를 씩씩하게 외치는 열정적인 마드리드 아가씨 이레네.

Nezaket

Abby

Mom & Daughter

터키 출신의 자유로운 영혼 나자켓. 그녀가 조언해 주는 공연과 여행은 한 번도 기대를 저버리지 않았다. 어서 이스탄불로 날아오라는 그녀의 유혹에 구멍 난 통장을 바라보면서도 가슴이 설레니 큰일이다.

대만에서 온 예쁜 커플 루이자와 오스만의 외동딸 애비. 그리고 그녀의 단짝 친구. 처음 뉴욕에 도착했을 때 그렇게 수줍던 애비는 한 해 사이 명랑발랄 깜찍한 뉴요커가 되었다.

여행 중 가장 아름다운 모녀를 만난 곳은 나소우 예배당에서다. 무턱대고 다가간 내게 이렇게 활짝 웃으며 포즈를 취해준 잊을 수 없는 그녀들. 이렇게 낯선 이들의 미소가 내게 얼마나 큰 힘이 되었던지.

다른 어떤 도시가 아닌 뉴욕에 오게 된 것은 정말 행운이었다.
또한 그곳에서 나의 삶을 풍요롭게 만들어준 사람들이야말로
뉴욕여행의 가장 커다란 선물이었다.

Amish country

친구들과 함께 떠난 아미시 컨트리로의 여행. 여간해선 외지 사람들을 집으로 들이지 않고, 카메라 앞에는 더더욱 서지 않는 이들이 모처럼 수줍게 동의해 주었던 순간.

Sharon junior

이 'adorable' 한 아이는 샤론의 하나뿐인 딸. 아들만 내리 셋을 둔 샤론이 자신도 딸을 낳을 거라며 고집부린 끝에 얻은 귀한 아이. 세 살배기 그녀의 애교에 다국적 친구들은 모두 비명만.

Jaieun Park

남편과 떨어져 늦은 나이에 혼자 공부하느라 고생하던 재은 언니! 덕분에 구경해 보았는데 뉴욕의 대학 졸업식은 입장권이 있어야, 그것도 한 시간씩 줄을 서야 들어갈 수 있다.

Kristy

국경과 언어의 장벽을 뛰어넘어 우리 세대가 비슷한 고민을 안고 간다는 걸 함께 나누었던 크리스티. 그녀가 내게 해주었던 격려의 반만 갚을 수 있으면 좋겠다.

Bob

맛집 순례단 'Great escape'의 대장 밥 바우만. 벌써 16년째 매주 토요일마다 사람들과 뉴욕의 식당을 순례하고 있는 그. 이번 주말엔 또 뉴욕 어느 골목 어느 나라 음식으로 모인 이들을 기쁘게 해줄까.

Astor

로터리로 영주권을 받고 뉴욕에 온 미얀마 출신의 다재다능한 비즈니스우먼 아스터. 나의 크고 작은 실수담에 같이 웃고 흥분하며 자신의 옛 이야기를 따뜻하게 풀어내주던 언니 같은 그녀.

135 St
135 St 135 St
B·C
125 St
125 St
A·B·C·D
M60 LaGuardia Airport
116 St
116 St
B·C
2·3
Cathedral Pkwy
(110 St)
B·C
Central Park
North (110 St)
2·3
103 St
B·C
103 St
6
96 St
B·C
96 St
6
MANHATTAN
86 St
B·C
86 St
4·5·6
81 St-Museum
of Natural
History
B·C
METROPOLITAN
MUSEUM
OF ART
77 St
6
72 St
B·C
68 St
Hunter College
6
59 St
Columbus Circle
A·B·C·D·1
5 Av/59 St
N·R·W
59 St
4·5·6
57 St-7 Av
N·Q·R·W
57 St
F
Lexington Av/53 St E·V
5 Av/53 St
E·V
50 St
51 St
6
47-50 Sts
Rockefeller Ctr
B·D·F·V
42 St
Grand Central
4·5·6·7·Metro-North
Bryant
Pk
UNITED
NATIONS
3 Av
138 St
6
Bruckner Expwy
125 St
4·5·6
116 St
6
110 St
6
103 St
6
96 St
6
86 St
4·5·6
77 St
6
68 St
Hunter College
6
63 St
F
Lexington Av/59 St
N·R·W
Lexington Av/63 St
F
EAST
HARLEM
RANDALLS
ISLAND
UPPER
EAST
SIDE
Roosevelt
Island
F
23 St-Ely Av
E·V
45 Rd
Court House Sq
7
21 St
G
Vernon Blvd
Jackson Av
7
Hunters Point Av
7·LIRR
QUEENS
MIDTOWN
TUNNEL
Grand Central Terminal
Metro-North Railroad
Subway S·4·5·6·7
NYC Transit Bus
M1 5th/Madison Avs
M2 5th/Madison Avs
M3 5th/Madison Avs
M4 5th/Madison Avs
M5 Riverside Dr/5 Av/6 Av
M42 42 St Crosstown
M98 Washington Hts
M101 Third/Lex Avs
M102 Third/Lex Avs
M103 Third/Lex Avs
M104 Broadway
Q32 Jackson Hts/Penn Station
X25 Downtown Manhattan
NY Airport Service
Newark Airport Express
3 Av-149 St
Subway 2·5
NYC Transit Bus
Bx2 Grand Concourse
Bx4 Westchester Av
Bx15 Third Av/125 St
Bx19 Southern Blvd/E 149 St
Bx21 Morris Pk Av/Boston Rd
Bx41 Webster Av/W. Plains Rd
Bx55 Third Av
RIKERS
ISLAND
ASTORIA
Astoria
Ditmars Blvd
N·W
Astoria Blvd
N·W
M60 LGA Airport
30 Av
N·W
Broadway
N·W
Steinway St
LONG
ISLAND
CITY
21 St
Queens-
bridge
F
36 Av
39 Av
46 St
Queensboro
Plaza
N·W·7
Queens
Plaza
E·G·R·V
Court
Sq
Long
Island
City
33 St-Rawson St
40 St
Lowery St
Queens Blvd
LIRR
7
CALVARY
CEMETERY
GREENPOINT
Greenpoint Av
G
Nassau Av
G
Lorimer St
L
Bedford Av
L
WILLIAMSBURG
Marcy Av
Subway J·M·Z
NYC Transit Bus
B24 Greenpoint Av
B39 Williamsburg Br
B44 Nostrand Av
B46 Utica Av
B60 Wilson Av
Q54 Metropolitan Av
Marcy Av
J·M·Z
FORT GREENE
Lawrence St
M·R
DeKalb
B·M
AIRTRAIN
JFK
THE PORT AUTHORITY
OF NY & NJ
nect to
World
MetroCard
03/31/07
12856346
For tariffs and conditions of use.
For questions, call 212-...; outside NYC: 1-800-Metrocard
FatWitch
THE BROWNIE
FAT WITCH BAKERY
CHELSEA MA...
www.nymilkshake.com
hake
Co.
CARNEGIE HALL
YORK YOUTH SYMPHONY
CONDUCTOR
ITORIUM***
NO EXCHANGES
EVENT
0226M
SECTION
PARQ
ROW/BOX
Y
SEAT
3
LINCOLN
CENTER
for the
Performing Arts
2530901
465217 FULL
11-16-05
8:00 pm
0.00
Wed, November 16, 2005
Avery Fisher Hall Broadway at 65
ORQUESTA SINFONICA DE GUAYAQUIL-ECUADOR
DAVID HARUTYUNYAN, DIRECTOR
KATIA GRINEVA, PIANO
212-505-5200
Place NY, NY
BARRYMORE THEATRE
243 WEST 47 ST. NYC
RING OF FIRE
8:00 PM
MAR 30 2006
THU
FRI 7:30 PM
ORCHC
COMP
$0.00
$40.00

192 BOOKS
winter january 7th
STRAND 18 miles shop strandb
NEW, USED & RARE EDITIONS MILLIONS OF BARGAINS
FAT WITCH CHELSEA 75 NINTH New York, N Tel: 212.8 Fax: 212.8 Toll free: 88 fatwitc
Named Girls Award-Winning NEW YORK YOUTH SYMPH
HOUSING WORKS BOOKS CAFE
FIGHTING AIDS ONE BO
126 Crosby New York, N (212) 334- fax: (212) 3 bookstore@hous
Mon - Fri: 1 Sat: noo Sun: noo www.housingwo
MAR 30, 20 8:00 PM COMP $0.00 CP ORCHC MABAR1171-0328-G
033006E 032806 *INCLUDES $0.00
The Shubert Organization
Q32 Midtown MTA B Q19B Ea Q33 82/8 (excep Q45 69 St Q47 73/74 St (Marine A Q53 Woodside-
111 St 7 048 LGA Ai 103 St-Corona 7 Junction Blvd 7 90 St-Elmhurst Av 7
NORTHERN BLVD 37 AV CORONA
Elmhurst Av G·R·V Grand Av Newtown G·R·V Woodhaven Blvd G·R·V 63 Dr Rego Pa G·R·V 67 A G·R
Jackson Hts Roosevelt Av E·F·G·R·V
QUEENS BLVD REGO PARK AUSTIN ST
E F G R V
Forest Hills FOREST HILLS
Broadway Ju Subway A C
NYC Transit Bus B20 Ridgewood- B25 Fulton St B83 Starrett City Q24 Atlantic Av Q56 Jamaica Av LIRR
Middle Village Metropolitan Av Subway M
NYC Transit Bus Q54 Williamsburg MTA Bus Q38 Forest Hills or Corona Q67 Long Island City
Myrtle–Wyckoff Avs Subway L M
NYC Transit Bus B13 Spring Creek–Williamsburg B26 Halsey St B52 Gates Av B54 Myrtle Av Q55 Richmond Hill Q58 Flushing
JUNIPER VALLEY PARK MIDDLE VILLAGE
MT ZION CEMETERY
Middle Village Metropolitan Av M Fresh Pond Rd M Forest Av M Seneca Av M
GLENDALE MASPETH FOREST AV RIDGEWOOD QUEENS BROOKLYN
104 St Z rush ho J other tim Woodhaven Blvd J·Z 85 St-Forest Pkwy J 75 St Z rush hours, J other times Cypress Hills J Crescent
Rockaway B A JAMAICA AV WOODHAVEN BLVD EVERGREEN CEMETERY
Jefferson St L DeKalb Av L Montrose Av Morgan Av L WYCKOFF AV WILSON AV Knickerbocker Av M Central Av M BUSHWICK BUSHWICK AV MYRTLE AV
Halsey St Myrtle Wyckoff Avs L·M Wilson Av Bushwick Av Aberdeen St Chauncey St Z rush hours J other times Broadway Junct
어느 장기여행자의 마이너리티 뉴욕론 Longterm Traveler in New York
Flushing Av J·M M J·M·Z BROADWAY Gates Av Z rush hours, J other times J Halsey St Kosciuszko St
Myrtle Av J·M·Z J Z
Myrtle Willoughby Avs G Bedford Nostrand Avs G UNION AV BEDFORD STUYVES A C
MoMA
L BAN BOOKS MODERN FIRST EDITION
304 W. 4t (near Ban New York, NY 1001 212-924-5638
we spe FICTION POETRY THEATRE FILM ART PHOTOGR MUSIC
Community 143 7th Avenue
New York Philharm Lorin Maazel Music Director THE MAGIC OF MOZART FEB 2, 3, 4, 7 JEFFREY KAHAN conductor/piano MICHELLE KIM

내가 사랑한 뉴욕
나를 사랑한 뉴욕

초판 1쇄 발행 2007년 10월 15일   초판 4쇄 발행 2009년 10월 30일

지은이 김정은 펴낸이 김태영

비즈니스 3파트장 박선영
기획편집 1분사_ 편집장 최혜진 책임편집 한수미
1팀_가정실 김세희 2팀_한수미 정지연 디자인팀_하은해 차기윤
마케팅_권대관 곽칠식 이재원 이귀애 제작_이재승 송현주

펴낸곳 (주)위즈덤하우스 출판등록 2000년 5월 23일 제13-1071호
주소 (410-380) 경기도 고양시 일산동구 장항동 846번지 센트럴프라자 6층
전화 031) 936-4000 팩스 031) 903-3891
전자우편 yedam1@wisdomhouse.co.kr 홈페이지 www.wisdomhouse.co.kr
출력 미광원색사 종이 화인페이퍼 인쇄 프린탕하우스 제본 세원제책

값 11,000원 ISBN 978-89-5913-261-4 03810

* 잘못된 책은 바꿔드립니다.
* 이 책의 전부 또는 일부 내용을 재사용하려면
  사전에 저작권자와 (주)위즈덤하우스의 동의를 받아야 합니다.

이 도서의 국립중앙도서관 출판시도서목록(CIP)은 e-CIP 홈페이지(http://www.nl.go.kr/ecip)에서
이용하실 수 있습니다. (CIP제어번호 : CIP 2007003069)